# 文江湖

WEN JIANGHU

王手／著

作家出版社

## 图书在版编目（CIP）数据

文江湖 / 王手著. -- 北京：作家出版社，2022.5
ISBN 978-7-5212-1705-6

Ⅰ.①文… Ⅱ.①王… Ⅲ.①短篇小说－小说集－中国－当代 Ⅳ.①I247.7

中国版本图书馆CIP数据核字（2021）第265846号

---

**文江湖**

---

作　　者：王　手
封面插图：金国斌
责任编辑：杨兵兵
装帧设计：**奇文雲海 Chival IDEA**
出版发行：作家出版社有限公司
社　　址：北京农展馆南里10号　　邮　　编：100125
电话传真：86-10-65067186（发行中心及邮购部）
　　　　　86-10-65004079（总编室）
E-mail:zuojia@zuojia.net.cn
http://www.zuojiachubanshe.com
印　　刷：唐山嘉德印刷有限公司
成品尺寸：145×210
字　　数：181千
印　　张：10.375
版　　次：2022年5月第1版
印　　次：2022年5月第1次印刷
ISBN　978-7-5212-1705-6
定　　价：42.00元

# 王手的手

### 东君

有两件事让王手见知于世：一是小说写得棒，一是肌肉发达。

一身沉默的肌肉，一双厚实的大手，加上一个响亮的名字，这便是王手。认识王手的人几乎都会惊讶地注视着他的手：一只可以提起重磅石锤的手如何会写出那么细腻、绵实的文字？不认识王手的人读了他的文字，恐怕也会想见识一下那双"王手的手"吧。

王手的手据说是一双"化骨为绵"的手。他的手劲很大，但很少有人跟他较量过。王手说，他年轻时在鹿城近郊一家手工作坊上班，闲时喜欢玩哑铃、石锁，也学过点拳脚功夫。他后来在一篇文章里讲述过这样一桩事：有一回，厂里有位同事与人发生争执，对方跳出个练家子，要以掰手腕的方式一决雌雄。那名同事便把王手（那时候他还叫吴琪捷）请了过去。对方跟王手一接触，就知道他的手劲有多大，拱手称服，也就不在话下。王手一战成名，就不乏一些人找他挑战，但王手不论对方手劲大小，一律以"平手"示人，求个和气。这份仁厚跟他的江湖历练有关，也可能跟他少年时期经常翻阅祖母留下的那本《圣经》有关。至于他后来何以如此耽悦于佛学，我就不便深问了。但可以肯定，他内心深处的仁厚是不曾变过的。

王手是以看得见的手赚钱，看不见的手来触摸汉语（这只手并不是藏在袖管或口袋里，而是隐藏在内心深处）。在无人关注的时刻他会伸出手来，打造汉语这块质朴而又古老的石头。他曾经说自己就像一个手艺人，手头要有活儿，一天不写点什么就手痒。

有一回，我与王手、马叙、瞿炜、哲贵等温州作家吃饭闲聊时，谈到了强迫症的话题。瞿炜说，他每回如厕时一定要把草纸的四个角对折得严丝合缝。王手说，他每回去食堂吃饭都要站在筷子盒前发一会儿呆，因为他要从五颜六色的筷子里挑出一双颜色相同的筷子。作家萨拉·沃特斯说过，很多作家都有点强迫症。他援例说明：格雷厄姆·格林一天必须写五百个词；让·布雷迪必须赶在午餐前写五千个词；

而萨拉·沃特斯本人规定自己每天至少要写一千个词，哪怕是垃圾他也要写出来，因为他会选择适当的时机把那些文字重新打磨一遍。这么多年来，王手养成了一种随时随地都能写点什么的习惯。当然，这算不上强迫症，而是习惯使然。他的口袋里经常装着以备不时之需的纸笔，有时坐在车上、飞机上，突然想到什么他就写上几笔，仿佛他的手"要尽可能快地写作连脑袋都不知道的事情"。有一次开会，他坐在主席台上，一边听报告，一边在笔记本上飞快地记录着什么。会后，我问他，这种官方的讲话你也是有闻必录？他坦然一笑说，其实我在写小说中的某个片段。每天都写点什么，在王手看来，这一天就不算虚度。在某些时刻，一只被物质生活磨损过、被汗水浸泡过的粗壮的手，悄无声息地通过文字变成了一只贯注灵气的手。

电脑在我们的生活中已是须臾难离的日用工具，但王手很少跟电脑打交道，至今仍然坚持手写。他的字通常很小，很匀净，仿佛能让人觉出硬汉的柔情。我总觉得，他那些细小的字与小说中那些丰沛的细节有着相互牵缠的关系，仿佛他的字要是大一点，文字的表述就会出现某种空疏。他还写得一手漂亮的毛笔字，几乎每天坚持抄一段佛经。至于佛经里面讲些什么，他也没有深究，他只是为书写而书写。柔翰一支，是手的延伸，是内心那根触须的外化。书写之于他，想必是一桩心手双畅的事。写过之后，他的心境通常会趋于澄净，在这种状态中，他又继续自己的写作。他的那些有分量的作品似乎只有被这只手掂量过，才会摆放在别人面前。

这是一双作家的手，一双"会思的存在者"的手。在海德格尔看来，"思"本身是人类至为简单也是至为费力的一项手艺活——手连接着"思"，而"思"从属于"在"，因此作为根植于"思"的手的产物（文学作品），自然也就听命于"在"——一直以来，王手也是同样把写作当作一门既简单而又费力的手艺活儿。他坚持手写，并以这种原始、朴素的方式亲近"思"。

这只手，与物相触即带物性（比如，石头的坚硬、水的柔软）；与文字相触，文字也是及物的。是这只手教会王手写作。就像我们所见到的出色的匠人那样，是他的手先于思想摸索到汉语的开关——这个开关，通向内心的秘密花园。他的文字通过这只手来说话，于是他的话里面就有了一只手的强劲的力量。读他的小说，你会有一种"我手写我口"的感觉。他那些倾向于口语化的语言跟别的作家（包括温州作家）很容易区分开来，很显然，他已经找到了自己的调子和一种独特的发声方式。有一次，我跟他聊文学时说，我读他的小说时，读着读着就想用温州方言来念。这就对了，他微笑着说，我写完一篇小说，就习惯于用温州方言念一遍，发现什么地方不对劲，我的舌头能感觉得出来。

他有老虎般的体能，猫须般的触觉。他的手虽然粗壮，却分布着猫须般的触觉，以至于我每次读到他小说中那些精妙的细节，都会感叹：原来如此粗壮的手，也可以做到如此细腻。《双莲桥》中有这样一个细节：一个年轻人闲来无事，就在双莲桥埠头给人司秤定价，人人敬他，时不时地递给他烟，他站着，也不接，那些人就把烟放在台阶上，或塞在边上的石缝里。王手是这么写的："好像这里的每一寸地方都是我的，放在这里就像放在我的仓库里。"语气淡定、自足、幽默，只有经过历练的人才能道得出来。有些人的小说里，你或许能看到一个智者的脑袋，那里面装着很多奇妙的想法；有些人的小说里，你或许能看到一只直接与现实打交道的手，它能十分稳妥地抓住日常生活的核心部分。在王手的小说中，日常生活的经验之谈往往跟一些有意味的细节打成一片："十三张""两张"怎么玩，头薪怎么抽，卸货埠头有几个，在埠头行事要有什么规矩，等等，他都有一套自己的说法。"猫须般的触觉"，使他对温州每条街市几乎都很熟悉。我跟他在街头闲逛时，他就如数家珍般地跟我讲述那些鞋店、服装店的特色。有一天晚上，他坐我的车去拜访一位诗人，我对市区的路径不甚了然，他就给我做向导，他知道哪条路是捷径，哪条路设置了单行线，更让人吃惊的是，他可以在黑灯瞎火的拐角处告诉我哪些地方有坑洼，哪些地方有一道高坎。他像熟悉自己的手那样，熟悉温州城里的每一寸地方。

见过王手的硬汉形象之后，你大概会断定他像海明威那样，对笔下的人物毫不手软，非要弄死几条人命。但王手不是，他知道在什么地方该留一手。我读他的小说，总感觉那些人物像是在走钢索，随时都有可能发生倾覆的危险。结果呢，紧绷着心弦读到结尾，作者还是引而不发。《双莲桥》《软肋》《阿玛尼》写得险象环生，最终都是以化险为夷收场。他喜欢写那种"江湖中人"，而且对他们是倾注温情的。我总疑心，王手当年也干过这些活儿。有时我甚至会作此悬想：如果王手不写作，他可能会做什么？他可能会是一名健美教练、民间拳师、传道者、居士、鞋店老板、江湖大佬？有一回，我问王手，你眼中的江湖是什么样子的？王手说，江湖是没有的。又有一回，他说，江湖是有的。他在《软肋》里对"江湖"作了这样的诠释："有些事，放在规章和措施上，都是解决不好的，一旦染上了江湖的色彩，就不一样了，就有了另外一套程序，简单起来非常简单。"

王手也是那种"简单起来非常简单"的人：他酒量好，但不跟人拼酒；他力气大，但不跟人较劲；他能说会道，但不喜欢夸夸其谈；他看上去五大三粗，但心细如发。一个可以用肌肉说话的人，为了避免给人造成强势的错觉，他常常会尽量降低自己的声调、斟酌自己的措辞。他给我发短信，口气总像是跟你商量一件事。有一回，他大清早发来短信，先问一声："东君，起床了吗？能否跟你说个事？"我以为有什么重大事件，一问才知道，他是让我把本年度发表的作品上报作协备案。他为人审慎、细腻的一面，由此可见。如果他觉得自己的声音会惊扰到你，他会尽可能动用几根粗壮的手指给你发一条短信。他喜欢把自己的声音藏起来，就像他习惯于把双手和双手所携带的力量藏到口袋里。

手："一臂加五指"，但他给自己注入的不仅仅是力量，还有一种与力量相称的东西。

当一只手戴上拳击手套，它的力量就凸现出来了；当一只手戴上绵软的手套，它的力量就收了起来。在王手作品里我能看到这样一双独异之手。这样的手，既能打老虎，也能捉跳蚤。

我因此而记住了王手的手。

目 录

成仙记

# 1 第一次讨债

1973年夏天，我离开了就读的第六中学走向社会。我不是读不起书，而是怕学校派我去浙江兵团。我家里兄弟两个，按照当时的政策，是要有一个到外面去，但我父母舍不得我远离家乡，就叫我辍学了。当然，当时还有个很费解的思潮，认为读书没用，读下去干吗呢？随随便便的一份工作，都要比读书好，比读书来得实惠。

我的第一份工作是拉板车，运输社设在南门的双莲桥，社里有七八辆车，大的两辆，小的是五六辆。因为力气大，我被分配去拉大车。大车我们叫单吨车，笨重的大轮，车架也结实得多，可以载重一吨或一吨以上。单吨车是个什么概念呢？为什么要特别强调呢？就好像跑长途的大卡，"双节拖斗"，威风神气，是强大的人才能够驾驭的。拉板车是有固定装束的，一块大方布，对折成三角，扎在腰上，既当腰带，也可以当围裙，顺便也擦擦汗。拉板车最潇洒的时候是停在酒家门口喝生啤，这是板车人最生动的写照，丢一毛钱，粗碗往稻桶里一舀，仰脖子咕咚咕咚就喝，喉咙里都是欢快的感觉，漏酒也肆意地挂满嘴边，结束时还配有响亮的"气嗝"，表示很豪爽很享受。

拉板车最吃力的要数上中山桥。中山桥陡，像拉起来的满弓，起得快落得也快，不像有些桥，逐渐的过程很长，看不出桥的意思，只是觉得有点坡度。中山桥却不一样，平地上一路过来，以为没有桥，但突然就陡了起来。所以，我们拉出了经验，起势时屏住呼吸紧铆几步，像百米赛跑的最后冲刺，频率一点都不能松，松一下就会倒溜。真要是不幸倒溜了，再想把它绷住就非常困难了。所以，要紧就要紧到底，一直要紧到桥顶，才能够松这口气。其实也只是稍稍地松半口气，因为紧接着马上要下桥。下桥不能一泻千里，泻得舒服了就容易打跳，打跳就好像野马受惊，就会失控。因此，即便是下桥，即便是泻，双脚也要像磁铁一样抓地，用脚和弓背制造出阻力，让板车一点点往下走。这一上一下的过程全靠小腿的功夫，没有小腿的功夫，起势时咬不住劲，下落时也刹不出阻力。因此，拉板车的人小腿肌肉都比较好，像馒头一样。多年后我练上健美，练友们都说小腿的肌肉难练，只有我心里明白，练友们是不得要领，是没有找到好的训练办法，或者说他们还没有拉过板车，他们要是把板车拉到中山桥，在那里来来回回试三个月，小腿都有可能粗过大腿。

运输社的工资参照社会上的基建工，一天一块三角八，拉板车有，没拉就没有。虽然有了工资，但经常的工资也会被其他东西所代替，比如拉肥皂，分几粒肥皂；拉白糖，分几斤白糖。好在大车平时都是重载，拉生铁部件比较多，这东西不能吃又没有用，就可以拿工资了。就是这样，这一块三角八也经常地会被欠起来，拉了几个月的板车，我一共被欠了十七八块，等到我后来不拉板车了，这十七八块便成了我的心病。

我也曾想过算了，运输社也不容易，但我心里想算了，夜里却睡不着，人也一天天地消瘦下来。后来思想再三，我决定去讨回这笔钱。我找到运输社的负责人，他叫永明，姓什么不知道，我是直接找到他家的。他住在百里坊那边的一个菜场里面，一个像"贫民窟"的地方，感觉非常乱。我在那里叫永明老司永明老司，他从屋里钻出来，见是我愣了一愣，赶紧把我拉进去，很是难为情的样子，可能是怕隔壁邻居知道吧。他拉住我，压低声音说，我们有话好说，千万不要高声啊。我想我高声干什么？俗话说，有理不用高声。我就轻轻跟他说，我别的不要，只要欠我的工资。他说，我确实没有钱，你看运输社也捣摊了，我和你商量商量，要么我家里东西和你兑一点，要么我有几个给你几个？我只好说，东西我不要，那就有几个给几个吧。他就把口袋翻出来给我看，就六块九，他说，我都给你了。后来还拉开一只抽屉翻了翻，摊摊手，尴尬地看看我。我相信他是真的，已经倾其所有了，我也没有再说什么，拿了他的钱不好意思地回来了……

多年后的今天，我做起了生意，生意有赊有欠，讨债也成了我生意的一个主要内容。对于不讲信用的人，我每年年底都很纠结，几万几万的债，记在纸上都是利润，实际上讨又讨不回来，是空的。现在欠债的人心理素质都很好，大有"债多不愁，虱多不痒"的气魄。要么是赖皮，要钱没有要命有一条；要么是剑拔弩张的相持，你敲他几下门，他打出电话来说，我明天也会去你家敲几下门；要么他反过头来还凶你，有本事你去告，告一告你一分钱也别想拿到了！病人还狠过医生。我只得自己收敛一点，觍着脸端着他们的下巴说好话。我感慨：现在的人和过去的人怎么差别这么大啊？我讨的也是血汗钱啊！

## 2 看西洋景

也是在1973年，我有了第二份工作，是在一个建筑队里拌砺灰。当时我们接的是解放北路中医院的活儿，内容是把两层的楼房翻成三层，这在当时算高层建筑了，过路的人都会忍不住仰起头来看，嘴里哈哈地惊叹，啊三层楼啊三层楼。也是，信河街最高的邮电大楼，后来被民兵指挥部占为制高点的，架起机枪对温州虎视眈眈的，也不过是四层的样子，就可以这样威风了。

拌砺灰靠的是腰力和臂力，没有腰力，拌一趟就腰酸背痛了。没有臂力，连锄头也拿不动，那就不叫拌砺灰，叫拖地下。还有就是挈砺灰，也要用腰力和臂力，砌砖老司在楼上喊，砺灰——，我马上要挈着砺灰走"Z"字架上去。一般侧着身挈一桶，兴奋时为了炫耀自己的力气就挈两桶，其实挈两桶还好平衡一点。碰到粉墙，砺灰用得多，就接得比较紧，老司催命一样在楼上叫，我在下面就拼命地拌，然后再挈上去。老司像个会吃砺灰的怪兽，你拌多少，他就吃多少。

除了拌砺灰，我偶尔也会吃一顿"暴食"。一天半夜，大车运来四万粒砖头，卸在中医院门口的路边，第二天一早，交通队来了，叫搬了搬了赶紧搬了。基建队的头头叫保兴，说，二十块钱，谁愿意搬？没有力气的人只能面面相觑，望钱兴叹，而我和另外一个有力气的人就跳了出来，说，我们搬吧。中医院楼下本来就只是一个门厅，又正好堆了砺灰和一些家什，我们只好把砖头往楼上抬，每一层都放一点才能够放得下。在平地里抬砖还马马虎虎，但要抬到楼上，还要走"Z"字架，没有小腿的力和铁硬的腰，叫你吃你都不敢夹。小腿我过去拉板车时练过，腰我本来也不错，但我还是吃亏，因为那个和我搭档的人比我矮，抬砖，我只能在他的后面，这样，我等于不仅仅是在抬，还要加个推，这就更考验小腿了。我们整整抬了一天，赚了二十块钱，五五开一人一半。十块钱当时和月亮也差不多，可顶得上很多人半个月的工资，因此我也是非常自豪的。不过，我也把自己的腰抬坏了，我虽然脚力不错，但腰还是嫩了点。那天夜里，我抽了一夜的脚筋，放了一夜的"脚弹"，按照我母亲的说法，"被都给你踹破了"。俗话说，腰是男人的半条命，我现在看似好好的，其实只剩下半条命，另外半条命，早在四十多年前就被砖头抬坏了。

　　拌砺灰苦是苦，但也有快乐，快乐就是在闲暇时说说糙话，什么那个挂号的眼黑，那个护士长臀翘，还有就是倚在中医院的门口看路上的女人。解放路是温州一条热闹的路，女人如梭，在面前飘来飘去，偏偏我们又都是风华正茂的男人，不看不说怎么熬得住！

我的一个伙计，手无缚鸡之力，讲死话一套一套的，也带给我们很多快乐，我是最佩服他的本事了。他能够老远就看出哪个女人胸大，哪个女人胸小，哪个是假的，哪个是真的。对于这一点，我差不多就是两眼一抹黑，没有感觉，觉得都好看，没有什么差别，大的好看，小的也好看，假的就更好看了。有一次，我们说得"性"起，意味在各人喉咙里咕咕作响，那个伙计就趁势炫耀，说，我去找个女人把她的胸脯摸一下怎么样？我们都傻了半天，一下子没领会什么意思。他又说，你们信不信？这样的话我们连听都没听说过，怎么信？何况做？我就说，这怎么可能？他说，这怎么不可能？我做给你们看！他就嬉皮笑脸地站在马路边，装作若无其事的样子，似乎还心不在焉。这时候，一个女人从前面慢慢走过来，在经过他面前的时候，他突然横过身来拦住了她，那女人还没回过神来，但胸脯已经被那个伙计捧了一下。女人像触电一样缩了身子，做惊讶状，嘴里小声骂着"人死黄人死黄"，马上避身离开了。女人是过来人，知道任何尖叫和大惊小怪都会引起路人的围观或起哄，那就更糟糕了。与此同时，我们被着实吓着了，我们哪里见过这样粗鲁和刺激的动作？有几个傻在了那里，而我也不知怎么地拼命地往里面逃，觉得胸口有几把重锤在敲打，半天还喘着粗气，后来才发现身上什么时候还有了异样。那个伙计看见了，还嬉皮笑脸地问我，说，我摸别人，你逃什么？我哑言，是啊，我逃什么……

那年我十七岁。从那以后，我很长时间都不敢直视女人的胸脯。就是在多年以后经历了婚姻，我也是犹犹豫豫畏缩不前，面对女人的胸脯，我没有一丝的向往和美感可言，我脑子里马上会想起，那个伙计肆意、油腻、像凌辱一样的动作，它在那个无序杂乱的年代也是那么不堪。

## 3　曾经长跑

我正式去一个工厂上班是1974年。工厂位于西门江边的埠头。说是工厂，其实只是一个小组的规模，三十来个人，待在一座私人的院子里，全称叫绝缘合作社，听起来好像是专拆婚姻的、棒打鸳鸯散的，其实是做胶木板的。

我那时候还没有自行车，我父亲也没有，因此，每天早上六点，我都要准时地从家里出发，经广场路、信河街、九山河，然后是勤奋水闸，再左拐到厂里去，路上大概要一个半钟头。当然，乐趣也是很多的，路上总会有各种各样的小摊吸引着我，摆棋局的、磨刀抛光的、卖跌打膏药的，还有一个缸亦补桶亦补的乐清人，他总是在某个固定的地方，嘴里唱着他自编的生意歌谣，经营着比我稍稍好一点的辛苦生计。

在学校时我踢过足球，足球教练有一句挂在嘴边的话，叫，百分之五十的耐力，百分之三十的速度，百分之二十的技术。那意思是说，踢足球耐力最要紧，没有耐力你根本跑不下来。也就是说我的耐力出众，我有跑长跑的才华。于是，我在上班下班的路上，我不想走路了，我就会踢踢踏踏地跑起来。长跑不仅给我带来了速度，还带来了虚荣，工友们看我在路上一闪而过，都欢呼我，都很佩服。是啊，长跑，不是谁想跑就能跑的，就可以跑的！

九山河附近有个第七中学，一天下午举行越野跑比赛，距离是九山路上跑一个来回，大概有五千米。路上用白粉标了记号，路旁间或有一两面彩旗。大概是他们比赛的时间和我下班的时间有点巧合，他们刚刚跑过去不久，我也差不多下班了。积蓄了一天的力量在身上撞来撞去，我像是一匹发了疯的野马从厂里面蹿出来。柏油路笔直平坦是多么地惬意，黄昏的风拂面而来是多么地清新，长跑的热情此刻也得到了尽情的释放，我的呼吸匀称协调，动作规范美观，摆臂和蹬腿都非常有力，我要快快地跑回家。

临近第七中学的时候，我看见路边三三两两地排开了人，我的出现让他们突然地兴奋起来，伸头招手向我示意。有说，来了来了。有说，真快真快。有人递给我一团蘸了水的药棉，这种只有在长跑比赛时才有的情形，我过去在学校也体验过，我仿佛觉得自己又置身在一次比赛中，我顺手将递来的药棉含在口中，噢，冰凉的清水顷刻润湿了我的喉咙、我的肺、我的心。紧接着，我看到前方一条白色的绸带拉了起来，我的意识里闪现出一种本能的向往，身体像轻盈的鸽子飘向前方，我做了一个非常漂亮的撞线动作，手脚好像在表现一种舞蹈，我冲了过去。一切，都是在瞬间内完成的。我想，即使我已经意识到了某种错误，也已经刹不住了——我被当作是第七中学越野跑第一个跑到终点的人，我被众多的同学和老师包围着。

有人问我："几班？几班？"

"下班，下班。"我气喘吁吁，对自己的被围感到困惑。

"三班还是四班？"有人继续问。

我这时才完全清醒过来，扭着身体想挣脱这些热情的人们："下班下班，我要回家。"

长跑给我带来了一次愉快的体验。

后来，厂里一位叫柯依娜的女孩找到我，说她刚学了骑车，一个人还不敢上路，要我给她壮壮胆，她骑车，我陪在旁边跑步，顺便扶她一把。噢，她看上我的长跑才华了，我欣然答应。上班，我就去她家叫她。下班，我们等在一起出来。可以想象，这条单调枯燥的路上新添了美丽的情形和暧昧的意味。

长跑使柯依娜的车技有了长进，她越骑越好，越骑越快，反过来，也促进了我的长跑速度。开始的时候，我可以赶赶自行车，后来我就赶手扶拖拉机，再后来赶汽车也没有问题了。可是，突然有一天，一件事弄得我再也不想长跑了。

在这条路的尽头，是勤奋大队（因勤奋水闸而得名），大队里有个精神病患者叫阿介。阿介的精神病没有别的症状，就是爱长跑。每天早上，穿一条很黑的白背心和一个很黄的白裤衩，摇摇晃晃，笑眯眯的，从这条路上跑过去。跑到九山河，跳里面洗个澡，又湿淋淋地跑回来。阿介长跑，成了西门一带一个别致的风景。

一天，我正在路上跑着，有两个骑车的人从我身边擦过，他们过去后还不停地回头看我，眼睛里是疑惑和爱怜。

一个说："怎么这路上又跑出了一个？"

另一个说："这个年纪还这么轻。"

"怎么家里人没有看住他？"

"天天这样怎么看得住啊？"

呜呼，我成了另一个年轻的、从家里溜出来的、也喜欢跑步的精神病患者！我的腿脚顷刻疲软，呼吸也马上坏了，我不想再跑了，脚板在地上叭嗒了几下，无奈地停了下来。

后来，我慢慢发现，这一带是没有人长跑的，实在想活络活络筋骨的，也只是在院前屋后走走路，打打圈，那个猥琐，那个夹着尾巴，那叫什么锻炼啊！就因为这一带有个爱长跑的精神病患者阿介吗？阿介压制了多少有长跑才华的人，其中也包括我。


# 4  初试江湖

后来，我又到了近郊洪殿的一家手工作坊。之所以换了工作，是因为作坊里有父母更好的关系，工资可以从"新招工"的26块，直接参照"管理"的31块。和现在跳槽的动因差不多。作坊设在农民的房子里。后面有个天井，晚上是农民习武的场所，角落里摆着水泥浇筑的杠铃和石锁。我当时算力气不错的，也好动，有空的时候也会经常地去动一动，擎杠铃举石锁，也因此结识了几个晚上出来习武的农民。

印象中温州有几股打架的势力，西门班、东门班、西门班包括天雷巷一带，东门班指的是株柏码头那边，还有就是小南门和双莲桥，也都有打架的群体。喜欢习武的人总喜欢打听打架的故事，听着听着，也参与了传播。开始传播的都是些虚幻的人和事，传着传着，越传越真，这些人和事也成了自己的熟人或朋友，有时候还变成了自己，好像这些打架都是自己亲历的，心里也膨胀起来，好像自己也成了英雄。其实，真正亲历打架的人是凤毛麟角的，怎么打？用什么武器？打的什么套路？有些什么过程？最后有多少伤多少亡？谁也说不出一个确凿的内容来。

　　近郊洪殿这边有打架的势力吗？我在这边一段时间了，也没听说过。

　　这一带比较作兴掰手力，因此，习武的那些人也偏爱练哑铃，主要练二头肌，练得都走了形，像蜢蟒螯那样。其实，掰手力不仅仅靠二头肌，同时也要靠三角肌和胸大肌。一般来说，这几块肌肉好的，掰手力就有优势一点。当然，掰手力也有技巧，许多人凭一身蛮力硬掰，结果把骨头都掰断了。说白了，手又有多少力呢？手加上肩膀加上胸，把三者组成了一个强大的肌肉群，把力量集中起来，掰手才能掰得好。经过一段时间的训练和切磋，大家一致公认，我掰手掰得比较好。

　　有一天，近郊洪殿发生了一次意外。就是我们这个作坊的农民主人，无端地被别人讹了一下。讹什么呢？有关行为和尊严，这不是一件小事情。有人逮住他问，我园子里的花菜少了，是不是你偷去吃了？他说，我要偷也偷鸡偷鸭，花菜我还看得上？就这样，话中带刺，你来我往，一个觉得故意揭他的短，一个觉得有辱了他的档次，于是就约起来打一架。那天晚上，就在那个洪殿的殿里，双方聚起了人。但双方都不是打架的人，坊间传说的斗殴，双方都没有组织起来，面对场面，生疏得不知如何是好。双方对峙着，都不敢生出其他是非。突然，黑暗里有人喊，那就掰手力嘛。双方也马上有人接话，掰就掰。所谓，拳打进了拳窝。掰手一般都是会掰的，又没有多少技术含量，但要掰得好，那还是要策划一下的。于是，主人这边就拼命地差人到厂里叫我。

　　我那天正好是早一点的晚班，有人叫，虚荣心爆棚，也就呼哧呼哧地去了。大殿里早已经摆起了一张方桌，方桌是专门为掰手定做的，比吃饭桌小，也要矮，左边还专门做了握手的柄柄，以便更能吃住劲。像《三国演义》里拉开阵营的对战一样，对方先挑出一个人，看样子就觉得有力，手大，头颈粗。我不知对方怎么看我，反正我已经被大家推出来了，再在现场忸怩，也没意思了。我们就抱拳拱一拱手，像电影里那些装模作样的武侠，然后就抓住了手……他突然啊了一声，马上放开，说不掰了不掰了。对方人觉得奇怪，嘴张着合不拢来。那人说，他这是化骨为绵的手，像泥鳅一样，根本握不住，不好掰。都说男人绵手肯定是有名堂的，是身负内功的表现。其实，我有什么内功呢？手倒是天生软的，甚至会缩骨，真要是掰不过，可以滑脱，以求平手。

这场剑拔弩张的争斗就这样以戛然而止的方式结束了。其实也就是游戏，人生处处是游戏，只不过这次的规则是：他先出言不逊，又先主动求和，算输了，认罚在大殿里放一场电影，是当时最热门的《侦察兵》，王心刚演的。

这件事使我有了些许顿悟：一、知趣的适可而止不算塌神气，也是谦谦君子；二、掰手不一定非掰个输赢，平手也是内心广阔的表现；三、和平解决问题是大家所期盼的，谁愿意打架呢，谁愿意看到打架带来的麻烦呢……

后来，温州也举办过多次掰手比赛，我都没有参加。我当时正在一个拳坛专心练功。但有很多人找上门来邀我掰手，不知是真心交友，还是要试试自己的实力，但我一律都给了对方一个"平手"。我不掰倒他，我控制着他，不偏不倚。当然山外有山，高手在民间，我也尽力争取不被别人掰倒。

为此，拳坛的师兄弟们对我很有意见，说你这样只平不赢其实是倒了拳坛的霉，说别人还以为你徒有虚名，不过如此。说你应该把他们"嘀嗒"了才是，出气也要出一口大气！"嘀嗒"就是一秒钟击倒，就是KO。

师兄弟们说得对吗？对。但我不想那样做，因为我和他们的境界不一样。


## 5  有绰号的日子

其实，自从在洪殿掰手之后，我的麻烦也接踵而至。要么是有人找上门来求我解决纠纷，要么是被人堵在外面向我叫板，找我"单挑"，我根本就无法安心工作，作坊的领导原先也是很欣赏我的，又是我父母的熟人，这会儿也不得不流露出要辞退我的意思。

促使我最后离开作坊的是一次真正的挑衅。那人找到我，说要和我端端看。当时社会上习武的风气很盛，我们理解的"端"就是"过招""切磋"，具体说就是"掰手"或者"推马"。当时摔跤也比较流行，但摔跤对场地有要求，一般人很少会拿摔跤作要求。我就把那人引到僻静的地方，我不喜欢人多的场合，人多瞎起哄，对输的人和赢的人都会造成很大压力，我喜欢安静、干脆地解决问题。我说，端什么？掰手还是推马？那人说，谁和你掰手推马的，我问你这个端不端？说着从身后拔出一把大刀，不是菜刀，是真正的那种大刀，《水浒传》里也叫戒刀的。他还嫌一把大刀吓我不够，左手变戏法一样又变出一把匕首，就这样一前一后地指着我。我完全傻了，我确实没见过这样的场面，但我的头脑是清醒的，眼睛也非常好使。我和他勉强地打哈哈，脑子里想的都是怎样脱身，想着他进可攻退可守的样子。我丝毫也不敢松懈，眼睛紧盯着他的每一个细节，我发现他也很紧张激动，因为紧张激动他拼命地咳嗽。我想我有救了。就在他再一次咳嗽、手劲有点松动的空隙关头，我拔腿就跑。好在我对作坊后面的那片菜园还比较熟悉，我七拐八拐一直跑到了山前街，还跑过了茶院寺，坐在茶院寺门口的凉亭里，我气喘吁吁，惊魂未定。

后来，我就没有在洪殿一带出头露面了。我知道在我的身后已经有了很多微词，说不定还会起什么绰号，什么胆小鬼、纸老虎、土行孙、遁地龙等等，我都可以想象。土行孙一般人都知道，遁地龙也叫蚯蚓，知道的人就不多了。我才不管这些绰号呢！反正我也不在那一带出没了，爱说说去。而实际上，我是心有不甘的，我的落荒而逃情有可原，我在心里想，让那个胆小的遁地龙快快死去吧！新的我已经在另一个地方蛰伏，并渐渐苏醒。

接下去，我活动的地方移到了西山，我吸取了前面的教训，赤手空拳肯定是不行的，打架和寻衅也会与时俱进。掰手推马那是好汉的作为，而好汉又是多么地稀罕啊！要是碰到上次拿大刀之类的"死汉"，那肯定也是没有说话的余地的。于是，我也为自己锻打了一把"暗剑"，剑柄藏在手心，剑刃从指缝间探出，这种武器的运用不像大刀那么张扬，不会掀起多大的气势，但要是近身，在不知不觉间出其不意，杀杀锐气肯定是绰绰有余的，也不至于在单挑的时候那么狼狈。

那些日子，我每天带着暗剑上班下班，藏在屁股兜里，有时候左边有时候右边。很快，我的两个屁股兜被磨得发白，很快又磨出了一些洞洞。经常有人问我，你屁股兜里装的什么啊？我会假惺地回答，噢，是钥匙串。其实，哪有这么多的钥匙啊。当时的社会夜不闭户，门不落锁，根本就没有钥匙串。我唯一的一把钥匙，也只是用来开工具箱的。

在江湖上行走，架是肯定要打的，这也是年轻人立足社会的一种形式。碰到拿大刀匕首的死汉，我审时度势，该跑的还是要跑。拿鸡蛋碰石头，那是傻子才会干的事。碰到喜欢散打的好汉，我肯定是要较量一番的，名声往往在艰难的搏斗中悄声鹊起。当然，在明显处于劣势时，为了救险，我也会偷偷地施以"暗剑"。一般人碰到，都会抱着痛处蹲下，呵气缓解，然后一脸茫然和不解——怎么有这么厉害的拳头呀？

接着，就有人传我练的是"钉拳"，像铁砂掌之类，也有人叫我"无影剑"。但我知道，我那都不是真功夫。真正的名声，很多也不是打出来的。

现在，我的屁股兜上经常也会有两个洞，许多人以为我是在赶时髦，说现在时兴这个，喜欢在裤子上打洞。我郑重其事地告诉他们，我这是被钥匙磨的。现在我钥匙多，家门的、柜子的、抽屉的、汽车的、办公室的、保险箱的，还有小区单元的，又习惯放在屁股兜里，有时候左边有时候右边，仅此而已。


# 6　很大的权力

西山那条路是很有特色的，路上有零星的陶瓷残片，盘的、碗的、板矶的、面砖的，一路散过去，被柏油冻在路上，像指路的标识，等到路上的陶瓷片多了密了，真正的西山也就到了，因为西山有个陶瓷面砖厂。我那阵子上班的厂就在它的附近。

西山那条路是没有公交车的，一定要说有，也就是8路，是开往瞿溪乡下的，途经西山。这样的车没有时间性，对我们上班的人来说，没用。但西山这条路上有手扶拖拉机，运货，同时也兼带着运人。远远地，你看见蓬蓬的一团黑烟，不用听到震天动地的声音，就知道是手扶拖拉机来了。自从在西山这边有了绰号和名声之后，我就不用自己走路了，我只要在西山这条路上出现，那些手扶拖拉机就会很自觉地靠拢过来，停在我身边，问，带几步怎样？我当然也是当仁不让，像贵宾一样被邀了上去，坐在驾驶员旁边的"雅座"上。虽然一路上被弄得满身灰尘，脸上被油烟熏得墨黑墨黑，腰和屁股被颠得酸痛，但坐手扶拖拉机比走路的好处还是显而易见的。这是1976年，不是什么人都有这样的待遇的，换了现在的比喻，就好像县处级干部配上了吉普车。

因为这种待遇，厂里的领导也很器重我，觉得我是个人物，就让我当了车间管理，管一百多号人的生产。当时的选人标准和现在不一样，现在讲文凭、职称、工作经历，当时讲有没有力气，能不能唬住人。但有一点是一样的，都要经过考察。现在的考察是要听听各方面的意见，当时的考察是要检验你有没有威慑力。厂里有很多读不了书的"童子痨"，调皮捣蛋、没有"三思"、点一点拜一拜，像放牛一样，要有一个人能管得住他们，这个人就是我，既有力又有江湖色彩。而我在西山路上的表现，等于就是一次全方位的考察。

那时候，厂长每天要听听我的工作汇报。他一般不问生产情况，而是问，今天有什么人骨头痒了？意思是说有没有被我揍了一顿？其实，我怎么会揍他们呢？我和他们都是一样的。放到社会的层面里，都是闲散劳动力，临时工，即使在待遇上有点差异，那精神上还是一样的。我非常懂得唇亡齿寒的道理，也非常懂得皮之不存毛将焉附的道理，我和他们其实就是难兄难弟。他们为我卖力地干活，使我在厂长面前好交差，有面子。而我会利用自己的权力给他们一点点实惠。我的权力就是可以签发夜餐费，如果我卖个人情，给他们一点实惠，那就是刚刚过了夜里十二点，我睁只眼闭只眼，当他们加了两班。你别看不上这一份夜餐，多一餐更是不得了，折成人民币就是两角，不折钱可以到食堂里多吃一碗咸菜面，集得多了还可以换一个大件的东西。

别看这小小的两角钱，他们都非常在意，非常看重它。他们合起伙来给我贿赂，我都知道，他们委托一个住在县前头的工友，每天夜班前到中糖门市部买一个苏式月饼，偷偷放在我办公桌上，给我当点心。月饼五分钱一个，但我记住了他们的用心。他们为了这两角钱，还专门匀出人来盯梢我，捉我的手后。什么意思呢？就是每当我有朋友来访，坐我办公室里谈天说地，他们就抓住这个机会过来找我，给我递烟也给我朋友递烟。他们的烟一般是两种，一角三一包的"雄鹰"和两角九一包的"飞马"，他们自己抽雄鹰，递给我和朋友的都是飞马。然后，他们会不失时机地拿出已经填好的"夜餐单",装出非常难得的样子让我签字。他们知道我有某种虚荣心,也知道我喜欢在朋友面前出出风头,在朋友面前,我总是非常豪爽地大笔一挥,问都不问,甚至连看都不看就签下了大名。在初中读书时我对"吃别人的嘴软,拿别人的手短"这句话不甚明白,每当这时候,我想起这句话才有了准确的体会。

在厂里虽然只是签发夜餐费,但也有"一人之下,万人之上"的感觉。用这些小小的手段,我足可以指挥人把生产搞得轰轰烈烈。所以,那个时候,我身边总有一些喽啰跟着,抽烟有人点火,吆喝有人响应,厂里领导也说我好。

当然,这是对付男工的办法,管理女工,我还有另外一套办法……

# 7 先进的管理模式

温州这地方,停电是经常发生的,不仅夏天停,冬天也停。现在还这样,经常地检修,经常地要求错峰,给人的印象是,电这个东西永远是不够的。

因为白天停电,我们这个厂,多数时间都在做夜班。我们做的是装搭,搭一种叫作"测厚仪"的东西。装搭女工多,女工多就会有很多问题,比如夜间下班回家,就会涉及一些安全问题。晚上还不到八点，路上就没有人了，偶尔也有人拥来拥去的，那就是打群架的。街角黑暗的地方，有时候还会站个"露阳癖"，长衫裹着裸身，见女人走近，就哗地打开，引起一片慌叫。光是这个问题，我就成了女工们的依靠。她们下了班，收拾好，一群人等在传达室。等什么？等着和男工一起走，当然主要还是等我，因为在这条路上，我还算一块招牌的，还是有些用的。多年以后，我碰到一对老工友，他们已经成为甜蜜的一家，我问他们是什么时候好上的？他们异口同声地说，是当年下班走夜路的时候。你看，走夜路都可以走成夫妻，可见我当时在女工中也是很有优势的。我会经常地和她们开玩笑，说，你们要是不听话，我不陪你们走夜路了。这不是吓她们，还真的有用，她们立即就听话了。

夜晚的厂里，灯火通明。装搭的车间里，女工们整齐地坐在桌前，窸窸窣窣。但是，我会经常发现，装搭桌前会像掉了牙一样缺几个人，问她们到哪里去了？有说天热，换衣服去了。有说内急，到厕所去了。都是些不可告人、不可查看的内容。后来等等不来，才知道，她们是无聊了，跑外面听道去了。也是，社会相对封闭，厂里也没有娱乐，她们还能怎么样，能跑去信耶稣，听个道，已经算很本分了。

厂对面的弄堂里，有一个聚会点，小小的一间平房，没有什么陈设，很多年轻人一起挤着，相互探讨自己信奉耶稣的心得。有时候我去找溜号的女工，她们都在这里。

我家里祖母信教，她有一个好习惯，每天下午三点，便站在桌前朗读《圣经》，可以说耳濡目染。我小时候跟她去做礼拜的地方，也都是温州响当当的去处——兴文里的柯医师家，他是英国回来的外科大夫，这让人觉得他的讲道一定正宗。还有府前街银林牧师家，他养羊，且家里还有个"施洗池"，我每次看见他，总觉得他就是耶稣的某一个门徒。所以，我对耶稣这一领域的知识，也略知一二。我心里想，我要是也参加女工们的聚会，不就和她们打成一片了吗？我又想，我要是能给她们讲讲这方面的知识，不就可以把她们拉回来了吗？这样对我的管理也大有好处。于是，我就对她们说，我家里有许多这方面的书，我哪天带过来，我们在厂里也照样学习。西山这边的点，不像城里的聚会点那么正规，资料也几乎没有，所以，我这么一说，女工们自然都很高兴，都同意晚上不再溜号了。

那几天，我有空就在家里准备，机会难得，我得马到成功。我祖母有许多"培灵讲道"的书，那不是《圣经》，而是一些牧师编的教义，是牧师们相互勉励相互交流用的，也是给有资历的信徒学习的。我征得祖母的同意，认真地选取了一些浅显的、通俗易懂的，目的就是为了吸引她们，让她们有兴趣，从而将她们的心笼络住。

我不仅找资料，还简单做一些记录，这样介绍起来更方便。像一篇本地牧师高建国写的《好管家》，我在准备的时候，觉得和自己的身份很贴切，都有点活学活用的感觉。

——《新约·路加福音》十二章42—43节的一段话是这样说的：谁是那忠心有见识的管家？主人派他管理家里的人，按时分粮给他们，主人来到，看见仆人这样行，那仆人就有福了。这几句话，就是勉励我们如何做一个忠心的仆人和殷勤的儿女，希望我们用爱心行事，忠心竭力，踏踏实实地做一个好管家，做好每一件事。那么怎样做一个好管家呢？文章里还明确提出了四个条件：一是有忠心，二是有见识，三是会管家，四是会分粮。假如具备了这四个条件，谁还会说你不是一个好管家呢？在"新旧约"中，我们会看到，有不少仆人是具有这四个条件的好管家：亚伯拉罕、约瑟、摩西、约书亚、大卫、但以理、彼得、约翰和保罗等，都是。我想想自己，是不是也有点这个意思。

后来，我们就是这样一边上班一边学习的。西山这边的聚会，哪里有这么讲的？哪里有这样新颖别致的？那些女工，她们什么时候接触过这些正规的东西？她们如痴如醉，于是，都老老实实待在厂里了。

如果说管理男工我用的是"经济模式"，那么对于这些女工，我走的是上层建筑路线。当然，我们毕竟是在厂里，工厂以工为主，这个尺度我还是能够把握的。

我祖母1979年因病去世，终年六十四岁。她留下的那些书我现在仍珍藏着，《圣经》也是我经常拿出来翻一翻的书籍之一。

## 8  突兀的守厂

1976年温州爆发了第二次武斗。武斗的双方还是"联总""工总"。工总以摧枯拉朽之势占领了温州的制高点，信河街的邮电大楼、五马街的酒家、解放路的新华书店、望江路的古航标遗址，甚至连西山水厂的水塔上都架起了机枪，以防被当作土匪的联总四下逃窜。出入不方便了，生活不方便了，学习也不方便了，于是，工厂停工了，商店关门了，学校歇课了，我再有本事也只能待在家里。

有一天，我父亲对我说，你这样待在家里，为什么不去守厂啊？我说，厂里一个人也没有，我去守什么厂？父亲说，正因为一个人都没有你才要去守厂，这是你的厂，你靠它吃饭。我哑口无言。我不知道他这个念头是怎么生出来的，但从某个角度讲，他这个念头也是对的。老一辈的人都是这种"热头气"，说得好听点是"思想觉悟高"，在他们心里，只有集体，没有个人。

那年，我十九岁，长得还算结实。虽然在外面呼风唤雨，如鱼得水，但在家里，我还是非常老实的。所以，父亲的话就和圣旨差不多。

于是，我准备了十来斤大米，几件换洗衣服，走出家门，去西山守厂去了。

路上已逐渐萧条，行人神色匆匆，有零星的枪声在远处响起，嘎贡嘎贡的，那是自动步枪的节奏。我经过小南门，经过清明桥，经过雪山路，这些重要的路口都有工总把守，他们远远地用手指勾着我，问哪里来哪里去？我老实地回答，从家里来到厂里去。在他们盘问我的同时，那些高处的暗处的枪也都在瞄着我，只要我有一点点可疑，或不顺眼，他们就会一枪把我"嘎贡"掉。

这时候的路上已没有了汽车，连手扶拖拉机也没有了。我像个步履蹒跚的老人，走在西山的这条路上。所谓百步无轻担，我背着十来斤大米，在肩上换来换去，等我用两个小时的工夫走到厂里，我头上和身上都已经白花花了，像一个面粉厂里的工人。

守厂当然是无聊的，但我要给自己增添点乐趣。白天，我跑到后面的河边看人钓鱼，这里毕竟是郊区，虽然不是歌舞升平，但也是相对安全的。夜里，我就严严实实地锁好大门，还搬来一些桌凳，把门口垒成了障碍。我披着值班用的军大衣，打着五节电筒，强光像宝剑一样划来划去，把那些角落里的垃圾都照了出来。有时候，我也会自欺欺人地警觉起来，壮胆吆喝，口令？哪一个？肯定没有人回答，连一个鬼都没有。肚饿的时候，我自己烧饭吃，七分钱一个的鸡蛋，打成水蛋，也可以喝个半饱。实在想换换口味了，我就跑到后面的河边等，农村有那种小船载过来的货郎，买一斤粉干，一两虾皮，再去农民的田里偷一只球菜，合在一起烧也是不错的美味。

那几天，风声一点点地紧起来。有消息传来，溃败的联总要从西山这条路上退下来，城里已经没有他们的立足之地了，他们想退到巨溪，再退进泽雅山里，就可以扎下来打游击了。这天夜里，联总真的退下来了，他们趁着夜色，越过封锁线，松台山上的岗哨没有发现他们，积谷山上的机枪也没有堵住他们，他们像水银泻地一样朝西山路上下来。我躲在厂里，隔着障碍和大门来判断路上的动静。白天农民说，现在的联总已经是饥寒交迫，作困兽斗了，因此，他们可能会对沿途实行"两光"政策——吃光、拿光，他们要带点东西上山去，以备日后打持久战。我来守厂，也是为了防止这个。

路上有各种各样的声音，我更愿意把这些想象成其他：

那咕噜咕噜的声音，是不是农民偷偷地出来拉水？这是生活之需，白天不方便，只好夜里出来冒险弄一点。那窸窸窣窣的声音，是不是什么碎步的动物在轻巧地跑过，流浪狗或是无家可归的猫？突然，我的厂门被人凌乱地敲响，接着是擂响，再接着就是踹响。我躲在车间里面没出来，不明的情况最好都不要冒头，不冒头至少在理论上说是安全的。但门口的联总似乎没有打住或离去的意思，我马上意识到，是我垒在门后的障碍露了馅——里面垒了东西，就说明里面有人。我只好硬着头皮走出来，故作粗声地问，哪一个？门外杂乱地应着，联总联总。我说，我厂里没有蛇哪，隔壁酒厂里有的是鳗。我说的是俏皮话，有温州民间土话的意味，是说"吃蛇的人还会把鳗落在锅里吗？"这时候，也许是这句话有了别的指向，有"横竖是个抢，干吗不抢好一点的"的意思。这个指向刺激了他们，他们觉得自己被侮辱了，就恼羞成怒地愈发要进我的厂。很快，我一个人构筑的"工事"被他们推倒了，他们拥进了我的厂。当然，我的厂也真的没什么东西，除了车床，就是钳桌，但他们还是在翻砂车间搜走了一车焦炭。焦炭不能当饭吃，但在冬天，生火取暖还是有用的。

　　因为上面那句话，我还被他们揍了一顿。打架的人有经验，逃不了就赶紧躺倒。我双手护头，身体球成虾一样，他们的拳头打不着我的头，但我的腰被他们踢坏了。当时没有什么感觉，还以为自己是身体好，抗击打……

多年以后，我的腰开始和我抬杠了。到了我三十六岁的时候，我就走不动了，不得不做了手术。医生说是脊椎移位引起的椎管狭窄，CT 显示椎体内已经严重钙化，神经全都压死了。过去像牛一样的我，现在只能一瘸一瘸地走路。

父亲对我这样的后果并没有黯然和后悔，他更多的是得意和骄傲，觉得磨难即是财富，觉得有了这样的体验，我才有今天的泰然淡然。有时候，我真想问问父亲，他当时到底是怎么想的，他有没有想到过会发生意外？比如，在那个危险和混乱中，我置身在外面，万一哪一颗流弹长了眼，把我射杀了怎么办？

# 9  到杭州去

有一段时间，我老是想到外面去，具体说就是到杭州去。杭州是省城，杭州有西湖，我祖母也经常说，你要是有机会到杭州去，带点藕粉来吃吃。藕粉是什么东西？祖母说，是人生病的时候最想吃的东西。

那个时候我们不知道怎么到外面去，我们每天走来走去的地方都在市区，我还算好的，我的能量让我在短时间里走了很多地方，东边走到洪殿，北边走到勤奋水闸，现在又在西山一带活动，但外面的消息还是源源不断地诱惑着我。光长途汽车的消息就有不少，说车在蚊香一样的山路上走，爬得比蜗牛还慢；说下坡都不敢尽兴，像顶牛一样抵着，半天才走出一个山头。带来这些消息的是我们厂的两个供销员，他们在温州时就比我优越，可以骑永久牌自行车，黑色的人造革皮包是他们的标配，挂在车把的铃铛旁，老远就看出了他们得意的表情。他们在外面穿的确良衬衫，透明的兜里塞着牡丹牌香烟。他们吃饭店，睡旅馆，最主要的是，他们都有办法搭别人的便车到外面去，这个很刺激。一般都是货车，他们坐在司机边上，隔一段时间递一根烟，也不用多，跑到杭州半包飞马烟就够了。盘出大山的货车都会在一个叫"金马"的地方歇息，这里正好是温州到杭州的一半路程，要吃饭就在这里。在炒菜烧饭的同时，司机都会抽身到厨房后面去，跟老板娘抛眼说笑，他们知道饭店只是个掩护，老板娘真正的营生不是这个，他们说自己的东西好，不信你捏捏看。老板娘就伸手捏了一下，笑一笑，接着马上招来下人接手，自己扭身到楼上去了。司机也屁颠屁颠地尾随上去，甚至在楼梯上就拍打起老板娘的屁股。我也是第一次从供销员的嘴里听到"暗娼"这个词。

　　不为这个，就为在金马那里的一顿饭，我也想到杭州去一次，那是对新生事物的向往和对一成不变生活的逆叛。于是，我处心积虑地跟人家打听消息，留意着有没有什么货车可以载我。我本来下午肚饿时都要吃一点"接力"（温州人把下午三点光景的点心叫作接力），现在也勒一勒肚子不吃了。那其实就是一角钱一碗的光面，我也要准备着攒起来，作为去杭州时要用的盘缠。

一天中午，一个朋友跟我说，下午四点我们搭便车到杭州去。我激动啊，交代好厂里的事情，请了三天假，风风火火地扑回家拿东西，实际上就是拿钱，穷家富路的道理我懂，我从父母床下的鞋盒里拿走了30块钱。

我如约来到朋友家里等，等待传说中的那辆货车开到门口，把我们载走。时间还早，我和朋友躺在他家的地板上漫无目的地说话，他家的地板比我家的饭桌还干净，光可鉴人，木纹筋都洗出来了。我们按捺不住兴奋，憧憬着即将到来的杭州之行。这个话题太值得说了，一是搭便车，这是那时候非常奢侈的事情，谁能够搭上一辆便车，就像现在能调动一架直升机一样。二是去金马饭店吃饭，那可不是一般的吃饭，还可以溜进厨房和老板娘调情，问，你要不要捏捏看？这机会！这体验！他妈的！

但是，那天下午，我们等得太久了，我们说着说着居然在地板上睡着了，也许是前面亢奋后的疲惫，也许是干净的地板太舒服了。等我们醒来，朋友的妈妈说，刚才谁来过了，说下午不去杭州了，说改天再候机会吧。他妈妈又说，反正是不走了，我就没有叫你们，看你们睡得真香啊。这时候的我们，虽然醒了，但脑子里还是惺忪和糊涂的，我不知道那个朋友是什么感觉，说真的，我的感觉是很差的，就像嘴里咬破了一只大蜘蛛，苦得不得了。马上，我又发现还有更苦的事情在后头，我从地板上爬起来，无意间摸了下自己的裤兜，我立刻就蒙了，我从父母的床下偷来的30块钱不见了！我脑袋嗡嗡作响，闪现在眼前的都是太阳啊月亮啊这些巨型的东西，这就是当时的天文数字！我又不能当场地惊慌失措起来，在朋友家说自己丢了钱是很尴尬的，也很不合时宜，关键是我不知道这钱是怎么丢的，在哪里丢的？是从家里出来就丢了呢，还是在去朋友家的路上丢了呢？

关键是我怎么向父母交代呢？当然是没办法交代的。在当时看来，我的胆子也太大了，擅自外出杭州，又偷偷地拿走了家里的钱！杭州去不成也就算了，那30块钱怎么办？这个窟窿怎么来堵？我当时苦思冥想，想出了一个既聪明又蹩脚的主意——我暂时不回家，避免与父母见面。30块钱父母没察觉最好，察觉了他们就会疯狂地扑向我厂里找我。我其实就在厂里，但我和厂里说好了，骗我父母说出差去了，说这孩子挺灵光的，让他到外面去跑跑业务看，现在做阀门挺吃香的，他去的是胜利油田，大概要十天半月的才能回来。我父母听了这些没准会特别高兴，他们巴望着我快快长大，现在他们都看到了，我都可以出差了。他们不会再心疼床底下的失钱，他们会自我安慰地想，那一定是我走得急，来不及细说就紧急拿了，是作为路上用的盘缠，没事。

那十天半月我其实都躲在厂里，拼命工作，抢着加班。我那时月工资26块，每个月上交我父母13块，以示自己孝顺。余下的一半，是我一个月的饭钱和生活费，现在我要在这个基础上把它补起来，再偷偷地放回我父母的床底下去，如果他们真的还没有察觉的话……

1998年6月温州人自己筹钱造了半条铁路与金华接通；2002年10月温州下辖的乐清段建成高速公路，但第二年年底才通到外面。温州一直就是这么闭塞，所以温州人老想着跑到外面去。


# 10　走海上私货

1979年，我又从厂里跳出来了，我这人在社会上游荡惯了，如鱼得水，长期地龟缩在一个地方我会被憋死的。

那段时间，新鲜的事情也很多，尤其是像我们这种"身怀绝技"的人，有些特殊的场合、特殊的事情还是有人请的。

有一天，一个小学女同学突然找到我，悄悄对我说，你知道"里隆"这个地方吗？我说，听人说过，怎么啦？她说，你知道里隆怎么走吗？我说，那不知道，听说很远。她说，我想去里隆，我想你陪我走，怎么样？我说，可以啊，走就走。

里隆是一个内海港湾，在温州下面的乐清，其实还在乐清下面的一个镇。从年初开始，那里不断有振奋人心的消息传来，不断地进来一些稀奇古怪的东西，都是些流行时髦的洋货，大家神秘地奔走相告，走私来了，走私来了。走私是个新词，以前没听说过。开始的时候，我们也不知道走私为何物，不知道走私是一种什么形式，不知道为什么会走到里隆这个地方，总之，走私充满了猎奇，充满了无限的遐想。我的那个女同学就是这样跟我说的，你知道世界上有三条"龙"吗？我拼命摇头，不知道。她说，就是香港的"九龙"，台湾的"基隆"，还有就是乐清的"里隆"。我噢了一声，前面那些"龙"我以前也听说过，很遥远，也很神秘，我还会唱那首"美丽的基隆港"的歌，但把乐清的里隆和那些相提并论，和神秘挨在一起，我还是第一次听说。

一个星期天上午，我瞒着家人，陪着女同学，偷偷地跑到里隆去了。第一次和女同学外出，我也是很拘谨的，不像现在的男女，嘻嘻哈哈地可以到处乱走。但我们又是雇佣关系，说白了我是她这趟里隆之行的"保镖"，我尽管拘谨也要跟着她，既要陪她去买走私货，又要保证她的人身安全，因此，我们的样子就显得有点奇怪，离得远远的，又不时地拿眼睛瞄着，会心一笑。我们先是步行到望江路码头，坐那种嘭嘭响的机帆船到永嘉港头，再由港头搭拖拉机到里隆对面的黄花，再租个小舢板像特务偷渡一样摇到里隆去。

里隆是个避风港，很多的船只都停泊在港湾里。我们要翻过一座小山，翻到港湾里去，才会看见里隆真正的面貌。石头垒成的房子依山而建，一直绵延到海边，上上下下的石板路都是湿漉漉的，像长满了铜锈。有绵绵的歌声从边上的房子里飘出来，觉得很好听，听起来很舒服，后来回来时就知道了，唱歌的人叫邓丽君，我们也是第一次听到这个名字。我们走着，经常会冷不丁地被人拦住去路，多半是一些小孩，问，三星要吗？双狮要吗？说着，敞开裹在身上的衣服，里面的夹层别的全是手表，像奖章一样炫眼。也有拦着卖雨伞的，台湾自动伞，满满一麻袋背在身上，你要，倒在地上让你看。也有卖乔其纱的，领我们闪进路边的人家，花花绿绿地摊了一地。但我们都没有买，我那女同学听别人说，真正的好东西，还是在船上。我们就装作很有经验的样子，对他们的热情不理不睬，对他们的东西视而不见。我们继续往前走，像披荆斩棘一般，一路上应对着那些兜售的小贩。当我们最后来到一片海湾时，看到"成百上千"的船只连成一片，看到三角的桅旗哗哗地飘舞，看到黑压压的人头攒动，我们知道，真正的卖走私货的里隆到了。

我们跟着那些毫不相识的人，从这只船跳到那只船，又从那只船翻到另一只船。我们以前从来没见过这么好的东西，这么漂亮的东西，但到了这里，我们也不稀奇了，因为这里的东西实在是太多了，脚边踢过去都是，完全可以用"遍地"和"泛滥"来形容，把我们的眼睛都看花了。后来我们就准备买东西，实际上是女同学要买东西，我背了一个大麻袋，跟在边上，就是茶厂里装茶叶的那种，圆圆的，好像能装进很多东西。她最早看上的是乔其纱连衣裙，当场就躲到船舱里换起来，船舱没有帘子，我心领神会地赶紧把舱口堵上。一会儿，换上连衣裙的女同学从船舱里钻出来，显得魅力四射，脸上红扑扑的，站上船头的那一刻就像孔雀开屏一样，引得边上的人都啧啧赞美，说，衣服就是要人穿的，穿到她身上才叫好看。

这天下午，美滋滋的女同学自我感觉很好，她买了好多东西：十公分的高跟鞋、台湾的自动伞、双狮牌女表，以及足足有几十条的乔其纱料子。我出来时没准备要买东西，我也没准备钱，只非常可怜地买了几盒磁带。倒是女同学送了我一只手表，算是对我这个保镖的嘉奖。

这次里隆之行像化学药水一样腐蚀了我们。后来，我们又合作去了好多次，买的东西也越来越大，黑白电视机、8080 录唱机等。再后来这个女同学就失踪了。我开始以为她出国了，那时候，温州已流行起嫁给外国华侨的风尚，而这个女同学又是那样地喜欢外面的东西，那样地"崇洋媚外"。后来才知道不是这样的，这个女同学，因为自己走熟了路，觉得自己胆子大了，觉得可以独当一面了，就不再请我当保镖了。在一次擅自去里隆走私时，在船帮上跳来翻去时，一不小心踏空了脚，掉到海里去了。那些船和船挤得"严丝合缝"，船下海水盈盈，人们连她的头发和衣服都没有看一下，就不知道死到哪里去了。呜呜。

## 11　最严厉的惩罚

西山这个厂我待了三年，根基相当地牢固。领导对我很信任，因为我忠实地执行着他的意图；工人对我也很拥护，因为我能在细微之处体恤着他们。但是，后来发生的一件事让我前功尽弃，最终像犯了作风错误的离婚者一样，灰溜溜地离开了这个厂。

1979 年，上级局突然心发慈悲，准备给我们厂的工人转正。我们本来都是临时工，因为工厂办出了规模，才轮到了转正，真是天上掉下来的大馅饼。全厂人都沸腾起来了，奔走相告，把消息传来传去，好像这辈子吃饭的事算是落实了。但是，有一个条件又让我们无端地担忧起来，上面发下文件，说，如发现有"假农民工"现象，转正工作一律停止。大家刚开始灿若桃花的笑脸又苦丧了起来。

"假农民工"是怎么回事呢？就是领导把自己的亲戚当农民工安置进厂里，和农民工拿一样的工资。农民工是土地征用带进来的工人，他们在厂里就像老爷一样，作威作福，他们要什么工种，领导就迁就什么工种；他们不来上班，也拿他们没办法，工资还不能少了他；他们的工资还特别地高，相当于大学毕业的国家干部。一般工人的工资是26块，像我这样会蹦跶的"管理"，也就是多一点"米贴"，农民工则可以一下子拿到57块。所以那时候，农民工是非常吃香的。

看来，这件事要是处理不好，会耽搁了大家的前途。

我虽然在外面比较活跃，但家教还是比较严的，父母教导的正直、诚实，时刻牢记于心，我觉得领导要正视"假农民工"问题，不能拿大家的前途开玩笑。凭我在外面的影响，在厂里的位置，我觉得我应该、也有责任把这件事和领导"坦一坦"。坦一坦就是交心，就是摆一下利弊。我要领导在这紧要关头先委屈一下，把亲戚暂时当一下"一般工人"，以保证大家的转正顺利，过后再恢复不迟。但我们坦得并不愉快。

也许我真的是多管闲事，也许我低估了领导的能量——领导和上级打交道的能量，或单位本身"造假"的能量。在领导看来，"假农民工"就是小菜一碟，根本不是什么问题，既然能把"假农民工"造起来，就能把"假农民工"瞒过去。

我和领导的芥蒂就这样结下了，他不再把我当心腹了。我虽然还在厂里做管理，但作用已大打折扣；我虽然还在厂里进进出出，但他对我视而不见；就是厂里的生产情况，他也故意不问我，而是当着我的面问一些不相关的人；就像家里的冷暴力，我心里就像油煎一样。

更难受的事情还在后头。转正的事真的就这样来了，开始了，上级也没有过问，厂里也不用造假，一切都像是按部就班一样，该怎样进行就怎样操作。首先，要给每个人重新做一份档案，要重新填表格。当时的工人都是没什么文化的，而且童工居多，一个个能耐不小，字却写得蟹爬一样，不小心眨眼就会溜走。为此，领导决定，要有一个写字好的人统一誊写，把表格填得规范，漂亮。我前面说过，我家教很严，小时候父母盯牢习字，平日在厂里写通知、抄合同、誊总结材料什么的，领导都是叫我大笔一挥。如果不出什么意外，我想这抄抄写写的神圣任务应该是非我莫属的。但是，我想错了，我已经"不讲政治""不讲规矩"了，已经是"外人"了，已经被领导冷落了，这么重要的事还会轮到我吗？

领导不愧为领导，心思缜密，手段非凡，他非但不叫我填表格，甚至连说明一下也没有，压根就不想让我知道这件事。但表格总得有人填啊，表格填得好，也是厂里的脸面啊。噢，你放心，领导有的是办法，他寻来觅去居然叫了一个手有残疾的女工来填表格。此人原来在传达室看门，也是什么关系照顾进来的，属于先天性手指发育不全，连自己吃饭穿衣都困难，就算能写个一二三四，肯定也是画鬼符一样。但领导偏偏要叫她写！这也太刺激了，分明是在羞辱我！恶心我！是想告诉我，你以为自己字好啊，就是偏偏不叫你写；你以为没你不行啊，就是全厂的人都死光了，也跟你没关系！当这个女人别扭地拿着笔，坐在明亮的厂长室里，一笔一画吃力地誊写档案、填着表格时，我站在无人的地方远远地看着她，心里那种苦涩、酸楚，早已是"潸然泪下"。什么叫阴险歹毒、杀人不见血，这就是。

我在这个厂里待了三年，奋斗过，也付出过，有苦劳，也有功劳，却因为直言和坦诚犯了忌，被冷暴了，被架空

41

了，我还有什么意思再待在厂里呢？第二天，我悄无声息地离开了这个厂。

至于上面说到的"转正"，放心好了，一切照常。年龄大的和小的、条件够的和不够的、有文化的和不识字的，都转了。"假农民工"就更不用说了。

这件事我到现在还会常常想起，还会难过。当然，它也一直在提醒我，任何人，任何时候，什么诚恳地提意见啊，什么推心置腹地交心啊，都千万别当真，都是扯淡。


## 12　特别的信任

走私多了，毕竟和犯罪有点瓜葛，是打击的对象，很快就被刹住了。我又东转西转到了牛山的一个厂。像我这样的人，身体又好，又认得几个字，找个工作还是容易的。但牛山厂给我安排的工作是先前都没有尝试过的，是一个全新的领域，叫采购，或者叫供销。

第一次采购是去宁波订一台机器，一星期才有一班海船，一天一夜的海上里程，自己都觉得很兴奋很隆重。去的是宁波江东制造厂，住宁波江北招待所。以前没出过门，一直对住宿这块搞不清楚，以为招待所比旅馆高级。这个概念缘于我们对汉字的理解，总觉得招待比住宿要高一个境界。

到了宁波才知道，招待所其实就是最差的旅馆，一般都是由街道创办的，为解决街道里的劳动力。江北招待所就是这样，唯一的一部电话就安在看门人那里，看门人除了看门，还肩负着叫电话的任务，一般嗓门都比较大，一喊，整个招待所都听得见。

去江东制造厂要经过著名的灵桥，它是一座有标志意义的桥，就像温州的"江心屿"，又高又陡，据说是法国人造的，说这话的意思还有一层，只要是外国人造的，其使用过程都在几百年以上。印象最深的是，桥的两头每天都有很多推板车的行人，他们步行到灵桥边，都会自觉地停一停，等有板车过来，就主动一起地推上去。开始还以为是要钱的，后来经过得多了，观察得多了，才发现原来都是自愿的，是一种乐于助人的好风气。这是当时宁波的一道风景，不知道现在还有没有。

我的任务是看好机器样品，订下，然后等他们装搭出新的，让我离开时一起运走。原计划这些事两天就可以完成，所以我带的钱不多——我那时候也没有钱，有速战速决的意思。

机器三天就弄好了，但宁波方面就是不让我提。我去问他们的供应科长，回复说，这是我们的规矩，一律地先到钱后提货。我说，我出来时厂里都交代了，我们等用这台机器，你们能不能通融一下，让我先把机器提回去，我以人格担保，回去马上就把钱打过来。科长说，不是我为难你，是因为你是个温州人。噢，科长的意思是对我们这个"种族"不信任，他的话其实也没错。那时候，温州是个小地方，温州人等同于乡下人，温州没有名气，也没有任何信用可言，他凭什么要相信你，把这么大的机器让你提走！而我，从涉足社会以来的人格在这里没派上用场，也是很受打击的。

我于是跑到邮电局，打长途电话给厂里，我跟厂里说，你不汇钱，机器不能提，我也回不了家了。厂里说，你拿手掌给他打吧。这其实是耍赖的说法。同时也透露出一个不良的信息，厂里根本就没有钱，叫我出差，就是想我把机器骗过来，骗来再说。偏偏我又是一个极其顶真的人，我说，我等你们汇钱，汇了钱，提了机器，我才算真正地完成任务。

我就在招待所里住下来，每天赶到邮电局打一个长途，有时候光在电话里喂喂了几声，什么也没讲，什么也听不见，但这个电话也是给厂里施加压力，我想，厂领导一定很后悔派我来，一定把我家的祖宗都骂遍了。那些天，我的钱也越来越少，不得不掰开来计算起来用，一天就吃两次面。早上像蜗牛一样踱到宁波电影院门口吃一碗，又像蜗牛一样地踱回来，生怕动作大了提前把面条消化了。然后躺在招待所里不出来，像冬眠的蛇一样挨着，挨到傍晚再蜗牛一样出去吃一碗面。

等到第九天，我眼睛都等黑了，突然有一下，招待所的守门人高喊：202温州电话！那是叫我的，我打了个滚儿爬起来，因为没有力气我还差一点摔倒，因为激动我连裤子都穿不起来，走路时脚都是虚的，拿电话的手一直在瑟瑟乱抖。那个守门人奇怪地看着我，惊诧地问，你不会是鬼抽风吧？我也没心思跟他说笑，我当时那个激动啊，肯定和鬼抽风也差不多。厂里电话说，钱已汇到，机器跟人一起回来。

我当天就去办了手续，把机器托了运。正好那天有宁波船回来，我就买了张没有位置的统铺，也就是睡在船舱的、也可以睡在过道的那种。其实我连买饭的钱也没有了。

宁波这个厂我就去过这么一次，以后也没有机会再去过，所以，没有利益上的"下文"，也不存在什么"关系"，仅仅是打了一个"照面"，而已。

几年后，1982年，我突然收到一笔汇款，有120块钱，汇款单上的附言说：请代买四只走私手表，谢谢，老何。温州那时候的走私表还是有，而且很有名，30块钱一只，买过去可以自欺欺人，也可以当进口表蒙人。但老何是谁呢？我一下子没想起来。后来突然有了眉目，是宁波江东制造厂的那个供应科长。120块钱可不是一个小数目，相当于我们半年的辛苦工资。时隔几年，人和世事都变化很大，他就凭过去这点浅薄的关系，就相隔千里地托我买表？难道他不怕我卷了钱逃走？我当然不会逃走，也当然把手表寄去了。后来，他在电话里对我说，这年月，能说以人格担保的人是不多的……

## 13　上海滩旅馆

宁波跑了后我马上就不满足了，就想着要跑上海了。说起来上海也是最有吸引力的，过去说十里洋场，现在说购物的天堂，还有阿拉上海人，那腔调，都煽得人心里怦怦乱跳。那段时间，我们还热衷于学上海话，"赤那""杠头""小赤佬"都是挂在嘴边的口头禅。

跑上海属于私活，和工作没有关系，但私活比工作要紧，这也是当时的特征。

跑上海碰到的第一难是住旅馆。这说法放在今天是无法想象的，其实，就是在当时我也无法想象。下了轮船，不是去找熟人，不是跑采购，而是拼命地往"旅馆介绍所"赶。茫茫上海，旅馆每天的床铺都汇总到了那里，然后由介绍所逐个儿地派单介绍，把无头苍蝇一样出差的人打发到下面去。赶旅馆介绍所就是为了能排到一张住宿"派遣单"。

介绍所在什么位置现在已经忘了，好像在靠近北京路西藏路的附近，周边很热闹，但出差人都顾不上热闹，一门心思排队。窗口有好几个，写着"记者证""省介绍信""市介绍信""机关介绍信""企业介绍信"等等。企业介绍信的窗口人最多，但再多你也得排，否则你就得"露宿街头"。这是玩笑，在上海滩，露宿街头是不会的，但要在街上徘徊倒是真的，因为去得迟了你排到的也许是个"浴室"，或一个"地下室"，你只能等到夜深人静后，浴室和地下室的营业都打烊了，你才能去草草囫囵地睡一觉。

多年后，我在某刊物当编辑，人手记者证一本，觉得记者证应该是万能的，所向披靡的。正好也碰到出差去上海，是去约上海的一个画家画插图，就拿去试了。心想，这下不用挤那些"小窗口"了吧，就大模大样地把记者证往窗口里一递，还未来得及得意，记者证已经被里面飞了出来，旁边的人哈哈大笑，我却钻在人缝里到处乱找。上海就有这样的气魄，记者证都可以置之不理，北京人它都有胆量叫他们"乡下人"呢。

这事很麻烦，因为经常要到上海去，因此，就动脑筋想结识一位旅馆的服务员。有一次在浙江中路招待所里瞄上了一位，叫张丽芬，小姑娘一个，嘴唇红嘟嘟的，胸脯硬邦邦的，头发卷得像花菜一样，是多年以后温州才流行的"反头"，穿油光锃亮的方口皮鞋，走起路来的笃的笃的声音像是从腰板上发出来，铿锵有力。没事的时候，我就靠在服务台外和她聊天，从外面回来时都会给她带一点瓜子话梅。上海的姑娘都喜欢零食，这样一来二往就混熟了。还不是一般的熟，是蛮熟。因为我后来再来上海时都会去找她，每一次都给她带上一点东西，一斤虾干，几斤菜油或一篓温州瓯柑，都是上海人喜欢的。而她，无论我去得早还是去得晚，无论她是不是在班上，她都会把我安排起来，让我从海轮上下来，不费任何周折就可以直奔旅馆，这种感觉非常好。

张丽芬后来调到了福建中路，我也跟到了福建中路。她后来又到了江西中路，我也又扎根在江西中路，都属于黄浦区，都在闹市。在江西中路我住的时间最长，有一段时间，差不多一年都住在那里，方便又温暖。

时间久了，我们的相处也丰富起来。以往她给我安排的都是统间，统间一般是十个人，天南地北的，保管、睡觉、换衣都很不方便。后来和张丽芬熟了，她就把我安排在屋顶阳台的一个阁楼里。阁楼很小，勉强住一个人，门和窗都开在阳台上，实际上并不隐蔽，但在当时那已经算是"豪华单间"了。我在的时候，张丽芬会跑过来和我聊天，也会跑过来问，有什么需要洗的，她正好在洗呢。我不在的时候，她也会躲在我房里午休，我的枕头上总会留下好闻的雪花膏味道。她也会借我那里换衣服，我怎么知道的呢，有一天她的一条尖尖的的确良"假领"落在了我的床上，我很高兴，就在心里猜测了半天，她是不是故意的？在枯燥的出差途中能有这样一份温馨，也是很安慰的。

后来有一天，张丽芬突然问我，你知道那个小陈吗？我说，知道啊，就是那个烧锅炉的。小陈是个男的，叫陈中胜，泡开水的时候都是他推的车一路喊过来。张丽芬又说，你最近有没有碰到他？我说，没有啊，我没事碰他干什么？张丽芬似乎想再说什么，但没有说下去。

好多天，我一直在想张丽芬的话，什么意思呢？没头没脑的？突然有一天想明白了，原来张丽芬和陈中胜在谈恋爱！上海人是非常讲究清爽的，不希望事情上有什么缠绊。张丽芬怕我们的关系影响了她，她支支吾吾地，希望我以后别住江西中路了！呜呼！

再一次去上海出差时，我只得又去旅馆介绍所排队了。

## 14　与生俱来的生意经

仔细想想，自己的本事还是挺大的，每月26块钱的工资，在外面跑，帮单位办个事，接个活，自己的事也兼顾着，平均一天只有一块钱的花费，还活得风生水起，有花有木，简直是个奇迹。

温州人和外地人不一样，喜欢在路上跑，而外地人则不敢。外地人在路上跑，没有钱也许就饿死了。温州人眼观六路耳听八方，是不会叫路上的商机白白浪费的。就说跑上海吧，就是8块钱一张的三等舱，也不能白白花在路上。总是千方百计地要把它赚回来，带点白兔奶糖、搪瓷脸盆、高脚痰盂、绣花被面、铁壳热水瓶、印花玻璃杯，都是温州最紧俏的东西，只要轮船能让你上，都可以带回来，谁有意见？当然，这还够不上投机倒把，算小打小闹，变卖了，就能赚回路费，还能手头上宽裕几天。当时带得最多的是上海香烟，大前门和牡丹，温州香烟紧缺，凭票供应，主要是温州酒席上有分香烟的习惯，好烟就更紧俏了。特别是凤凰，抽起来那个香啊，你跟他讲这是中南海里面抽的烟，他都相信。

　　上海就是气魄大，有大上海的风范，外地人在上海可以免票买两包香烟，上海一百就有这个项目，但排队较长。卖的大多是大前门，牡丹偶尔也有，牡丹不能买两包，一般要搭一包差的，比如红金与飞马。事实上，也很少有人买两包牡丹的，红牡丹四角九，蓝牡丹四角六，属奢侈品，买多了怕经济上把自己伤着。我是买了香烟攒起来带回家的，再打上一角两角的赚头，尤其是红牡丹，你就是翻上两倍，也有人要。有人说，你多带点香烟回来，不是发财了吗？这就是对情况不了解了。我们有一句俏皮话，叫，在北京四天办一件事，在温州一天办四件事。上海在温州和北京之间，地也大，事也难办，我要去排队买两包烟，那我两天都不用办事情了。

有一年温州流行针织尼龙，而且就要栗壳色的，做裤子穿在身上，像蟑螂一样闪闪发亮，但大家觉得好看。有人找到我，说，栗壳的针织尼龙，有多少吃多少。这样的诱惑，像鼓风机一样推搡着我，我在上海就没心思跑自己的业务了，都往一百十百的里面钻，后来在城隍庙商场找到一捆。上海人问，剪一条？我问，一捆有几条？上海人说，有十几二十条吧。我说，那都要了。没有人这样买东西的，上海人张着嘴，手上的剪刀差点剪了自己的手指头。

那一趟上海回来，我兜里只剩下了四角钱，但心里高兴啊，胜利在望啊，睡觉都在盘算那裤料出手后的利润。就在"民主"轮船上放开喉咙喝了一瓶啤酒，吃了一碗盖浇饭。民主轮船是最早往返于温州—上海的客轮，期间换过好多次，换过工农兵，换过长盛，换过繁新，有过单体的，也有过双体的，但温州人都习惯地统称为民主轮船，成了一个民间词条，你要在温州提一下民主轮船，大家马上会联系到上海。那一趟是跑上海以来赚得最多的一次，每条裤料加五块不算多吧，二十条加下来是多少？都可以买一辆凤凰12型自行车了！

当然，也不是每一趟都满载而归，也有亏损和窝囊的时候，心凶，替别人带结婚用的印花玻璃茶杯，带了一百个，想囤积起来慢慢卖。这东西温州没有，结婚房间里都要摆上六个，对方亲戚过来时用这个泡茶，是很体面风光的，都要到上海去买。温州玻璃厂曾经看到了它的市场潜力，想试制这种透明的印花茶杯，但一个做咳嗽糖浆瓶子的工厂，怎么能做出这样精美的茶杯呢，试出来的东西总是歪歪扭扭，总是浑浊不清，总是大小不一，更何况还要印花！没办法。但那一次，我还没将茶杯背到轮船上，还是在码头上，就被蜂拥而至的人流挤掉了，碎了一地，四分五裂。玻璃杯碎了一点也没有用，就跟垃圾一样，连本带利都打了水漂漂，心痛得差点晕了过去。


# 15  差一点上了前线

有一天，我在上海的旅馆里接到父亲的电话，叫我赶快回家一趟，说工厂的事先不要管了，请个假算了。这不是他一贯的态度，但我知道，这件事非同小可。

回来的主要目的是去验兵。那时候，对于我们这些没正经读书的人来说，验兵也是一条人生出路。但这条路不是能经常碰上的，有时候验农村兵，有时候验街道的兵，这次轮到验工厂的兵，真是千载难逢的好机会。

我那个工厂没有验兵的计划，但我父亲找了一个关系，城建局的人武部长，父亲让我叫她兰姨。这年运气好，轮到我们验的是特种兵，不是美国海豹突击队的那种，而是特殊兵种。动员的时候是这样介绍的：身高一米七以上，五官端正，口齿清楚，普通话要好，身上不能有疤……其他要求都可以勉强达到，就是普通话要好，这在当时是非常苛刻的。温州人有一个最大的特点，就是普通话说不好，舌头硬，哪怕在外地待上好多年，一开口还是温州普通话，一听就可以听出来。但我有语言天赋，加之在外面摸爬滚打，普通话也讲得溜，尤其擅长上海闲话。具体到验兵，有个项目印象特别深刻，就是塞耳听音和准确应答。这项我做得最好，不仅反应迅速，还对答如流，部队的人看见我都拍拍我的肩，眯眯笑。出来时我们大家都在猜，这验的可能是潜水兵，要在非常环境下发声。

后来，在前面的基础上，又加验了几个项目，机械知识、红绿色盲和手脚的协调性。我们又在猜，有可能是运输兵，开汽车。这在当时可是个天大的本事，我们兴奋啊，都说，就是复员回来，有了一技之长，就不愁没有饭吃了。还验了讲温州话，这个我更有优势了，我们家从祖上就在温州市区，温州话没一点异腔。记得当时考我们的是讲温州方言故事的阿元老师，还要我们讲出十条以上温州俚语，比如"等你扒猪屎，猪也拉稀了"等等。总之，感觉非常好，觉得这次无论是什么兵，我都当定了。但也有纳闷的地方，当兵为什么要考温州话呢？

再后来，形势急转直下，说中国早就想和越南打一仗了，好多部队已经向前线调动了。说我们验的兵，是为了上前线的，技术稍稍地学一学，马上就要去开车送弹药。我的脑海里立刻浮现出抗美援朝电影里的情形，军车在盘山公路上蜗行，上面是飞机俯冲，周边是开花一样的炸点。后来，又有消息传来，说我们的温州话是用来传话发报的，说中越关系过去一直不错，一衣带水，来去自由，语言还互通。说这话的意思是，如果是那边的部队上去，在通讯方面，基本上无秘密可言。也就是说，我们如果验兵合格，就是去当话务兵，海鹰一号，海鹰一号，我是泰山，我是泰山，这是个神圣又重要的位置，说白了，多少人的性命捏在我们手里。知道《英雄儿女》里的王成吗？那个背着步话机竭尽全力地呼喊，为了新中国，向我开炮！就是这个。看来我也有可能成为经典了。

可惜，那次验兵，我最后没有走成。不知是不是我有什么隐疾被部队验出来了？比如狐臭、平脚、疝气，还是我不是这个系统的人，被人打暗拳，举报了？总之，县后巷人武部门口一批批新兵被部队接走的时候，居委会的人都没有到我们家来敲锣打鼓。我备受打击，但也很快无奈地回到上海。

我心里惦记着传说中的中越战事，虽然跟我一点关系也没有，但因为有前面的验兵，哪怕所谓的潜水兵、运输兵、话务兵都是虚的，我也愿意把自己和它联系起来。每天一早，我都会跑到江西路南京路的拐角上，如饥似渴地看报栏里的夹报——

第一阶段（2月17日—2月26日）：东线，广州军区许世友部攻克了高平、同登等地；西线，昆明军区杨得志部攻克了老街、柑塘等地；最深处挺进敌方五十公里。越南地方部队、公安、民兵节节败退，战略城镇纷纷陷落……

第二阶段（2月27日—3月5日）：东线部队攻占凉山、广渊；西线部队攻占沙巴、封土、铺楼；随即，我军宣布撤军……

第三阶段（3月6日—3月16日）：我军边清剿边撤退，同时炸毁越军重要军事设施，并掳获当年我国支援越南的大量物资。越军从柬埔寨调回部分军队保卫河内，但不敢和我军对战，只是尾随我撤退部队进行骚扰，给我军造成一定损失。3月16日，我军全部撤退完毕。此次战役，我军二十万人参与一线战斗，三十万人参与后援工作。

后来，有两首歌带着战场的硝烟传遍了我国大江南北，一首是《血染的风采》，一首是《十五的月亮》。当董文华和那个一条腿的越战英雄唱得我们热泪涟涟的时候，我父亲就会得意地对我说，我知道会有这一出的。还说，还好你没有验上，不然，上了战场能不能回来都难说了。这时候我才知道，我的兵没有当成，并不是有什么隐疾和有谁举报，而是我父亲从中作梗，他一开始想让我参军，是想改善我的前途，后来得知部队要拉到前线去，就"大义灭亲""出卖"了我……

现在，我偶尔也会在民间听到这样的传闻，说当年那次对越作战，温州人在其中起了关键的作用，就是全部换作了温州的话务兵，用温州话传递信息，这个"密码"越军肯定是一头雾水。多年后看到尼古拉斯·凯奇演的美国大片《风语者》，讲的就是和温州人在越战当中一样的故事，可惜我没有上战场，不然我也许就是电影的主角了。

经常会有人问我这样的问题，你一生中最大的遗憾是什么？以前我会说没有进过大学校园；现在我会说没有上过真正的战场。这都是些无法弥补的事情。

前些年我在文联当头，有一天，当年那个人武部的兰姨来找我，她已经八十来岁了，虽然脸上的皱纹像迎春藤一样匍匐着，但精神还很不错。她想成立一个民间社团，叫越剧爱好者协会，根据地就扎在我老家后面山上的大观亭，一班人咿咿呀呀地学戏唱戏，她想挂靠在我们单位。当时我们已经有了一个戏剧家协会，按照民政部门的规定，"同类组织不能再设置第二个"，但我毫不犹豫就批复了，支持她。因为当年，她也是为我开过后门的，把我放在他们单位验兵，尽管这后门最终没有走成。

## 16　信的山

在上海最长的时间是待了一年，我就像驻沪办事处。我们厂给我的任务也不少，去对口的厂里学技术，定期为厂里购置定制的刀具，再在江浙沪一带拓展一些业务，这样我就很忙很忙了，很忙就不能回家。

在上海进进出出是很有味道的，但断了路，不能回家，像个苦行僧一样，长期待在一个地方，待在旅馆里，那就寂寞和煎熬了。那时候打电话不方便，即便是旅馆里有电话，家里也没有电话。写信又太慢，新鲜的事要寄回到温州也已经过期了，要紧的消息被拖了几天，也都成旧闻了。但信又是非常能解决问题的手段，思念、牵挂，都可以通过信件来传达，来完成。

我前面说过，我早年也有点"叱咤风云"的味道，在一片地方，在某条路上，提起我，还是有人知道的。就像英雄就要美人配，或者说，男人不坏女人不爱，我是早早地就有女朋友的。那年我十七岁，她十五岁，我们在一个厂进进出出，很快就被我瞄住了。人长得不算漂亮，但顺眼，其实我们都知道，就是顺眼最难，顺眼就是舒服。女朋友在厂里也很"吃香"，上班有人等在路上自行车带她，产量有人多做些偷偷记在她名下，到外面买吃的，也都会给她藏一份，但这些，统统都被我识破了，没有得逞，因为我更加强势，我的动作更大，就盖住了别人的念头。

　　那时候谈恋爱也没有什么花招，就是看电影、逛马路。逛马路最多是去九山路，那边有一个九山湖，路边种满了栀子花。对于这种花，温州人有更好听的名字，叫"白玉瓯儿"，有歌谣为证——九山湖边白玉瓯儿开，一对对一双双在这里谈恋爱……去九山路原来是为了寻找一种气味，抑或是为了某种释放。

　　在上海就没有办法了，回又回不去，见又见不着，电话又没处打，只好写信。有了信，思念就会稍稍地平复，有了信，牵挂就会明显地减轻，有了信，感情就像是放了酵母，日夜不停地膨化起来。其实都不是，有了信，人好像被下了药，就有依赖了。我会故作很苦一样要女朋友给我写信，什么孤单啊、寂寞啊、解闷啊、安慰啊，把信的作用和意义有意地放大，好像没有了信我就会马上死去一样。我和女朋友约好每星期写一次信，我星期天写，马上寄，到了温州是下一个星期天。她收到后也马上回，寄到上海又是下一个星期天，如此循环。这样才把我们的心思都绑在了时间上，才让自己的忙碌变得充实起来。这样也不多，一个月满打满算加起来也就四封信，偶尔有要事拖了，就会少了一封，一年集起来也会有那么几十封。

有一天，我收到她一封信，拆开，里面没有信肉，只有些不灰不黄的粉末，闻闻没有气味，舔舔也没有什么味道，想想是她寄来的，不会是什么坏东西，也许是什么好东西，就把它泡在水里，当补品一样喝了。再一次收到她的信时，才知道，是她家花樽里的泥土，她怕我在外面水土不服，就寄了几撮放在我身边，以保平安。噢，怪不得那几日我心里是那样安安的。

回到温州后，我们的写信还在继续。那时候，我们已经不在一个厂里上班，她家里也不怎么接纳我这个"游手好闲"的人，我们的往来只能是地下式的，所以，写信也代替了我们艰难的见面。我们仍旧约好是一星期一信。星期六下午四点之前，我会把信"准时"地投进邮筒，这样她星期一就能准时收到。要是星期六我来不及了没投信，那她星期一就会守空，就会失望，那也是我不愿意看到的。怎么办？这当然难不倒我。我会在信封贴好的邮票上画一只邮戳，这样看起来像是经过邮局了，然后在星期一上午偷偷地摸到她厂里，把信件丢进他们的传达室……那时候，恋爱对于我来说就是疯狂和创新。

我们认识九年后才正式结婚。我们把过去的信都合在了一起，足足有几百封，堆在那里像一座山。但结了婚，天天厮守在一起，又有现代的通信工具，信就自然而然地没有了。偶尔有事，不方便说话，也只是意思意思地写一张字条，算是延续着我们多年的习惯吧。

后来，我们又搬了几次家，从高盈里搬到水心区，又从水心区搬到大同巷，再从大同巷搬到学院路，每一次搬家，老婆第一件事就是带上我们的信，就像我们家值钱的家私一样。这里说明一下，我们都不是知识分子，我们没有那么雅的情调，写信纯粹是出于无奈，有时候就是为了一件事、一种情绪，意思也是很通俗的。

这些信后来就不仅仅只是信了，它成了一种收藏，一种纪念，自己也珍惜了。有时候整理家什，也会翻出来看看，温暖立刻像音乐一样弥漫开来。有时候，两人说不爽了，脾气僵住了，想到这些信，心里马上会柔软下来，会觉得这样不好，心想，我们都写了这么多的信了，应该给信一个面子，应该摒弃点什么，我们就啧了一声，会心地笑了。

前些天，老婆不知从哪里找出一张字条，寥寥几个字，她却看得很认真。字条是 2000 年我去北京的前夕写的：老婆，桑塔纳给你开，这种车比你的奥拓大，你不熟练，要慢慢开。晚上和雨天视线不好，能不开尽量不开。注意休息，作息时间要有规律。多做些好吃的给自己，要当个事放在心上……老婆看看我说，字条，还是要经常写一写的。我说是啊，这样的字条，我也写了有好多年了！

关于这些信的故事，我曾经在一档婚姻节目里做过介绍。当天，就有三个看到的朋友给我打来电话。一个说，瞎说，是你编的吧！另一个说，矫情，不可能这样的！还有一个说，有点感动，很难得！我后来想想，三个态度正好反映了他们三个的婚姻状况：第一个关系不好，早已经离了；第二个勉强凑合，也是貌合神离的；第三个还不错，就是缺少点情调。


## 17 转氨酶指标

在上海最麻烦的还不是住旅馆、坐公交、像乡下人一样受到歧视，而是吃饭。如果你偶尔来上海，你会觉得吃饭很方便，饭菜很好吃，几乎每条路上都有你可口的饭馆。是啊，上海每天有几百万流动人口，如果没有地方吃饭，那定会是一个灾难。但上海的吃饭又是非常非常困难的，到了吃饭的点上，几乎每个饭店都在排队，买饭牌排队，等吃饭排队，还不止排一圈，每张桌子都被围了好几圈，多少双眼睛盯着已经落座的饭客，在这种环境下吃饭，要吃得淡定、细嚼慢咽、举止优雅是一件很困难的事情。一般都会是两种结果：要么手忙脚乱地扒拉几口，没吃干净，饿肚子走了；要么狼吞虎咽，饭菜堵住了食道或撑伤了胃。

这样的吃饭偶尔一顿可以，像长年累月在上海的我，这样的吃饭，时间耗不起，钱也受不了。后来我发现，长期跑上海的人都会想办法去搭伙，吃食堂。上海的街道，都有那种小食堂，我到过全国许多城市，基本上没有这种形式，不知是"大办食堂"时留下的产物，还是上海人工作、交通的特殊性而应运出来的？上海的街道食堂，不仅对辖区的居民开放，同时也对外来的路人开放，我就去旅馆附近的街道食堂买了月票，吃得还比较实惠，一顿饭两角钱，随到随吃，不用排队。我还从食堂里发现了一些美丽的"误读"，比如，温州人叫槐豆的，上海人叫蚕豆；而温州人叫蚕豆的，上海人却叫豌豆。

都说病从口入，常年在外面吃饭，生病就在所难免了。有一天，我突然地觉得疲软，旅馆的四层楼梯都爬不动了；

食堂里最好吃的狮子头也觉得无味；到外面办事情，只想着早点回来；挤公交车，没座心里焦急，有座又嫌它蜗行；这都是有病的表现。就战战兢兢地去了医院，记得是黄浦医院，在南京路浙江中路附近。上海的这种区医院也是很有规模的，有的是专科医院，有的甚至是"三甲"。我就在那里看了医生，验了血和小便。第二天去医院拿化验单，医生不说病情，却问，到上海来干什么？我说，采购。医生说，住哪里？在上海有熟人吗？我说，没熟人，也住在黄浦区。医生说，那对不起了，你不能再在外面跑了，我们马上要隔离你。还再三说，你现在马上去旅馆准备行李，在那里等，我们派车去接你。

我住的是黄浦区的遵义旅社，是旅馆介绍所分配去的。我拖着疲软的身子回到那里，门口已围了好几个人，传达室的师傅见了我，忙拦住说，你是不是在外面犯事情了？但我自己知道，我不是犯事，而是犯病了，他们都是来逮我的。那些医院的来人，已经抢在我面前赶到了旅馆，已经把楼梯封锁了，已经把其他客人赶走了，已经在消毒房间了，已经把我的行李打药封装了。他们见了我，一把把我抓住，说我转氨酶指标是23，说我得了"急性传染性甲肝"，要马上送到浦东去。

浦东？听过，但觉得那地方很荒凉，这是1980年。去那里可不是去享福，而是去隔离，我来不及留下任何信息，就被一辆救护车送走了。我们从提篮桥那边的轮渡进入浦东，这种感觉非常差，从车窗里望出去，是著名的提篮桥监狱，高墙黑森赫然，那是关押重刑犯和政治犯的地方，而我坐在车里，也是黯然和无助。当时的浦东还非常地冷清，印象里只有三家单位：一个水厂，一天到晚响着哗啦哗啦的水声；一个烟厂，据说中国的很多烟都在这里生产；一个就是医院，凡和传染病沾边的，都要被隔离在这里。我穿着病号衣，吃着从窗口递进来的饭菜，都说肝炎是财主病，要吃得好一点，但以我的条件，也只能吃些糖饼、番茄、西瓜，这就是我当时的营养。

我以为很快就会出来的，所以一开始也没有多想。在外面跑的人，心都是很大的。突然有一天心里难受起来，想，我这样关在医院里，家里人都不知道，他们还以为我已经死了呢。就慌起来，拼命喊来值班护士，问怎么能把我的消息传出去？护士隔着窗口说，你写信啊，我们会贴上标签，要经过一天一夜的消毒，才能寄出来。我就赶紧写信，也不敢写什么事，主要是写了浦东的地址，然后放在一个盆子里让窗口的护士取走。鸿雁传书，大概十来天之后，我家里收到了我从医院寄出的消息，里面没什么具体的，无异于一封密件。但我父母知道了，这就是我的下落。他们原以为我失踪了，现在猜测我一定病得很重，信居然还是消毒的，还要通过医院寄过来。不过，他们也没办法来浦东看我，一则因为工作忙，请不了假；二则也没有太多的钱，要奢侈地跑一趟上海。后来，他们派了在杭州工作的姑妈去浦东看我，说杭州离上海近，跑一趟要相对方便……

从医院出来后我回到温州休息，我把上海的化验单拿给温州的医生看，医生说，这根本就算不上肝炎，说你熬一下夜，喝一点酒，化验起来比这个都高。说温州的转氨酶指标是57。我心里横着不舒服，像犯了生活作风错误，有一种被上海医生误诊的感觉。

再一次回到上海，我就去责怪黄浦的医生，说被你这样一弄，我好像得了很重的病一样，重活不敢干，熬夜不敢试，烟酒不敢沾，养不好还会变慢性病，以后谈女朋友怎么办，其实在我们温州根本就没有事。黄浦的医生说，你们温州是乡下地方，冷清，闭塞，流动人口不多，指标高一点也无所谓。我们上海有多少人你知道吗，一天要流动多少人知道吗，都像你，东跑西跑，还到处吃饭，不出几天，我们就变成"肝炎人民共和国"了。我哑然。

前些年，我特地跑到上海，特别想去浦东看看。现在不用再到提篮桥那边坐渡轮了。虹桥机场下来，出租车上了高架，进了延安路隧道，穿出来就是一片高耸的楼厦，一片开阔华丽的景象。我闭上眼睛，想确定一下老浦东水厂的位置、烟厂的位置，尤其是传染病医院的位置，哪还有什么影啊？早就旧貌换新颜了。又想，我又何必一定要觉得自己在浦东待过呢？

# 18 十六浦风云

从上海回家，买船票是一件非常恼人的事情。在温州，人们喜欢开后门，有事没事都喜欢找个熟人。但在上海，势单力薄，没什么熟人好找。

长期跑上海的人都知道上海轮船的动向。当时往返于温州的有两艘船，一艘是单体的，一艘是双体的。刚开始的时候，大家图新鲜，觉得双体船有趣，可以站在这一边看另一边的风景，好像两艘船在逐浪嬉戏。乘了一次就尝到味道了，双体船要比单体船慢很多，起码慢两个小时，这对于"归心似箭"的旅人来说，简直是煎熬。所以，老出差们都会钟情于单体船，同时也对轮船的航行规律了如指掌。如碰上双体船，我情愿在上海多玩两天，逛逛商场，带一点可以转手倒卖的东西，然后，再去十六浦码头排队，买下一趟单体船的船票。

十六浦码头是在沪温州人的梦魇，一说起排队买船票就心有余悸。特别是年关将近，全国各地的温州人都会聚集到上海，等船回家。一般要排三天，排得昏天黑地，然后才拖着疲惫的身体，踏上"回故乡之路"。

排队买票的情况是千变万化的，有一些很怪的现象：比如，不管你什么时候去买票，那里总有很多人；又比如，排队的方式没有固定，一会儿发半张烟壳纸，一会儿又出一个塑料牌，一会儿又在衣服上画个粉笔号，可见多头管理，群雄纷争，谁说了都不算。常常是身上带了好几个记号，不知道哪一个有用。还经常被无端地"重组"，排得好好的，突然风云突变，哗啦啦"洗牌"，队伍又重新排了一次。有时候，一天的时间都耗在拥来拥去的排队中，而船票却遥遥无影。

有一些人是很早就发现排队的"商机"的。这也是我无论什么时候去买票都有人的缘故，他们把排队当作生意，把排的队让给你，赚两块钱；他再去排，再赚第二个两块钱。

温州人是天生不愿意排队的一个群体，就是现在也一样。哪个地方人围成了一堆，一问，肯定有温州人。但温州人不会乱挤，而是在乱中自由散漫地行进。温州人喜欢"插队"，到了排队的地方，先巡视一遍，听听人堆里有没有温州话，有，就上去搭腔，说着说着，很自然地就把自己融了进去，这个队就不动声色地插成功了。但那些以排队为生意的人都是火眼金睛，又一向上心，你在队伍边上说话，他就窥见你的意图了，早早就瞄住了你，你一入列，他就上去抓你的现行，与你论理。这些人又都是非常善辩的吵架能手，侬做啥？侬哪能？侬想哪能啦？晓得弗晓得规矩啦？说一口地道的上海话，其实不一定都是上海人，但他们以说上海话为荣。温州人嘴钝，尤其是说普通话，舌头就像是石头雕的，笨拙得不行，自然就不是他们的对手了。有一次我正好在吵架，边上有一人说，你讲都不用跟他们讲，他就是皮紧了讨打，你直接就跟他来真的，他们就像是狗死了一样。说的是温州话，一看，原来是朋友阿隆。讨打是我们当时的口头禅，换了今天的话就是"欠揍"。阿隆也是叱咤温州的风云人物，大刀背在肩上走，像《洪湖赤卫队》里的刘闯。有了他，我不再孤单，身上的野性也被呼唤了出来，胆子一下子就膨胀了。我问阿隆，怎么样？在上海能打吗？阿隆说，管他呢，反正我们马上要回家了。在上海当然不能耍大刀，但阿隆身上带了两把匕首，当即就"嗖"地拔出来，像《红色娘子军》里那个跳"匕首舞"的战士。他把匕首抛一把给我，我本来还是个口拙的家伙，匕首一到手，立刻就变得张牙舞爪起来。那些人哪里见过这样的场面，"啊"的一声，撒腿就跑。

那一天，十六浦码头到处都是乱跑的人，有的是追人打的，比如我和阿隆们，这个们就是还有一些温州人；另外的就是逃命的，比如那些所谓的维持秩序的人、赚二手三手钱的人。现场风卷残云，秋风扫落叶，异常壮观。但大部分人还是趁乱买到了回温州的船票。

回到温州，正好碰上了温州"严打"。听说来了一个新书记，有态度，有力度，整治的第一件事就是把咸菜四角一斤的降为一角；第二件事就是每人每月凭票可买到半斤猪肉；第三件事就是"严厉打击刑事犯罪分子"，毙了好多人，有几个还是我的朋友，比如阿隆。杀鸡教猴子，我再也不敢这样"散马"和"混世"了。我顶替了母亲到了一个正规的厂里去，从此"金盆洗手"……

多年以后，在一个十字路口，正好遇上红灯，我那时候已经骑上摩托车了，是那种黑色的"本田王"。我身边也停了一辆摩托车，是那种女式的50型，正好是我早年的朋友，他好像不认识一样地打量着我，说，听说你现在写小说了？我不好意思地说，在学在学。他说，你字都没认识几个，也能写小说？不相信！我无语，嘿笑。这就是他的不懂了，像我们这号人，正儿八经的书是读不下来的，但写小说，靠的是脑和生活。

［完］

# 火药枪

## 1

王勃在小城实验中学的一个教室里上课，他坐在最后面的一张桌子上。这是个南面朝向的阁楼教室，上课的人很少，干巴巴的风从窗户外面赶进来，赶得屋顶的泥灰哗啦啦地下来，盖在那些没人坐的空位置上，白蒙蒙的。这一年，王勃十八岁，蹿得牛高马大，他已经没心思在教室里上课了。我要去做活！王勃对自己说。王勃说这话的时候，脚头不安地在地上踢来踢去，硕大的喉结在脖颈里滑动，双手相互捏着指关节，咯嘣咯嘣咯嘣。

这时候，王勃的许多同学已离开了学校，走一个少一个，他们去做工，做裁缝，做装搭工，做营业员，做皮鞋佬，做剃头老司，美好的消息频频传来，像鸽子一样在王勃头上盘旋。王勃一想起这些，胸口就火辣辣地痒，他隔着汗衫抓，都抓出了血。王勃想，要是不抓，胸口就会一直地痒下去。

我要去做活！王勃回家对母亲说。

你会做什么呢？母亲说。

反正书是不读了！王勃说。

王勃站在屋里的灯下，他宽大的身体晃来晃去，灯光在墙壁上一忽儿亮一忽儿暗。母亲叫王勃站住别动，母亲觉得这样亮亮暗暗的很别扭，好像有什么东西在脸上扇一下扇一下。

母亲说，要不去找找表舅看？

几天后，母亲请表舅到家里来。表舅是一个建筑队的工头，就是拎个黑色的人造革小包在工地上指指点点的人。母亲陪表舅坐下喝酒。母亲打了四斤老酒，是西山酒厂出的状元红，三毛五一斤，比一般的酒贵六分。母亲要王勃站在表舅身后端着酒壶等着，表舅杯里的酒浅了就给他满上。母亲说，做活的事，就听表舅一句话了。

王勃起先觉得这样满满酒很有意思的，他满得很勤快，表舅的酒杯老是满满的。他看着表舅的筷子在盘里夹来夹去多自在啊，他看着表舅喝酒多痛快啊，多潇洒啊，咕一杯咕一杯，连脖子都不用仰，就像喝他自己的酒。后来，王勃就觉得这样站着满满酒不好受，有些奴相，他看着表舅的脸红了，鼻子都渗出了汗，一条肮脏的手帕不停地擦来擦去。再后来，王勃就想把手里的酒壶捏掉，把拳头砸在表舅的鼻子上，表舅只顾喝酒就是不提做活的事。可他没有砸，也没有捏酒壶，他只是这样想。

表舅酒足饭饱后说，王勃行。表舅又说，隔天来报个到，先打下手，搬砖、打水、挈砺灰。王勃咧了一下嘴，快活起来。王勃做不来他同学的那些细活，他的手指像石头里凿出来的，端碗都会把碗边端个缺口。王勃说，还是做这个痛快。

表舅走后，王勃就把抽屉里、床铺底、马桶间的书和簿子找出来，散的塞在母亲的煤炉旁边，整本的就送进了废旧商店，收购。

## 2

王勃去建筑队报到。王勃套上了一条劳动布背带裤，披上了次白的帆布工作服。王勃不喜欢把衣服穿起来，他觉得衣服穿起来特别窝囊，一点也不精神，衣服披在肩上多么有味啊，走路的时候，敞开的衣角一飘一飘的很威风。王勃找到建筑队，建筑队其实就是工地。报到就是去领导面前站一站，说，来了。表舅就是领导，领导就是建筑队，建筑队就是表舅手里的人造革小包。表舅说，来了？来了就做活吧。

王勃第一次做活很兴奋。搬砖打水掔砺灰，王勃觉得很轻松，用不了多少力。王勃想，力放着也是白放着，放着胀在身上难受，还不如用了的好。这样想着，王勃就又去做别的活了，拉车、扛木、抬石头。力不知从哪里来的，想来也就来了，很多很多，用也用不完，就像地井里的水，源源不断。

傍晚的时候，王勃从工地上回来。王勃的衣服染上了黑的土，黄的泥，白的灰。

做活用力吗？母亲说。

用什么力呀。王勃说。

做重活要当心腰，母亲说，腰是男人的半条命。

王勃看了母亲一眼，他觉得母亲的话太没意思了。什么腰呀命呀，他还没尝过什么叫重活呢！王勃说，我肚子饿了，吃饭吧。

王勃就坐下来，身体像山一样压在桌上。王勃吃饭的时候，母亲就站在桌边，王勃吃一碗，母亲就赶紧接过去添一碗，母亲的动作很快，好像稍迟一点王勃就会支持不住倒下去。王勃一般要吃四碗饭，呼啦呼啦呼啦，风卷残云，有他喜欢的菜，他就吃五碗。

吃了饭，王勃就躲进屋里练哑铃，王勃每天都要这样暗练几下。王勃有的是力，王勃的力要是不用掉，骨头肌肉都会痒起来，就会熬不住找人打架。王勃有强烈的充当英雄好汉的欲望。王勃把门闩死，把窗帘拉上，把浸过三七的药酒抹在皮肤上，顿时，火辣辣的感觉胀满全身。他又把两只生鸡蛋吞进肚子，王勃觉得这样才有点修炼的样子。生鸡蛋很难过口，有一股腥味。生鸡蛋经过喉咙的时候，他差点呕出来。滑溜溜的像一口别人的痰。王勃想。

王勃练手臂，练背，练胸。王勃的哑铃是自己用水泥和石子浇的，样子笨重难看，但个大，练起来过瘾，轰隆轰隆轰隆。现在，母亲还在厨房里收拾，母亲一见王勃闩了门就知道他在练哑铃了，母亲忍不住心疼起来。母亲说，王勃你这样会练出病来的！母亲的话像烟一样绕进屋里来。王勃本不想理会母亲，但母亲的声音很顽固，在他心头绕来绕去，绕得他晃晃荡荡的憋不住气，他就没了力，就练不动哑铃了。王勃拉开门大吼一声，别吵！又马上将门关上。王勃在屋里说，你想要我的命吗！王勃又说，你这样一说，我就憋不住气，气一漏就容易内伤。母亲不响了。王勃就听见母亲继续在厨房里收拾，碗盘叮咚的。

一小时后，王勃从屋里出来。他站在院子里冲澡，哗一桶哗一桶，从头顶浇下来。然后，他换上细条带子的举重背心、老蓝的田径裤，去荡马路了。

在不宽的马路边，乘凉的人们懒洋洋地散在那里，棕榈扇在黑暗的角落里一动一动，王勃像一辆坦克从他们身旁轰隆压过。他把自己的胸脯挺起来，胸中那条沟又黑又深，他又把自己的背肌张开来，呈现出一个倒三角，像一只展开来的蝴蝶，他粗壮的手臂被背肌撑着，架着放不直了。王勃觉得自己太强大了，浑身充满力量，他老想把拳头砸在路边的那些人头上。一定是很好看的，王勃对自己说，这些人的头就会像西瓜一样裂开来。

半夜前后，王勃荡回到家里，这会儿，王勃才感到有点累，也不是累，是困，他吱呀吱呀地上了床，人还没和床板贴稳，呼噜就从床上跌宕起来。


3


表舅的工地移到了近郊，这是个大工程，盖一个三层楼的厂房，算小城最高的建筑了，这也证明表舅的建筑队有实力。从王勃的家到工地，要经过臭烘烘的护城河，经过满是灰尘和尿味的长途汽车站，再要走四五里的郊区黑油油的柏油路。现在，王勃就行进在这条路上，太阳照得他身上火烫火烫，他走得赳赳英武，披在肩上的衣服被风吹得哗哗作响，拍打着他的两臂，使他兴奋。

王勃这天上工地早，是要找米猪头掰手力。这家伙也太狂妄了！王勃在心里说。米猪头是建筑队里拉单吨车的，三十岁，力气大，他不把王勃放在眼里。王勃做活的时候，米猪头和一些人就聚在一起说他，他们把手交叉在胸前，叼在嘴里的香烟不断地喷出来，王勃看见他们往他这边看，笑一阵，说一阵，说一阵，又笑一阵。一定在说我！王勃想，但是他们说什么呢？王勃想不出他们说什么，心里就横着，不好受。一个叫圣时的伙计对王勃说，他们说你是空架子，没有力，力在结了婚的男人身上。王勃的心里就难过起来，好像有什么东西在里面咬，不是干干脆脆地咬，而是撕咬，拉一下扯一下，牵肠挂心的。王勃熬不住了，强烈的争强好斗的心理在一阵一阵地怂恿着他。

王勃找到米猪头，有许多人在场，表舅也在。表舅喜欢别人打架推马，但自己从来不交手，表舅没力，那个瘦啊，他在夏天连衬衣都不敢脱。表舅说，两个端端看。端端看就是比力。

端什么？米猪头说。

掰手力。王勃说。

掰一包飞马。米猪头说。

飞马就飞马。王勃说。

他们就在工地堆放的水泥板上捉住了手。这家伙要塌神气了。王勃在心里说。他们握紧了手，指头跟指头绞在一起。开始的时候，米猪头略占上风，米猪头差不多把整个身子都压在王勃的手上，米猪头还要看着王勃笑。王勃的手腕被米猪头扭在那里，他感到剧烈的疼痛，像骨头要一块一块地脱落下来，咯噌咯噌咯噌的。他又感到骨头和肉分了开来，就像撕旧报纸一样，骨头和肉都吃不住劲了。力真的在结过婚的男人身上吗？真有这种说法吗？王勃不相信。王勃极力想找出一个有利于自己的念头，他想力应该在自己身上，他没有力谁还会有力？他这样想着，就真的有了力。他歇斯底里地喊了一声，呀——，是发力的喊声，声音很好听，共鸣很大，好像是从肚旮旯里震出来，经过心脏，伴着血液，一直震到手上。米猪头开始挣扎了，嘴歪到了一边。后来米猪头的手就碰到了水泥板，关节还碰出了血。

王勃把衣服披上肩，又拿下来，拿下来，又披上肩，他想他的手怎么没地方放了，老在动衣服。他看着米猪头，米猪头的手也没地方放，米猪头在翻来覆去看自己的手，好像这只手不是他的，而是殡仪馆里换过来的。

飞马不要了。王勃说。说这话的时候，王勃觉得自己神气极了，底气很足。王勃看见那个叫圣时的伙计跑过来，帮他拿衣服，王勃把衣服漫不经心地掼给圣时，王勃觉得，应该有个人替他拿拿衣服什么的。他看看圣时，想跟圣时说什么，他想了想，咂了咂嘴。王勃说，你跟我是不会吃亏的。

4

这阵子，小城正暗地里风行打架，各路英雄都按捺不住激动，杀将出来，显现本色。每天都有各种打架的消息在小城的角隅被人奔走相告，东门班把南门的小店扫荡了，西角外的好手在半小时之内踏平了北门，等等等等。这些消息像几年前的语录一样激励着王勃，他觉得眼下已经是他这种人的市面了，他巴望着有这样一个机会出头露面，来结结实实地演示一回。

王勃和圣时坐在工地角落的石块上，从田园远处吹来的、夹着牛粪香的风在他汗津津的腋下绕来绕去，他们相互说着这些事，心潮澎湃。这段时间，王勃逢人就说打架的话题，这些话题现在比热气腾腾的饭菜还要香，说着这些话题，王勃觉得自己浑身上下的肌肉都在膨胀，除此之外的一切话题，王勃一律地视为娘娘腔，还不如不说，还不如把舌头咬断在嘴巴里。

圣时说，你听说过"四面红旗"吗？

王勃说，那当然。像我们这号人，不晓得"四面红旗"还在市面上混什么！王勃在心里想。

他们把头钻在一起，天上地下地说着，他们被自己的话题激励得瑟瑟发抖。"四面红旗"是社会上私下公认的四路英雄，他们分别代表着小城的四股势力。谁谁为窗台下一堆撵不走的垃圾，谁谁为裤腿上溅上的几滴污水，谁谁为不经意无意识地瞧上一眼，谁谁为瓦檐下一寸滴水的位置，这都不是小事，无论有理或无理，故意或过失，这口气是绝对不能咽下的，于是吵得面红耳赤，于是就选择了打。打是多么气派，多么痛快，多么硬码啊。即便打输了，也不失为一条好汉。这样双方就约定了时间，汇上人马，在护城河旁边那块空地上摆开了场面。刀光剑影，血雨腥风，正打得热气腾腾，滋滋有味，不分上下，不想罢休，有侠肝义胆的"红旗"被人请到。"红旗"有力的手拨开人群，人群就落潮一样哗啦啦退去。"红旗"站在前面铮铮讲话，叱咤风云，众人就掏了耳孔俯首恭听。"红旗"不用演示什么武艺来震慑人心，"红旗"就是"红旗"，他的威名早就广为传扬。"红旗"不管是哪一方请到，他的立场始终不偏不倚，该吃的吃，该赔的赔，"红旗"就是正义和信用的象征。其实双方都是极不愿意打的，打牵扯了多少精力，带来了多少麻烦，造成了多少损失啊，都是因为那口气！现在，"红旗"把楼梯架到了双方的脚下，谁不愿意体面地下来呢？

"红旗"的头上始终罩着一层神秘的光圈。

王勃心里想，自己哪一天也能成为这样一位英雄多好啊。他把自己的指关节捏起来，咯嘣咯嘣咯嘣。

圣时说，你晓得你表舅是"红旗"吗？

王勃说，根本不可能！他的身体跟鸡壳差不多。

这叫龙形身体。圣时说。

这么说他也会打龙拳？王勃说着叽叽地笑起来。

圣时说，你别笑，你熊腰虎背，你会打虎拳还是熊拳？

王勃说，不会。

圣时说，那不就是了。他在家里还摆拳坛呢，教齐眉棒和板凳花，这些名字你听过吗？

王勃真是难为情啊，他怎么没听说过这些东西呢？圣时还在不停地说，圣时的唾沫星子不断地飞溅，像针一样刺着他的脸。王勃没有摸脸，他想他要是一摸脸，圣时就会不说了，那么，这么好听的话就会断了。

圣时说，到了"红旗"这个地步，他就会把自己藏起来，这是保护自己的本事，出头露面多了，就有人找他端端看了。

这话王勃不要听。王勃说，那还叫什么"红旗"呢？我要是"红旗"，我就行不改名坐不改姓。

这天傍晚下班，王勃没有从大路赶回家，他悄然地踏上工地后面的田园，这是一条通往表舅家的田坎近路，他跟在表舅身后，他想看看这个藏而不露的家伙究竟是怎么一回事！表舅的身影在暮色苍茫下不断地晃动，像一粒黑点。王勃努力地睁大眼睛，好像他随意地一眨眼，那个黑点就会消失得无影无踪。我怎么有点像电影里的特务啊。王勃在心里说。

5

王勃在吃晚饭。母亲在王勃面前走来走去，母亲有话想对王勃说，但母亲不敢说。白炽灯明晃晃地亮着，点在母亲的身后，母亲的身体和脸部都逆着光，看上去毛茸茸的。母亲看王勃吃完四饭碗，母亲熬不住了，母亲想，要是不说，王勃晓得了会被他吵死的。

母亲说，刚才天录来过了。

天录有事吗？王勃说。

有人晚上要踏平他的家了。母亲说。

那我要去一下。王勃说。

去不得，会打死人的。母亲说。

你不懂，你别吵。王勃说。

王勃重新披上衣服，叉着脚走了出去。王勃听到母亲在厨房间喊他。母亲说，要打起来就退后点！王勃头也没回，王勃在心里说，母亲真烦。天录是王勃小学时的同学，他们小时候经常在一起看电影，天录的事就是他的事，他能不管吗？

王勃到了天录家，那里已热闹非凡，好多的人在准备打架的工具，棍棒、铁尺、撑篙，有些人在撕白布条，分给各人，扎在手臂上，以便在夜战中分清敌我。在这个打架的人群中，王勃的身体是鹤立鸡群的。打架前的气氛使王勃情绪激昂，他觉得自己的肌肉膨胀了起来，力量聚集了起来，随便弄个什么东西捏捏，都能捏得一塌糊涂的。天录不晓得在什么地方，也许在策划，也许紧张起来去撒尿了。没经历过打架的人都这样，一开打就有尿，尿也特别多，是紧张过头的表示，其实根本就撒不出。王勃也有点想撒尿，但他不做这样的表示，忍着。王勃晓得，这个时候，要是一撒尿，就是嫩头儿，就把自己的形象给撒没了。他要做出一副身经百战的样子。

天录的父母拼命地拉住王勃说话，他们反反复复讲述着事情的起因。他们去上坟，回来时与人为争一只船吵起了嘴，天录打了对方一拳。虽然当时的吵架被两家的大人极力地劝阻了，但祸根已经埋下。天录还逞能地把自己的地址报给对方，说，有本事晚上再到家里来会会。对方也不忍这口气，说，晚上不去狗生，你不等也是狗生的。天录父母说，天录这厮儿就是犟，要是忍一忍，少一句话，就没有这等事了。王勃笑了笑，心里却在说，要是我，我也不会忍。

天录父母说，晚上就靠你了，只有你见过这样的场面。王勃其实也没有见过这样的场面，但王勃有信心去迎接它，王勃觉得自己有点像"红旗"了。王勃说，不就是打一场架吗？放心，我去会会他们就是。

晚上七点半，是约定要打的时间，王勃和一些前来助战的朋友一起拥到巷口。他们已经认识，他们是为了一个共同的打架目标走到一起来的，他们靠在墙壁上凑在一起吸烟，黑暗中，烟头一亮一亮。还没有到开战时候，大家很无聊，王勃就和他们海阔天空地说开来，说谁把谁家的炉灶给扒了，谁用炸药包炸飞了谁家的屋角，好像都是自己经历过的一样。他们有滋有味地说了一会儿，就听见远处传来了混杂的脚步声和非常刺耳的铁器刮过地面的清冽的响声。王勃说，来了。王勃又说，不扎到底狗生。王勃说这话的同时对方的大队人马也到了巷口，他们头戴藤帽，手持撑篙，在一位穿黑色短褂矮脚狗一样的后生统领下，一字儿排开。

现在，王勃被那些己方的朋友真心实意地拥簇了出来，他要与那个黑短褂捉对厮杀。这是小城传统的较量方式。王勃想，他终于有机会露一手了！他把自己的双手握在一起，他捏捏指关节，咯嘣咯嘣咯嘣。

　　黑短褂也走上前来，拱手道名之后，呼地扎下马步，他的腰间插着两把寒光耀眼的匕首，他抽出一把扔在王勃面前，他攻到了这里，得由他选择决斗的方式。匕首朝王勃滚了过来，匕首掷地的咣当声使眼前的气氛顿时凝固。王勃没有了退路，他要把匕首捡起来，才有资格与对方决斗。王勃要在黑短褂还未拔出腰间的另一把匕首之前占上上风。也许，黑短褂不是等闲之辈，他们的匕首将同时在半空中相遇，交结在一起，舞得火花四溅。也许，黑短褂的技艺更胜一筹，王勃刚刚才握住匕首，咽喉已被黑短褂用匕首封住，那么，王勃往日要做一个英雄的设想就鸡飞蛋打了。王勃极力不去想这些后果。王勃吐了一口唾沫在手心上，擦了擦，他在工地上端石头的时候都这样，吐一口唾沫在手上，石头也好像变轻了，说声起，就端了起来。王勃想，匕首算什么！匕首怎能和石头比！这样想着，王勃就威风凛凛起来。王勃开始围着匕首打转，像是跟匕首在玩什么游戏，他瞅准黑短褂一个思想稍稍游离的机会，把腰一弯，这把该死的匕首就握在他手里了。这家伙要皮肉受苦了。王勃的脸上闪过一丝冷笑。

就是这个时候，王勃料想不到的事情发生了。黑短褂把头仰在背脊上，哈哈笑起来。黑短褂说，有胆量！你捡起了匕首就是有胆量！我看，都是场面上的人，这架就不用打了。

为什么？王勃紧紧地握着匕首意犹未尽，他又开腿，马步半蹲，匕首指向前方，在空中刺了一下，做准备决斗状。王勃说，来吧，随便哪一手！

黑短褂又笑了一下，很大方地拔出腰间的匕首扔在地上。黑短褂说，兄弟不想交个朋友？说不定哪一天你也会踏进我的地盘，我们留个面子难道不好？

神秘的壮观的轰轰烈烈的打架场面顷刻平静了下来，王勃全身弥漫开一种遗精一样的感觉，他把匕首扔开去，全身的肌肉好像在萎缩。

现在我们来圆了这件事吧。黑短褂说。

圆就圆吧。王勃说。王勃没精打采，他觉得太便宜这小子了。

天录的父母不晓得从哪里钻了出来，他们显然很满意这样的结局，他们抢着给王勃和黑短褂分烟点火，把他们让进屋子，茶和点心很快就端了上来。王勃喝着茶吃着点心，觉得没有味道。王勃想，所谓的对阵大概就应该是这样的结局吧？只不过在以往的交战中，很少有人敢捡起地上的匕首，这就有了英雄和狗熊之分。狗熊是没什么好怜悯的，要把他杀得屁滚尿流，而英雄和英雄本应该成为朋友的。这也许是个秘密，是英雄们相互达成的默契。

赳赳英武的英雄变成了阴森森的先生，他们开始坐下来圆场，根据事情的实质，讨价还价，最后商定四六开，天录错多占六，对方四，一场斗殴就这样化解了。

第二天晚上，用四六开出的30元钱请了一个瑞安的词师，唱词的地点就摆在天录家那个栽有一棵枇杷的天井里，唱的是全本《薛仁贵征西》。王勃被安排在前面正中的位置上就座，他是平息这场斗殴的英雄，设想，没有王勃，该有多少人头破血流，没有王勃，不知还要花多少钱。王勃兴奋得脸色绯红，拱手抱拳频频地与周围的人致意，一副当仁不让的派头。黑短褂和其他双方主要人员坐在王勃的两旁，这是大家由衷的心意。众人坐定，结婚酒席上才能见到的大前门香烟也摆了上来，一阵窸窸窣窣，淡蓝的烟雾便在王勃他们头上弥漫起来。唱词老司开始击鼓敲琴，他眯着眼睛，装成瞎子状，唱得悠悠扬扬，但王勃没有心思听唱词，他的心里只顾激动，他尝到了受人爱戴和尊敬的滋味，他想他已经是一位英雄了。

# 6

王勃被人起了个绰号。现在王勃晓得了，大凡在社会上混的人，有名的人，都有一个绰号。王勃的绰号叫眼镜蛇。开始的时候，王勃不怎么喜欢这个绰号，后来他晓得表舅也有一个绰号，表舅的绰号叫金丝猴，叫金丝猴可能是比喻他瘦，相比起来，还是叫眼镜蛇好听。眼镜蛇到底是什么意思呢？王勃想，是不是凶狠、迅猛的意思？这样想来，王勃有点得意扬扬，他觉得这个绰号就和《水浒传》里的黑旋风、赤发鬼、豹子头他们差不多。

王勃仍旧在工地做活，每天披着帆布工作服从这条路上上班下班。这段时间，有关王勃是"红旗""黄旗"或"绿旗"的故事在这条路上传扬，有关他怎样地一个人平息了一场斗殴的情节被人添油加醋地渲染。王勃走在路上，经常会被人认出来，会有人在他身后悄声议论，扑喳扑喳扑喳，王勃王勃王勃。

王勃在工地上再也不怕有人远远地看他笑他了，再也不怕有人猜他有力没力了。王勃的想法很简单，有胆量的就上来试试，掰手也好，推马也好，散打也好。

圣时还是那样跟在王勃身边，替他抽烟时点火，替他吃饭后洗碗，替他拿拿衣服什么的。休息的时候，王勃就教圣时扎马步，教他擎板车轮。

冬天的一天，王勃正在工地上做活，圣时气喘吁吁地跑过来，说马路上有个人找他。

王勃说，什么人？认识的吗？

圣时说，不认识，是一个小子。

王勃说，走，去看看。王勃想，人出了名找的人就多。

圣时也跟在王勃后面走到马路上，他们看见了一个很不起眼的小个子，他穿着一件肥宽的军用大衣，他好像很冷，头颈缩在衣领里，双手插在大衣兜里。

你就是眼镜蛇王勃吗？小个子说。

你有什么事？我不认识你。王勃说。

这不要紧。小个子说，听说你很有几下子，我想找你端端看。

这家伙太不自量力了。自从那天会过那个黑短褂之后，王勃觉得什么人都不过如此，更何况这小个子！王勃说，你想比什么呢？掰手，还是推马，还是散打？王勃说着，慢慢地脱下帆布工作服，交给身后的圣时。

小个子说，这算什么游戏，我要玩就玩真的，你不是不怕匕首吗？我看你这个怕不怕？小个子突然从大衣口袋里抽出两把火药枪，硬邦邦地指在王勃脸上。

我的脸要成蜜蜂窝了！王勃想。他的脸冰冷冰冷，他晓得这东西，里面射出的可是火药和铁砂。

小个子又说，当然，我也不是铁板一块，铁板一块算我欺负你，我数三下，你要是能从我枪口下逃出去，也算你运气。

王勃心里有点虚起来，匕首和棒棍，比的主要是套路，不至于一下子致命，这东西是没有余地的，况且这些人总是说话算数的。说话不算数，也不会跑过来找他了。他根本就不等小个子数数，他的双脚本能地弹离地面，他要尽快地逃离现场。小个子见他一动，毫不犹豫地扣动了扳机，没响，这是一次哑枪，这种枪常常打不响。但小个子的第二枪随即就打响了，王勃本能地把头一低，他感到一团火光向他轰来，胸膛和嘴巴都充满了火药味，一部分头发已被火烧着，透出了呛人的焦气。这一枪没打准，这是个好机会。王勃撒开腿拼命地逃啊，逃啊，他逃得飞快，身旁的景物就像闪电一般闪过去，他像一只被人追杀的狗，仓皇而落魄。他足足逃了有十分钟，他意识到小个子没有追过来，意识到自己已脱离了危险，他的心这才定了下来。

天很冷，风很大。王勃无限疲惫地坐在路边龟裂的田埂上，回想刚才惊心动魄的场面，他真是懊悔啊！不是懊悔自己在小个子面前塌了神气，不是懊悔自己渐渐响起的名声突然失落，他是被这一枪击醒了，原来自己的意志是这么脆弱，自己的根基是这么浅薄，自己仅仅凭着一身发达的肌肉，一股莽撞的脾性，怎么可能做得了一个英雄呢？就他的表现，也许永远也达不到英雄的境界！这样想来，那个脆弱浅薄的王勃，是应该把他消灭掉！

## 7

一年后，长途汽车站东面的这条马路上又出现了一个英雄，他的绰号叫独眼龙圣时。还记得王勃那次慌不择路的逃命吗？那个时候，圣时正好站在他的身后，当火药枪轰的响起，当火药只烧了王勃几根猪毛一样的头发，却准确无误地击瞎了正准备呐喊的圣时的一只眼睛。而圣时，经历了这次轰轰烈烈的火药枪的洗礼，他还有什么可惧怕的？没有！于是，圣时成了真正的英雄。

# 阿玛尼

## 1

　　我初中毕业的时候是十八岁。这个年龄，细心的人一看就明白，这厮，一定有什么说说的，要么是长不大的"螺丝钉"，书读得迟；要么是"蒸不熟的黄馒头"，在哪个年级里"回炉"了。也确实，一年级的时候，五颗纽扣分三份，我分不出来；五年级的时候，"读书是学习，使用也是学习，而且是更重要的学习"，这"而且"是个什么东西？为什么这么重要？我就搞不明白。等我读了初中，母亲就吓唬我，叫你爸早点做辆板车起来，言下之意是，我从学校里一出来，就可以去做苦力了。

借我母亲吉言，我确实也做过许多苦力，打桩、做泥水、拉板车，或者，被人呼来喊去地打架。这些信息也告诉别人，这厮有蛮力，或者说，头脑简单。同时，别人也由此知道，我有很长一段时间找不到事做了。一个人有力，没事做，都会想着去学一门本事，什么本事？打拳！就算你自己没想到，别人也会惦记着你。我父母就说，没事去学门功夫起来，不打人也可以防防身嘛。那些打拳老司也会找你，到我这里来吧，到我这里来吧。有点像现在的"星探"和"引进人才"。

我们家对面山上就有个拳坛，老司叫龙海生，也有人叫他南拳王的。是拳王，一般都有些传说。传说一，说有一天有人找他单挑，他说可以，也不问要比试什么，不动声色地顾自扎下马步，运足气，然后发力身体一坐，脚下的地砖就像开了片的瓷板，嘎嘣嘎嘣地裂开来。还有个传说更有趣味，说他弟弟要"上山下乡"，明天就要走了，他表示对政策的不满，前一天夜里把解放路上的垃圾屋全部踢倒。垃圾屋都是水泥的，一路上有几百个，先不说垃圾屋牢不牢、重不重，但一路踢来不歇，这脚力也是可观的。

就这样，我拜了龙海生为师，学两样东西，一是齐眉棒，二是板凳花。齐眉棒讲究左右开弓，板凳花的特点是进退自如，两者都是攻守兼备、实战型的功夫，我喜欢。我不看好死板的、程式化的套路，我觉得，没有器械，光是拳，力是打不出来的。

2

有力，就会有人请。请我的是附近的金龙阿妈。金龙妈我不认识，但我母亲认识她。母亲说，金龙妈很苦的，她有什么事叫你，你只管应来。我就应了。金龙妈找我不是一般"推拉抬担"的小事，而是委我以"重任"。什么重任？这个说来话长。现在，我撑着肩、自我感觉良好地往金龙妈家去。我以前读小学时，每天一早从家里跑出来，像一条关了一夜出来撒欢的狗，跑得很快，还会张开双臂作飞机飞翔状，嘴里还配以"呜啦呜啦"的叫声。叫声像犬吠一样引出了其他同学，他们一个个钻出家门，一会儿就汇集起七八个，像一群互相追逐的狗，兴奋地向小学跑去。金龙妈家就在小学的附近，一个裁缝店边上，一条小弄堂进去，里面有很多人家，像某些景区，外面一点也不起眼，里面都是风光。我们这里有很多这样的弄堂，像一个篆书的"竖心"，由几条枝杈组成，金龙妈就住在最里面的那间。到了这里我想起来了，金龙，还有银龙，我们应该还是校友呢，这个也等一下再说。

这条弄堂，我以前来过，是初中时随"红卫兵"进来夜巡。巡什么？巡有没有"犯罪"的隐患。小路弯弯，路边有许多物件，是边上的住户随意摆出来的，水缸、鸡鸭笼子、花草罐罐、水泥洗衣台、晾衣的竹架子。我喜欢吊在队伍的最后，最后，等于没有了督促，我可以随机而肆意。用耳朵贴近屋门，听屋里的窃窃私语；在窗前的黑暗里凝神屏气，想象着屋里的大致轮廓；马上，私密一点点地被我嗅出来了。有一下，我还偷窥到露在床外的四只脚，我当时很费解它的样子，后来被同伴"走啦"的叫声拉了出来……现在想来，当时那来不及稳妥的四只脚，可能是在偷情。

金龙妈家是两间平房，一间金龙妈住，一间两个儿子住，还有个半间在弄堂尽头搭出来，做厨房和柴仓。光线很暗，从瓦缝里漏进来的光都是灰尘。儿子的屋里很简单，一张床，一个五斗柜。金龙妈的屋里稍稍复杂一点，一张八仙桌，一爿三门橱，一张老式的踏床，可见金龙妈过去也是有"规格"的。还有个角落用布帘拉起来，不用说我也知道，是屎盆间。我还可以想象，屎盆是带架子盖的，不然，它弥漫出来的气味要浓郁得多。

金龙妈想叫我合伙做一件事。什么事？摆赌庄！抽头薪！为什么摆赌庄？没什么更好的事可做。她一个女人家，大儿子金龙，傻的；二儿子银龙，劳改回来的；她要养着傻儿子，又要安顿好刚回家、找不到事做的二儿子，只有摆赌庄最容易启动。那么，找我合伙就更加简单了，她需要一个愣头青、有点"杠"的人来维持秩序。我前面说过，我长得五大三粗，显得比实际年龄要老；我又在拳坛混过，打齐眉棒和板凳花，那都是在逼仄空间里擅长的功夫，属特殊武艺，再小的余地也可以施展。至于抽头薪，则是对金龙妈提供场地的回报，和对我服务的认可。反正这阵子我也没什么事做。


## 3


赌博是一门学问，也是技术活。说学问，是这个门类里面样式多、框框多、要求多，掌握起来不容易；说技术，是要求当事人脑子快，能判断，记性好，会计算，不仅运筹帷幄，还要战略战术兼顾。还要有身体天赋，比如眼明手快，像我的手指，石头里凿出来似的，肯定不行。

赌博赌博，赌后面为什么要加个博？说明它深奥。想想也是，任何和博字沾边的词，都和广大、深远、丰富有关，比如博览、博物、博大、博学、博爱等等。那段时间，我们听到最多的就是基辛格博士，他的称谓里就带个博字，就是那个中美关系的破冰者。他的职位实际上就是个安全事务助理，来中国却是周恩来陪着，毛泽东会面，可见，后面多了个博字，就不一样了。

金龙妈的赌庄就这样摆下了。

赌桌摆在金龙银龙的屋里，桌是金龙妈那张八仙桌，凳是散凑的，有条凳、圆凳，也有花鼓桶替代的，有一张竹椅搁在桌子边上，是供撤下的人休息的。说是休息，其实心思仍吊着牌上，都还在桌子上激战呢。

开始的时候，赌博的形式是"十三张"，这种玩法的过程比较慢。摸牌靠运气，但决胜靠智慧。我不懂拼牌，但也站在边上煞有介事地观看，边看边学，几天之后，总算把大小搞清楚了。十三张的编排有主有次，上面三张是次，中间五张是辅，下面五张是主，相互比每个层面的大小，大小以组牌的难度衡量。比如，最大的是"同花顺"，依次是"四条"（四搭一）、"伙儿"（三带二）、"没有顺序的同花""不讲花色的顺子""三条"（三不带二）、"两对""单对""全散"。大小主要看下面，比如下面很大，那上面哪怕很小，也可以自保。这真是一段非常自由、非常惬意的好时光，我就这样看着，也算是一份工作，说是维护秩序，其实很多时候都还是相安无事的。

后来形式又有了提升，主要是嫌十三张太慢、麻烦、费神，打赌人喜欢速战速决，于是就选择了"两张牌"。两张牌比大小，简单，不用动脑筋。但两张牌有难度，扑克54张，要拿掉22张，剩下的32张作为作战的武器。拿掉的是：除黑桃外的其余三张A、除黑桃外的其余三张3、两张花魁、四张K、两张黑的Q、两张黑的J、两张黑的9、两张黑的5、两张黑的2。红多黑少，好看。两张牌有口诀："天地人和梅长板。"老听打赌人挂在嘴上，不知道什么意思。若说是什么比喻，好像解释不通；若说是大小的顺序，好像也不是那么回事。最大的是"双天"（两张红Q）、第二是"双地"（两张红2）、第三是双"皇帝"（黑桃A与黑桃3），下面依次是：两张红8、两张红4、两张红10、两张红6、两张黑4，对应"口诀"上的"人和梅长板"。红Q和红9叫"天九王"，红Q和红8叫"天降"，听起来就很有气魄，在单张组合中算大的。牌里也有粗话，比如摸住了"红10和黑10"，叫"通奸"，就像我们现在说的"AV"，其实，单张凑成10的都有这个意思，算倒霉的臭牌。其他各种各样的组合就更多了，这里说不尽……

4

赌庄可不是一般人能够摆的，要有好的场地，还要有隐蔽的环境。金龙妈有场地，她的家原来还算殷实，只是后来败了，但空余的屋子还有，在居住条件都很逼仄的当时，她的家算很好了。那个"竖心"弄堂的环境也不错，像《地道战》里的地形，适合躲藏和疏散。当然还有服务。金龙妈自己就会服务，她无业，又能干。打赌是个拉锯战，像跑马拉松。赢的人觉得手气好，不肯歇下；输的人着急想翻本，不肯退出，牛皮糖一样；这就要求金龙妈管饭。饭还不能是粗茶淡饭，要吃得可口爽心，肉类不买骨头，水产不买鱼蟹，都是不脏手不烦嘴的东西。在赌博的间隙，金龙妈还会端上一盆爽口美味的榨菜条，那时候吃水果奢侈，吃榨菜条差不多，切得大小适中，适合直接下手，正所谓：睡不如瞌，吃不如撮。所以说，金龙妈的服务是恰到好处。还有技术保障。坐地参与者，是要有名气指数的，聚人气也好，招赌手也好，蛇洞蟹洞，路路相通，银龙是最好的人选。他的脚有点瘸，据说是抓赌时跳楼摔的；他被劳教，据说是因为"出老千"；所以，由他来坐镇赌庄，正好是学以致用。还有就是我。赌庄是个有争端的地方，有为脾气争的，有为言语争的，有为一个交流的眼神争的，也有为一个不必要的手势争的，这需要有个人调停处理，这个人就是我。我不光是有力气、有功夫，主要还是有背景。我师傅是龙海生，拳坛摆在后面山上，那里人多势众，个个身怀绝技，说句难听的话，就算我在这里吼不住，到后面山上去打一个呼哨，我的师兄弟们就会拍马杀到。从这一点上看，金龙妈还算是个明白人，知道"寸有所长，尺有所短"的道理，知道这件事独食吃不了，知道只有我们联手了，才能够真正地相得益彰。

金龙妈那天叫我来熟悉屋子，有意在强调一些细节。比如，厨房的柴仓很大，柴火很蓬松，她是不是在暗示，这里可以藏身？比如，两间屋子都有独门出入，但床后面还有互通的便道，她是不是在说，需要的话，这里也可以回避？比如屎盆间，和我之前的想象一样，撩开厚厚的布帘，里面就是那个屎盆盖子，堂而皇之地摆着。屎盆盖子的功能很科学，一是遮丑，二是捂气味。背后是一张老年画，画的是"桃园三结义"，这个作用也很妙，美观，掩饰，其实后面是一扇气窗。气窗外是一条野路，往左往右最终都通往山上。这一带的民居都有点依山而建的味道，之间有蜿蜒的小路，感觉上狭小拥挤，实际上都四通八达。事后想想，金龙妈说这些的意思，是要告诉我，在关键时刻，这里还可以"曲径通幽"，不至于走投无路。

她倒没有说打赌不允许，或说这事有危险，她是怕我打退堂鼓吗？这个我才不以为然呢，没什么大不了的，我既然同意了加盟赌庄，心里早准备好了。我倒是考虑了自己的能力，比如，能不能胜任这些场面？人家会不会买账？……

# 5

　　金龙妈摆赌庄完全是出于无奈。听我母亲说，金龙爸原来是菜场打肉的，当年张秉贵在北京称糖"一把抓"的时候，他在我们这里打肉也是"一刀准"，相比之下，我觉得，打肉比抓糖的技术含量更高，因为那时候打肉都是几角几两的。金龙爸后来是吐血死的。我母亲说，他得的是肺痨，每天大口大口地吐血，人身上的血是人体重量的十分之一，他最后吐了一脸盆，生生的把命给吐没了。金龙妈很早就是一个人带着金龙和银龙，辛苦从她的腰上就可以看出来。她的身体看起来很结实，是那种长年累月干活的结实，但她的腰已经完全地坠了。一般人的腰都是在肚子上面的，但她的腰已经坠到骨盆了，再也上不去了，看起来好像也孔武有力，但已经不是那种挺拔的有力。金龙妈的辛苦还体现在精神上。我现在想起来了，金龙在我们学校也算是半个"名人"，他说起来比我大那么几岁，但大家都知道，他在我们这个年级也停留了好多年。他不是不聪明，不是读不了书，就是傻。读书是学校照顾他勉强跟跟的，给他一个去处，不然他只能待在家里了。他不是那种一眼就能看出来、全世界都长得一模一样的"唐氏"，他的样子看不出来，该像爸像爸，该像妈还是像妈，他只有笑起来的时候，才看出了他的傻。他为什么傻，我们不知道，他这个叫什么傻，我们也不会说。但医生知道，所以医生给他吃一种特制的米、特制的面、特制的奶，吃得很单调。他不能吃其他食品，吃了会越来越傻，甚至有生命危险。因此，我们常常拿好吃的去诱惑他，一块饼干一块糖，都可以让他去扫一个教室。

他弟弟银龙倒是聪明，尤其手巧。银龙说起来也比我大一二岁，但和我同届，在隔壁一个班，也多少有点面熟。说他聪明是有例子的，说下乡拉练时，同学们都被铺干粮的大包小包，但银龙从来不带，没心没肺地跟着，肚饿了蹭饭，想睡了蹭铺。手巧开始是传他会装电灯，会搭半导体收音机，后来长时间没看见他了，问起，才知道他参与赌博，手又快又巧，会出老千，被派出所抓进去了。这又记起了银龙被判的那天，人民广场开公判大会，他虽然还够不上量刑，但公告上有他的名字，排在最后。公告贴在学校门口的那条路上，引得放学的我们堆在一起围看。开始的时候，我们不知道有银龙，我们感兴趣的是一桩流氓案，据说是"鸡奸"！鸡奸是什么？我们不懂，还以为是有人着急了拿鸡做事，新鲜，好奇，所以我们要看看。但另一桩聚众赌博案中有银龙，我们看时，金龙就过来推搡，说不看了不看了，有什么好看的。情急之下，还追打我们。金龙傻就傻在这里，他这样莫名其妙地推搡追打，说明"此地有银"，等于泄露了他的秘密，我们就更要看了，结果就看到了公告上的银龙。

多年后我才了解到，金龙的病叫"苯丙酮尿症"（PKU），是一种常见的氨基酸代谢病。人体在苯丙氨酸代谢过程中发生了酶缺陷，使得苯丙氨酸不能转变为酪氨酸，导致苯丙氨酸及其酮酸在体内堆积，并从尿里排出。所以，要控制饮食或限制苯丙氨酸的摄入，只能吃一些特制的"食物"，实际上相当于药物。在遗传方式中，金龙的病属于染色体隐性遗传，临床表现主要有，智力低下、精神神经症状、色素脱失、皮肤长期湿疹，甚至身体鼠臭。

现在我们知道了，金龙妈是多么地辛苦。她不仅要积攒金龙的药费，还要每时每刻留心着他的嘴巴，不能让他乱吃东西，还要千方百计地替银龙操心。

现在，银龙劳教回来了。他这样的人，出去没人要，做别的也很难做，帮妈妈摆赌庄倒是轻车熟路，是最便捷的选择。

而我，除"自己动手，丰衣足食"外，也算是助金龙妈一把"绵薄之力"吧。

# 6

　　抽头薪是打赌人都知道并乐意接受的事情。这个头薪可以有多种解释，也可以有多种理解。可以当享受这个环境，可以当租张凳子坐坐，可以当吃饭或点心，也可以当洗脸喝茶及金龙妈的服务；可以当维护秩序的保障，也可以当调解争端的辛苦费。总之，这个设置是合理的，需要的。至于每次抽多少头薪，这要看我们心凶还是心平。金龙妈说，我们意思意思，我们细水长流。头薪的抽取具体由我来执行，我知道，这事不能强行，强行了打赌人就不舒服。最好是挑在数额较大的时候、气氛较好的时候、端上美味榨菜条的时候，这样的时候，打赌人心思都不在钱上，我就瞅准了时机恰到好处地抽。我抽头薪也是很有讲究的，要抽得少抽得勤，专抽零星碎钱，不做"一锤子"买卖。至于我和金龙妈的分成，我是这么想的，首先我体谅她的难处，其次她是看得起我，她虽然必须用得上我，但也是照顾我一条赚钱的生路嘛，所以，留出金龙妈买菜烧饭的费用，我们对半分。

　　当然，抽头薪的可行性，主要是建立在解决纠纷的基础上。平安无事，和谐健康，我的存在就毫无意义，所以，我也是很巴望他们出事的，有事了我的价值也凸显了。

打赌的人都是五花八门的，有的是慕名来的，有的是朋友带来的。若都是附近面熟的人，一般也就没什么大事了。如果这天的赌庄夹杂了生人，如果这天的赌牌摸得别扭，这就要格外留神了。任何引爆，都要有一个导火的过程。如果这一天生人多了，手气又背了，无端地挑剔关系了，开骂爆粗口了，或摸了牌故意唱牌了，那这条导火索就要燃着了。比如，一般人摸了牌都是很隐晦的，不管好坏都装得讳莫如深，但这天他们不矜持了，有意唱牌了，装着大大咧咧要放弃的样子，其实是故意在怄脾气。摸到了4和6，就说"通奸"；摸到了6和9，就说"婊子"；摸到了10和A，就说"嫖客"，这就有点想闹场的兆头了……争端的发生往往是在庄家改旗易帜的时候，要打扫战场和清点战果的时候，各人把记账的"火柴梗"数出来，居然有人甩出了几根半折的火柴梗！疑问立即像砖头一样抛了出来，怎么有半根的？有声音讪讪地说，就是有半根的嘛！那半根算什么呢？算半脚嘛！我们什么时候玩过半脚的？前面就玩过嘛！小儿科啊？过家家是吧？风背手烂的时候有啊！废话，想搅屎就明说，别瞎来这一套！这就点着了火药桶。这就起了争执。话题开始还围绕着输赢，渐渐地游离了赌博，跑到"手脚"和"做人"的上面，这又牵涉到了"诬蔑"。就像消防队碰到了火灾，值班员赶上了小偷，我既然来了，也需要这样的契机，我得对得起金龙妈的邀请，别让人觉得我徒有虚名！

我介入了他们的现场。我双手摁住了桌上的火柴梗，我说，都看在我的面子上，听我一句话，算了。众人仰起头盯着我，一个说，凭什么呀？一个说，你谁呀？算老几呀？我也耐下性子，我说，这是我的场子，我的场子我做主，你们真的要听我的……其实平时是比较口讷的，更没有什么理论素养，这时候要说服赢家或输家都是相当困难的。当然，我也知道，这样的场合不能摆道理，跟打赌人摆道理没用，我得来狠的，以我的方式，来他们没见过的。我回头招呼金龙妈，你家里有尖刀吗？尖刀没有的话螺丝刀也行！金龙妈一头的雾水，但还是很快找来了螺丝刀。现在，雾水来到了众人的脸上，他们疑惑了。我说，大家都还想玩的话，那场子就请继续；如果谁一定说是少了钱的，那算我欠你的怎样？有人冷冷地说，不欠。我说，那好。我把左手臂搁在桌子上，右手的螺丝刀戳住了左臂的皮肤，我有戳下去的意思，但众人似乎不信，觉得不会，这样干吗，吓唬人的。我就砰的一声戳了下去。螺丝刀立刻嵌入了我的手臂，皮肤变了色深深地往下陷。人的皮肤其实是很厚的，不说比猪皮厚，但起码也会比羊皮厚。我们平时稍稍割破就渗血的那是表皮，表皮下面才是真正的人皮，有一定的硬度和厚度，所以它才会砰的一声。现在，螺丝刀戳在我的手臂上，因为压迫得紧皮肤上并没有出血，看起来并不可怕，倒像是变魔术。这不行，这不是我要的效果。这样想着我就顺势拔出了螺丝刀，血像一颗红豆一样从皮肤内升了上来，晶莹闪亮，接着马上又从手臂挂到了桌上，这才使众人啊了一声，身体也不约而同地仰了一下，并且杂乱地说，这样干吗？这样干吗？我说，还要玩别的吗？有面子的话，这庄就这样吧！我又对那个赢钱的家伙说，对你来说，110和100有区别吗？没有。都是信手拈来、不费吹灰之力的事，何乐而不为呢？说着，我一边用嘴舔去手臂上的鲜血，一边没忘了抽取这一庄的头薪。总之一句话，我喜欢蛮干，蛮干有蛮干的效果，有人好言好语不听，但这一手一般人都会吃的。

# 7

　　金龙也被安排起来帮忙，他的任务是"望风"。他傻，行为怪诞点没人在意，金龙妈就让他在这个"竖心"的岔路口待着，至于做什么，都可以。玩玩水可以，逗逗鸡也可以，就是别忘了正事，有"敌情"时发个信号。

　　"平安无事噢"的信号，用金龙的话回馈给里面就是："妈，肚饿了！"这句话体现在金龙身上显得尤为经典。一般来说，傻人爱吃，傻人贪吃，傻人是吃不饱的。而金龙喊肚子饿恰巧又是"名正言顺"的。他那个什么苯丙酮尿症，一辈子就这么吃了，吃的什么呀，乱七八糟，一塌糊涂，那些特制的东西，说是食品，实际上就是药，就像掺了水的果汁，分了油的奶，索然无味，越吃肚越荒。所以，金龙时不时的这声"肚饿了"，没有人会觉得突兀，而里面赌庄听起来，就像辰夜里的梆声，让金龙妈觉得踏实又可靠。

可是有一天，金龙被人家"摸了哨"，赌庄被联防队端了窝。

那天晚上，联防队悄无声息地摸进了"竖心"弄堂。他们也许是接到了举报，也许是早有耳闻。一个联防队探子首先发现了煞有介事的金龙，他也装作神神道道地问，金龙，你在这里做什么呀？金龙愉快地回答，我妈叫我在这里放哨。探子说，放的什么哨呀？你又不是儿童团。金龙兴奋地说，里面地下党有活动，我在给他们望风。探子说，现在天都黑了，还望什么风呀，你肚子不饿吗？金龙说，我刚吃过，肚子还不饿。探子说，你那叫什么吃呀，你吃吃我的看。说着探子拿出了两个饼，三分钱一个的葱酥饼和五分钱一个的芝麻饼。黑暗里，金龙的眼睛倏地一亮，嘴里也明显地咝的一声。探子把两个饼塞给金龙，顺便也搭着他的肩走出了弄堂。等在外面的联防队员蜂拥而入，像游击队员一样潜进了里面。金龙妈本想用金龙的傻做个障眼法，但她忽略了金龙的软肋是贪吃，两个饼就把他收拾了。我觉得联防队有点不厚道，和金龙的较量也不公平，更不能拿拙劣的手段欺负人，就像和结巴的人吵架，吵赢了又有什么意思呢！当然，这是我后来听说的。

我当时正在赌庄上，正沉浸在"八鸡三扣天二"的氛围中，突然断喝声响起，神兵犹如天降——都把钱放在桌上，把手倒背到脑后，乖乖地一个个走出来！就像战争片里解放军攻占了敌人老巢。大概也就是停顿了几秒钟，三秒或者四秒，突然间，电灯暗了，一暗就是我们的地盘、我们的机会。电灯是谁拉暗的不说你也知道。银龙还坐在赌桌前，他举着双手，像个束手就擒的俘虏。他是主人家，他反正逃不掉。其他人，那就听天由命了。外面有多少联防队员我们不知道，但听声音弄堂里已经堵死了。堵死不可怕，只要地里黑，地黑就有希望。我的脑子里飞快地闪烁着逃跑的念头，现在躲柴仓已经不可能了，连床下也来不及藏了，我悄悄地矮下身，往床后的便道挪去，那里通向金龙妈的屋子，也许还能在什么地里藏一藏。就在这时，黑暗里有一只手捉住我，推了我一把，把我推进了屎盆间，这肯定是一只熟悉的手，但在那一刻我已经无暇顾及了。眼前是金龙妈说的那个屎盆盖，它犹如一张凳子，接着我就嗖地跃了上去，那张"桃园三结义"的年画，此刻正像是一盏闪闪的明灯，照亮了我的前程。我撩开年画，实际上是一把扯下，后面是一扇气窗，气窗不算大也不算小，但已经足够了，我抓住窗架拼命地把头伸了出去，脚下一蹬，身体就像蛇一样游出了外面。这不是我有多大的功夫，这是我训练板凳花的结果。板凳花有一个最典型的动作，双腿一撇，身体从板凳下矮了过去，形成变防守为进攻的正面握凳姿势，这需要柔软的腿功和坚韧的腰功，有这两手，我从屎盆间的气窗上逃脱，就一点问题也没有了。

气窗外是卵石铺成的绵延小路，有一点点坡度，这告诉我它正是往山上的方向。我还记得前方有一个叫作碗瓦槽的地方，那是个长年不竭的暗井，从它的右边拐出去，就像遁了地一样，就进入后山了。我飞身疾步，一下子消失在黑暗中。

## 8

第二天，我伏在家里不敢轻举妄动。第三天，母亲问我，你今天怎么没打拳啊？她不知道我在金龙妈那里摆赌庄、抽头薪，她要是知道了这件事，也不会让我做的，她以为我只是帮金龙妈干个重活，以为我一直就待在龙海生的拳坛上。她还知道，前些日子里，有上海的跤手过来切磋过。

我就说，这几天龙老司到上海回访去了。母亲说，那你怎么不跟去学呀？我说，去上海坐轮船要八块钱，你舍得给我八块钱吗？母亲不响了。

这天晚上，我还是去看金龙妈了，前两天风声鹤唳，我蛰伏不动，相信金龙妈也会谅解我的。

我走进那条"竖心"弄堂，不知怎么的，我突然有一种"方勇"去见"阿玛尼"的感觉。对，我仔细想了想，是这个感觉。这是电影《奇袭》里的一个片段：方勇带领小分队要去炸掉康平桥。这一带有曾经救过他的阿玛尼，他要去看看她。镜头回放是这样的：阿玛尼在为受伤的方勇喂食。外面传来了李匪军搜查的声音。阿玛尼赶紧藏起了方勇。阿玛尼嘱咐儿子引开李匪军。儿子往后山跑去。李匪军向后山追去。阿玛尼焦急的表情；画外，后山响起了清脆的枪声，意味着儿子被打死了。阿玛尼痛苦地揪着心，身体摇晃了一下……阿玛尼是著名演员曲云演的，她不愧为中国第一苦难大妈，她演的是那种隐忍的苦、坚韧的苦、百折不挠的苦，让人刻骨铭心。现在，回想起前天晚上的赌庄被端，我觉得金龙妈也是这样的。弄堂里布满了联防队员，门也被堵得严严实实，屋子里一片混乱，打赌人慌乱无序。就在这时，金龙妈不动声色地拉黑了电灯，打赌人训练有素的特质瞬间显现了出来，就几秒钟，毁证的毁证，藏钱的藏钱。我虽然不沾手钱物，但也在那一刻窜到了床后，想借助便道溜到隔壁，后被一只手推进了屎盆间。这只手肯定是金龙妈，也只有她，会在这时候及时、熟悉地出手相助。也只是在几秒钟后，在一片嘈杂响亮的叫唤声中，手电照过来了，火把烧起来了，那些打赌人也乖乖地举起手，像老鼠一样被串在一起，银龙也被捉走了……想，那一刻，金龙妈一定也像《奇袭》里的阿玛尼一样，揪着心里的痛，身体摇晃了一下。

现在，我敲开金龙妈的门。金龙非常老实地坐靠在自己的床上，前天晚上的端窝，和他的"失职"有关，所以他也非常沮丧，看上去像一个真正的病人。金龙妈倒是已经在桌上糊纸盒了，我知道，是光明火柴厂的火柴盒，一百个一块钱，那时候很多人在家里都做这个。我们坐着，相对无言。金龙妈只管自己做手中的生活，我也机械地看着她在劳作。想起其他打赌人的"凛然"，我越发觉得自己窝囊和猥琐。我对金龙妈说，那天真不好意思……金龙妈打断我的话，说，你就是要跑的，你不能让他们抓住。我说，幸亏你推了一把，我才……金龙妈说，不说这个，应该的，我把你叫进来，是让你来帮我，帮我还让你受罪，这怎么行。她这样说了，我就更加惭愧，赶紧转移了话题，我问起银龙，金龙妈说，他没事的，反正他也就这样了，就是在外面，他有什么事好做呢？进去了我还省点心。你不一样，你是一张白纸，进去了，白纸就留下污点了。我说，那还有那些人呢？他们怎么样？金龙妈说，他们没什么，他们油得很，才不怕这些呢。我停了很久，心里五味杂陈，甚至有些疼痛。看着金龙妈利索地在糊火柴盒，脑子里不断闪现出"阿玛尼""阿玛尼"，从《奇袭》里的阿玛尼，闪回到《苦菜花》里的母亲，又闪回到《药》里的母亲，都是些苦难的母亲。我说，你接下有什么事，只管说，只管叫我。金龙妈说，嗯，现在没事，我糊火柴盒也挺好，就是慢一些，图个轻松，下礼拜我又接了些尼龙袋……深深地叹了一口大气。烫尼龙袋，我知道的，那也是个细碎的活，一分钱烫十个，烫一百个一角二。我母亲在家里也烫过。

## 9

　　我这人长相老，尽管只有十八岁，但做的都是与年龄不大相仿的事，我母亲也觉得我应该就是这样的。其实，过去的人都这样，出场早，做事大，样板戏《红灯记》里有一句话，叫"穷人的孩子早当家"，说的就是这个意思。

　　我一生做事无数，这和我母亲有关。应该说，我母亲还是很英明的，她知道我读不了书，就早早地叫我爸准备了板车；知道我力气大，就叫我学了点武功。现在看来，这些多少还算得上是些财富。比如，我步入社会后，这些财富就发挥了很大的作用。那段时间，我时常地被人家请来请去，请去做什么？调解各种纠纷；为什么请我？就因为我力气大。那时候在社会上立足不靠文凭、不靠素养，就是靠力气。什么在路上被人无端地看了一眼，什么隔壁的屋檐水滴进了我家的院子，什么上坟的时间被人家抢了点坏了彩头，这些事，都是为了一口气，都是要斤斤计较的，都是不能妥协的，于是就争吵，就打斗。但打斗又是多么地麻烦和消耗啊，这就有了请人调解摆平这一说。这是何等风光和惬意的一档事，我们被人请着，尊为上宾，说吃吃，说赔赔，如果赔出的金额可以摆一桌酒或听一场戏，那我们肯定就是坐酒席上方和坐前排中央的贵人。

可是，好景不长。1980年前后，地方上刮起了"严厉打击"的台风，"飞马牌供销员"毙了，"专刺女人大腿"的毙了，"盗撬保险箱"的也毙了，有一个还是和我做一样的营生，也是调解摆平的，不过是名声大一点，事件响一点，给他挂的牌子是"地下公安局"，这意思是说，公安都解决不了的事情，他能。这不是给政府拆台吗，这还得了，一粒"花生米"就把他给打发了。我母亲说，你看你看，还好你接的都是小事，你要是和他一样，肯定也要吃花生米了！俗话说，吃坏了只用一口。而枪毙一事，一下子把我吓伤了。

尽管这样，我还是会碰到一些朋友找我做事。有人找我做托运，我犹豫，那可是要和人拼线路的；有人找我做歌厅，我担心，公安要是查来了怎么办；有人找我做拆迁，我不敢，弄不好会拆出人命的；后来，有人要找我做混凝土，这事利益更大，房产、道路、水库、机场都用得着，虽然都是些好赚的生活，但都得要通天的本事与人纠缠，与人争斗，一想起我就心慌，就气短。我母亲说，你还是少吃轻走吧。其实不用她说，我也会马上就想起金龙妈来，想起她当年在混乱中的暗助，想起黑暗中、屎盆间里及时一推的那只手。我会想，我是被金龙妈救下来的，我等于赢来了一条生路，我可不能乱来，不能随随便便地把生路挥霍掉。设想，那天晚上，在那个赌博的现场，我做"保镖"抽"头薪"，这样的角色，要是被联防队抓进去，不知道会是什么样的后果，我的人生也许就被颠覆了。我也许是在劳改农场里做砖，也许在做订牌鞋；也许和狱友打架了，也许还把狱友打死了；就算我有幸从里面出来，我也无脸见人，人们也看不起我；我既找不到要做的事情，在社会上也没有立足之地；我在人们眼里就是个人渣，我母亲也早被我气死了……不管怎样，我现在还是好好的，毫发无损。本分的人，都是一生平安的，但也一定是没有出息的。说句不厚道的话，金龙妈保住了我的"名声"，但也抽走了我的骨头，我再也不会好高骛远了。我母亲说，已经很好啦，很好啦。

倒是银龙，我一直也是看不明白的。那次"进去"之后，他被判了五年。给他的判词叫"聚众赌博""屡教不改"，其实，我们附近的邻居都知道，他家有特殊情况。后来银龙出来了，我们都为他担心，他现在会有人要吗？他往后还有饭吃吗？但银龙似乎一点也不害怕，整天把自己打理得光可鉴人，游来荡去，一副不缺钱花的样子。后来我们知道，他机灵、聪明，在"里面"把老大伺候得舒服，老大就带出话来，要外面的朋友把银龙罩着。

这时候的社会，形态发生了很大的变化，是热闹的，也是混乱的，是前进的，也是跌跌撞撞的，风雨交加，泥沙俱下，价值观也在剧烈地摇晃。就像那句话说的：世界之大，无奇不有。偏偏就有那么些事，就是留起来给银龙这号人做的，一般人还都做不了，像前面提到的那些事，银龙都做得游刃有余，如鱼得水。从"里面"出来的人都这样，虽说有这样那样的"缺陷"，贴了标签，有了符号，但似乎也优势明显，天不怕地不怕，胆大做将军。

现在，顺应时势，银龙又做起了"担保"，就是过去的"高利贷"。这些以前被人诟病和嗤鼻的行当，现在都有了新的政策和堂而皇之的途径。但这些生意又不是政策和途径能够保障的——压在他那里的资产"满当"了怎么办？联保的关系户破产了怎么办？到期了不还钱，死猪不怕开水烫怎么办？还得靠胆量、手段、势力！前段时间，就有人借了钱玩失踪的。这种事，办法当然是很多的：软禁那人的家属，占领那人的房子，冻结那人的户头，再把他打入"黑名单"。银龙说，我们是做生意的，哪还有时间陪他玩这个啊。

他先是放出线人找那人的"玛莎拉蒂"，人逃，车是没法逃的，尤其是豪车，开哪里都是个惹眼的东西。当初那人就是拿了这车的800万发票来抵押的。三天后，线人在军分区车库里找到了那辆车。银龙就约了交警过去，带着800万的发票把车拖了。银龙说，我有办法把他的车挖出来，也就有能力把他的人找到。我之所以没有急吼吼地找他人，还让他留在外面，就是想他还能够活络起来，活络了，他才能把钱转起来。我要是把他逼急了，逼进了死胡同，那他还不是去跳楼啊，我希望他能够领会我的良苦用心，相信他缓过劲来会来找我的。语气和意思都是斩钉截铁的。真是经历锻炼人、造就人哪。

噢，顺便说一下。前段时间，地方上号召治水，银龙甩手就捐了500万。再顺便说一下，银龙有时候也给我照顾点生意，诸如"拖车""搬运"类似的业务。我们算有来往的。

金龙今年有六十了，还活着，也还傻，这都是金龙妈照顾得好，现在更有了银龙在经济上做后盾。医生说，这种病，没别的办法，但按时"吃药"，器质上、生理上是不会有什么影响的。

金龙妈应该也有八十六七了吧，脑子身手都好，平日里喜欢窝着搓麻将，伙计是年龄相仿的隔壁邻居。她一般搓123，也就是说，如果设定每张是1块钱的话，第一庄一张，第二庄两张，第三庄就是三张。她一世辛苦操劳，还有这样的岁数，我只能说，仁者寿。

# 双
# 莲
# 桥

## 1

现在的双莲桥，变化是非常地大了。

从府前街下来，就是双莲桥，右边是巴黎春天，甜蜜
蜜，在水一方，云里人间；左边是玉指轩，六六茗，中华清
池，一杯小酒店；即使是白天，这里也是一派灯红酒绿的好
景象。过去很有特色的双莲桥被填平了，连影也没有了。桥
名成了路名，车流一闪而过。最最空落的是，桥下的那条小
河也消失了。本来，它从温瑞塘河那边蜿蜒过来，成了城里
一条著名的支汊，沿途有许多大大小小的埠头，双莲桥，像

凿出来一样跨在上面……那年夏天，我开始在这条路上走来走去。这里俗称小南门外，虽然没有具象的门，但门的感觉却非常浓厚。在城里体会不出，出了外好像突然地变了颜色，变得黄灰暗旧，车也破了，房子也矮了，灰尘也多了起来。路的右边是缸店、白铁店、畚扫堆店和一个像驿站一样的邮局；左边是碗店、花圈店、煤球店、南货杂店，连一个干净一点的去处都没有。再下来就是双莲桥。双莲桥好像是这条路上的一个界限，一条河从桥下钻过来，就像画了一条线，犹豫了人们的脚步。城里人送丧，也到此为止，把讣告撕成纸末，往河里一撒，算是自己尽心了，对死者有交代了。再接下去一段叫烊头下，听名字就觉得是郊区了。

我去的地方还要往下，要拐个弯，进入水心，那其实就是乡下。路上有狗，有鸡鸭，有大堆的牛粪，我的厂就在这里。如果我要抄近路，得走几百米的田岸。我的工作是父母通过关系搞来的，他们觉得来之不易，所以，每天早早地就逼我出门，他们说，年轻人多做点事不是为别人做。他们巴不得我没事也去厂里加班。而事实上，我的厂里僧多粥少，我只是做半天班，中午十二点开始。这样，我差不多要一个上午待在小南门一带游荡，一会儿看敲白铁，一会儿看捣煤球，一会儿看画花圈，无聊啊，当然，双莲桥是我停留最久的地方。

这里有一个小小的埠头，不是起卸货物的埠头，是清洗的埠头，好像还分了阶段，早上一阵洗马桶，中午前洗菜，下午有路人过来洗手洗脚。大部分时间，我就坐在埠头的台阶上，看河水流进桥洞，看桥边盛开的莲花。这条河向内通向温州城里，九曲十八弯，风情万种；向外可以乘小驳轮抵达瑞安、鳌江、平阳。但莲花只有这座桥下独有，还都是并蒂莲，姿色都不一样。后来，我在一部科教片里看到对并蒂莲的解释，说如何如何地稀罕，十万枝才出现一枝，简直是无稽之谈，双莲桥下面长的都是并蒂莲。

我毫无表情地看河上的景致，纯粹是在挨时间，看吱呀吱呀划过的小船，一般都是些缸船，是城里运到乡下卖的；还有就是瓜船，是乡下送上来收购的。我坐着最多的是看莲花，数数它们是不是比昨天少了，数数哪个位子上又长出一个蒂来，数乱了，补上一遍，又乱了，就从头再来。然后就是看莲花的样子，和人一样，有矫情的，浓烈的，羞涩的，拘谨的，随随便便的，邋里邋遢的。然后，慢慢把酸了的脚拔起来，把屁股拍了拍，往厂里走去。

这条路很偏僻，过了中午，就像发了一个危险的信号，人就突地少了下来。到了下班的时候，路也整个地黑了。我们都是瞄着很远的灯光走路，如同受航标指引，如果没有灯，我们简直是在黑暗里摸索。这条路上有两个奇怪的现象——打劫和展示身体。打劫还好理解，月黑风高夜，不打劫才怪呢，当然，打劫者一般是很少有什么收获。他们在黑暗里叫我们站住，叫我们举起手，我们非常坦然，因为我们身上没有钱，我们一个月工资才26块，像命一样，谁还会把它带在身边呢？不要命啦？我们一般只会带几两粮票、几角毛钱，是留着万一肚饿时吃点心用的。于是，他们就骂骂咧咧，装作自己手气很晦的样子，顺便把女工的乳房摸一下去。也许这才是他们打劫的真正目的。展示身体就有点另类了。这条路上有几个"露阳癖"，他们每天晚上都会像田螺一样现出来，依在路边的角落里，表面看他们像是身披大衣，其实里面都光着身子，而且积蓄着歹念。等下班的女工一点点走近，他们会突然打开大衣，像蝙蝠展翅一样，把自己的身体裸露出来，动作热烈，景象可观，吓得女工们抱头鼠窜。所以，我们下了班都要等起来一起走。我们厂男工不多，身体好的男工则更少，我算比较好的，因此，我在晚上下班的时候就特别骄傲，许多女工都会刻意地巴结我，我也会无偿地吃到她们省出来给我的东西，两块香糕或者半个芝麻饼。

我愿意充当这样的角色，护送女工做夜班回家，每次平安，我都有一种顺利通过封锁线一样的快感。

应该说，我是幸福的。因为我有工作，有一个每天按时、固定的去处，许多年龄和我相仿的人都在游荡，他们故意穿着工作服、回力鞋，时刻准备着，目的就是为了去斗殴。社会很混乱，经常看到一大队人马哗啦啦跑过去，又稀稀拉拉地跑回来，我知道，那个方向的某户人家又要遭殃了，玻璃被砸啦，灶台被扒啦，来不及逃走的人被一刀捅死啦。人死了就像狗死了一样，没有人会想到报警，从来没听说过什么事要通过派出所解决的。没有派出所，就有许多人站出来充当派出所的角色。有黄京吧、龙海生、唐一刀、笑一笑，这些名字听起来就气象很大，被人请来请去，也确实能解决一些实际问题。

我知道这些名字是怎么起来的，到了人人景仰或闻风丧胆的地步。我想，他们开始也一定是打架起家的。打架光凭力气是打不出什么局面的，肯定有什么杀手锏。我也根据自己对打架的理解做了一件武器。关公为什么使刀？吕布为什么使戟？马超为什么使枪？每个人理解不同，都觉得自己使的武器是最科学的。我也做了一把带柄的，可以握在手心的，有短锥从指缝间钻出的器物，我叫它"钉拳"，握在手里藏而不露，打出去没准就是雷霆万钧。

有了这件器物带在身上，我的胆子就大了许多，碰上贴身肉搏，说不定还能迎合一下。当然，碰到砍刀、鱼叉、火药枪之类，那就是另外一回事了。

## 2

我生活的精彩内容都发生在上午，我一点也没有想到，我每天在双莲桥台阶上的傻坐，会最终成就一番事业。这事业开始还不是"钉拳"打开的，"钉拳"只是巩固了一下。它当时还静静地躺在我的裤兜里，把我的裤子磨得发白，工友们都以为我兜里塞着一串钥匙什么的，我父母也这样问过我，我说就是钥匙，我们家钥匙太多了，只有我自己知道那是一件什么东西，一把武器，不过是没开荤而已。其实，我也是不愿意它开荤的。开荤有什么好呢？开荤就意味着伤人，伤人这还得了？辱骂、动粗、伤人这类事，和我的家教格格不入。我父母说，那都是流氓二流子干的。是啊是啊。只是社会太混乱了，我带一件武器给自己壮壮胆，防防身，未尝不可吧。我是懦弱的，这从我做的"钉拳"就可以看出来，"钉拳"是隔靴搔痒，一般不会要人性命，顶多是伤及皮肉，我要是不怕死人，要是张扬，我就会做一把匕首，带血槽的匕首，白刀子进红刀子出。我要真是这样的人，我父母会被我活活气死，他们会觉得很倒霉，无法向自己交代，也无法向别人交代。他们觉得我是非常本分的，每天上班下班，至于打架的事，他们觉得，我会不会捏拳头都是个问题。

温州的夏天是清爽的，没有骄阳，也不会酷热，桥边尤其阴凉，还有沁人心脾的莲花的芬芳，这也使得我的坐看能持续下去。一天上午，就在我被莲花看得眼睛发直的时候，一条小船朝我划了过来。一般经过的小船都是吱呀吱呀的直线过去，这条小船的方向已斜了过来，它肯定在这一带犹豫很久了。这是一条满载了田瓜的小船，一筐筐生津得非常诱人。船上有两个老大。一个轻轻地梢着桨，一个护着声音隔远地问我，老司，这埠头能上来吗？埠头怎么不能上来呢？我随口应道，可以啊。他又支吾着问，上了没关系吧？上了有什么关系呢？你上就是了。我的干脆让他们产生了怀疑，他又不放心地问，你不会骗我们吧？我说，废话，上个船有什么好骗的。我的话是诚恳的，真的没有陷阱，他们又仔细看了看我，也许有一些因素让他们感到踏实，比如我的身材，有点偏粗，乍一看像蓄着力气；还有我的口气，三块板两条缝，不容置疑，像能够担当的样子。他们就偷偷交换了一下眼色，心里藏着暗喜，把船轻轻地靠了过来。

这一带有几个这样的埠头，都是让小船卸货的。土产公司门口有一个，内河客运站门口有一个，还有就是三角城头那边有一个，都是在河的开阔地带，河与河交汇的关头，船要是梢着桨退出来，掉头就可以划到县里去。那几个埠头位置好，上岸就有正经的路，因此，送瓜和接瓜的都喜欢堵在那里。但那几个埠头有埠霸，什么瓜都得经他们验一验，雁过拔毛，说一不二。你若不肯，你若有异议，你若觉得吃亏，马上把你的船凿漏凿沉。但经过埠霸那么一拔也有一好，就是他签的单算数，城里那些南货店、果行、摊点是认账的，他说这筐瓜一百斤，接手的下家就不敢说九十九斤。当然，麻烦也是有的，就是那几个埠头太挤，船像水荷一样泊着，密密匝匝，等一个个把瓜清了，眼见着日头就暗了下来，再把船拼命地打回家，已是半夜了。

我开始是不知道这些的，后来别人总结我，也是这样说的。显然，我当时是被错当成埠霸了。凡事都有个开头，我的开头就是这么简单。他们的瓜要从双莲桥的埠头上，我正好又坐在双莲桥的埠头。他们把一筐筐的田瓜搬上来，我也帮他们在岸上接接手。我这样做纯粹是一种劳动的习惯，一种家教养成的本能，他们在用力，我是空闲的，我肯定要帮他们一把，而且，有人递有人接，也是一幅很美的劳动景象。但对于他们来说就不是这么回事了，他们简直是受宠若惊。他们赶紧停下活把我劝住，老司啊，你是什么人我们是什么人啊，怎么能叫你动手呢？我说，我站着也是站着，动一动又用不了多少力，有什么关系呢？他们说，你一点也不用动，你只用站着，你站着就是招牌，站着我们就踏实。你一定要动也可以，你只用动动你的眼，把我们的田瓜看一看，你看好了，给我们一句话，我们就有了保障了。他们这样说，我也不知道是什么意思，也许是生分，也许是怕我掺和，我只好懵懵懂懂地端起架子，耸起肩袖手旁观。

他们的瓜都是一百斤一百斤称好的。埠头上也站起了接瓜的人。大概是我前面做得比较亲和吧，他们就斗了胆和我"讨价还价"，要我少压一点，说一百斤当九十斤行不行？他愿意短斤缺两，和我有什么关系，我当即就同意了。那些接瓜的也不失时机地纠缠，问我每百斤收一毛钱可以吗？行啊，多少都是你自己给的，又不是我逼的、要挟的！双方就这样成交得很顺利，就拼命给我敬烟。我不会抽，我忸怩着他们也不肯，他们就把烟放在台阶上，有的则塞在边上的石缝里，好像这里的每一寸地方都是我的，放在这里就像放在我的仓库里。

后来我知道，这些送瓜的乡下人都要受到埠霸的拔毛，就像收租院里大斗进小斗出，心狠手辣，克扣得很厉害。他们克扣了送家，反过来肯定要讹诈一下接家，埠霸是坐吃两头的。我现在都由他们自己说，他说九没有掉到八的，他们自然就很高兴。都说我心平，说心平能做大事业。我当时以为是给他们当一下中间人，做一个见证。这事没什么难的，我就做了。

事情完了之后他们又要我签单，意思是说这批货已经我认可了。我说我签有什么用，我的字狗屁不值，签了也是白签。他们坚持说你的字就是钱，你签了，我们才能算数，你签了别人才不会争议，就会照你的意思走。我还想推三阻四，说自己没带笔。他们就到处找笔。我又说自己没有纸。他们就撕了烟壳，用了好几个烟壳，有飞马，也有红金，裁成一条条的，一筐一条。我说烟壳怎么行？不三不四的。他们说烟壳就烟壳，不在乎什么纸，关键是你的字。我想想这其实也无所谓，签就签吧。我读书到高中肄业，字肯定比他们好，我就郑重其事地写下"双莲桥埠头乌钢"几个字。我的名字叫乌钢。他们一边看着我写，一边就不停地感慨，啊乌钢，啊乌钢。说这个名字好，听起来入耳。听他们的意思，我这名字也很有气象，像个埠霸的名字。

我就这样做了埠霸。埠霸不用哪一级政府批准，他们觉得我是，我也就是了。


3


我的双莲桥埠头生意一般，原因是人家吃不准我的底细，他们那些埠头都有些年头了，在社会上已有了名号，我的埠头没什么历史，有些人怕得不到保证。还有就是远了点，偏了点，船要一直划到里面来，上货的路也不好走，就是原先知道的几只船过来，但每天也有几千斤瓜果的交易，也有两三块钱的收入，一个月就是七八十块，比我当干部的父母强多了。我在厂里的工资都如数交给家里，我父母很高兴，说我孝顺，懂事，没有白养，是他们教育的结果。为了麻痹他们，我也会向他们要回一些点心钱，一般以一天1毛计。我父母觉得这是非常合理的要求，人是铁饭是钢，特别是点心，有时候比饭还要紧。他们就会返还我几块钱，一般还会多给些余地，4块或者5块。

父母对我的工作是非常关心的，我当然也很争气，没有辜负他们的期望，也没有给他们丢脸。

我工作的单位叫竹筷合作社，顾名思义就是削筷子的。我的具体工种就是切竹爿，把竹爿切成筷子一般长短，而削则是女工的任务。我的工种没什么技术含量，就是挑挑竹子的长度，竹子是不是直，歪的竹子是不能做筷子的，只能做一些饭蒸、水勺、衣架，或者当柴烧。尽管这样，我也会挑一些话题让父母高兴。我跟他们说，你们知道我最近在做什么吗？他们说，我们也不指望你能做出什么惊天动地的大事来，你就把你的竹爿切切好，我们已经欢天喜地了。我说，你们怎么要求这么低啊，你们就满足我这样简单地切切竹爿？我告诉他们，竹爿是当然要切好的，但也要有进取心，我最近就在为厂里设计一种新产品。我母亲脑子比较简单，一下子就相信了。我父亲则将信将疑，他说，你不要吹牛了，我还不知道你是什么料？你切切竹爿倒也绰绰有余，搞什么新产品，你痴心妄想，你又不是技术员。我也不跟他们争辩，我告诉他们我发现和设计新产品的过程。食堂里那台烧饭的鼓风机坏了，厂长叫我给它检查一下，是马达的接触不好？还是里面的线圈烧了？我读过高中，在学校里学过一些稀奇古怪的课，什么工业、农业、军体，工业课里就说到电机，所以，全厂也只有我敢于拆开这个小马达。其他工人，由于没多少文化，马达对他们来说，不是石头，就是泥巴。我拆开马达，毛病没发现，倒发现了线圈旁边插着的槽楔，竹的，半圆的，长短大概根据马达的意思，这使我心里为之一振。我把这些槽楔拿给厂长看，厂长立刻把马达的毛病丢在了脑后，像发现新大陆一样对槽楔产生了兴趣。在厂长的放手支持下，厂里成立了以我为核心的槽楔攻关小组，主要是解决槽楔的绝缘问题。我平时在家里喜欢炒菜，油锅经常会发生炸锅现象，油锅为什么会炸？就是因为锅里有水，等油把水炸光了，油也就平静了。我就是根据这个原理把槽楔放在油里煎，煎走了槽楔上的水分，达到了绝缘的效果。后来，厂里的供销拿了我试制的槽楔，在福建等一些电机基地接到了不少槽楔业务，大大充实了厂里的生产。在我的叙述下，我哪里只是一名竹爿切手，简直就是一个科研工作者，而我所做的试验，也不仅仅只是什么油锅炸水，简直就是一场工业革命，把我们厂的筷子生产一下子提升到为重工业配套的层次。我父母听我说着，牙齿也慢慢咧开了，露出了粉红的牙龈，他们都笑得合不拢嘴了。

这些事都是真的，但我并不用心，是无意而为。我用心的还是双莲桥埠头，这是我的副业，收入也不错，我得好好地培养它。我在埠头的声音越来越响了，每天固定有瓜果从这里上来，那些瓜船吱呀吱呀地划过来，我可以想象，前面土产公司埠头的那些人，盯着这些船是多么地眼红，肺都气炸了。本来他们是最后一关，他们要把河里的这些船一网打尽，现在后面还有我在收网，他们心里肯定像生了虱子一样，奇痒得不行。


4


我清楚地记得，这是 1975 年 9 月 18 日，那天上午，有两个人从上面的埠头向我走来，他们和我差不多年纪，但比我清瘦，双手插在裤兜里，装作一副无所谓的样子。我知道他们为争埠头的地盘而来，但我也知道他们只是喽啰，是来吓唬吓唬的，解决不了什么问题。喽啰有什么好怕的？喽啰离声名鹊起还远着呢，离如雷贯耳就更不用说了。尽管这样，我也并不想和他们起争端。我在家一向中规中矩，从来没有和邻居红过脸，我父母和同事介绍时，都说我是个老实人。况且，这埠头又不是天生是我的，也不是我拼了老命打下来的，我只是每天在这里坐一坐，至于司司秤，那是鼻涕流从嘴里过，顺路，也不是非做不可的。我还有正式工作，自从油煎槽楔之后，厂长就把我当人才了，准备提拔重用。这样，埠头守不守，我真是无所谓，我何必为一件无所谓的事情与人结怨呢？这是我真实的想法，我真想告诉那两个喽啰，我正做得不耐烦呢，你们要你们就拿去吧。但我身体里好像不是这个意思，好像有另一种声音在挣扎，在呐喊，这声音来自我不错的身体，来自我血气方刚的年龄，来自我兜里的武器——"钉拳"，它们迅速交织在一起，在心里不断地叱责我：你要是就这样退出来你就太窝囊了！我当然不能窝囊，于是，冲出我口中的话，就完全是另外一种意思了。我说，埠头又不是你们的，你们好占，我也好占，你们占你们的埠头，我占我的埠头，我碍你什么了吗？我说，那些船又不是我叫来的，是他们自己要来的，他们把瓜送到我这里来，我有什么办法，你有本事你把他们叫去好了。我还说，你有你的名号，我也有我的名号，你的名号别人认，我的名号别人也认，别人要是不认我，我一个屁也不敢放，我再大的本事也守不住这个摊。我还说，有钱大家分点赚赚嘛，你一定要赚我这份钱，你也把道理甩过来看看。我说的大致就是这些意思，但当时说得肯定是杂乱无章的，也许声音很高，也许样子很凶，也许还夹杂着很多粗口，总之气势很大，那两个喽啰根本接不上嘴。他们站在离我几米远的地方，勾着头斜眼看我，一边还猛烈地抽烟，烟从他们的嘴里不断地喷出来，看得出他们气愤难平。他们最后相互看了一眼，用拇指和食指撮着摘掉烟，扔到地上，这像是一个暗号，一般都会有什么剧烈动作，我也以为他们会突然冲过来，会合力把我放倒。我不由后退一步，右手紧张地伸进裤兜，拼命握紧我的"钉拳"。我从来没打过架，我也不会打架，都说想打还捏不及拳头？我就是怕捏不及拳头，所以我得提前准备。但是，他们却耷着肩掉头走了。

事情到了这一步已经不可收拾了。我知道我把话说大了，我等于是下了一道挑战书。他们不是理屈，也不是词穷，不是被我的慷慨陈词所震慑，他们是去搬救兵去了。很快，那边又来了两个人，加上跟在屁股后的两个喽啰，一共是四个。这两个可能是"中层干部"，来势也比喽啰汹汹，他们的手不是插在裤兜里，而是做出膨胀的样子夸张地撑在身体旁，像一些动物着急时的示威，有点解决问题的派头。他们径直走到我身边。我其实早就准备好了，我只是装作懵

132

懂而已。我虽然没有打过架，但我读过书，知道出其不意的效果。别看我眼睛望着别处，武器已紧握手中。我的武器本来就很隐蔽，不像其他武器那么惹眼，它虽然握在我的手心里，但锋芒已在我指间虎视眈眈。那两个"中层干部"当然也是小看我了，他们也许学过散打，也许还记着师傅的提醒，师傅说，看一个人出手主要先看他的肩膀，手动肩膀首先要动，没有一个人手动而肩膀不动的，也没有一个人手比肩膀动得还要快的。他们错了，他们太拘泥于师傅的教导了，我就是一个手动而肩膀不动的人，我就要破掉这个规矩。我倒是一直盯着他们的肩膀，我不声不响，头不移位，目不侧视，等他们的肩膀稍微地一动，我就给他一下，像毒蛇攻击一样迅猛。我使的是"钉拳"，拳在明处，钉在暗里，不出血，不伤内，但结结实实落在肋骨上，那个人一下子就弯下了身。他闭着气，有点怀疑这种疼痛，他撩起衣服查看，一看却更加疑惑。另一个同伴不相信他会这么不堪一击，想上来帮忙，但他的肩膀动得太厉害了，也许他只是想拿好架势，但我的钉拳早击了出去，这一次，我打的是他的脸颊，他连声音都没有出，就捂着脸蹲了下去。另外两个喽啰喊一声"皇天"，撒腿就跑。

这事到此为止，没有继续发挥下去。一是真的被我的"钉拳"吓着了，以为我身怀什么绝技，谁也不想再以身试拳。还有一种可能是，土产公司埠头的埠霸，也和我差不多，是只外强中干的纸老虎。有一点可以肯定，埠霸都不是真正的大拿。大拿有大拿的做法，大拿才看不上埠头的这些瓜果，大拿要做就做大事情，摆赌庄，办采砂场，开运输线路。埠头称瓜的都是些小拿，小拿我就没什么必要太怕的。

## 5

埠头上开始传扬起我的名声，人们惊叹我的功夫，见到我就指指点点，说"钉拳钉拳"，甚至把我解决那两个"中层干部"的过程说得神乎其神，说就像做四则运算一样，先乘除后加减，干净利落。还有人说我以前杀过人。这种说法连我自己都吓了一跳，我什么时候杀过人了？但他们传得像真的一样，像看见了一样，连细节都有。这些传说对我在埠头上工作很有好处，无形中帮了我的大忙，使我在埠头的地位更加牢固，杀人最能体现胆量，反正也没有人去细究，我也就不去否认它。后来听说，制造我杀人传说的是双莲桥边上的一户人家，他们家有个女儿叫吴茉莉，我也不知道他们说这个是什么动机。

许多人也因此说我是黑社会。这个名字我觉得还比较好听。他们不说我是流氓，流氓好像专指偷鸡摸狗之类，我比这类人要阳刚许多。黑社会就是另一个社会，这个社会有另外一套秩序，另外一套做法，但我对自己不这么看。我对自己的评价还是客观的，我很畏惧父母，遵循家教，每天正常上班下班，在厂里表现也不错。埠头的事，我一般也是以维护秩序为主，我不敲杠别人，不轻易杀斤两，也不漫天要价，一般都是尊重他们自己的意思，自愿自给。我其实起着一种维护利益和保障供给的作用，如果没有我，埠头就会乱套，斤两就会存在欺诈，价格就会乱砍，没个准则。没有规矩就不能成方圆，要流通到市面上就更糟。现在，我们几个埠头之间都相安无事。有了我，整个埠头的吞吐量大了，集散快了，也繁荣了，一派平和安宁的好气象。

天气渐渐凉了，石头也一点点变冷了，桥边的石头就显得更冷更硬，坐在埠头上，一会儿就觉得冰到了骨头，一会儿就觉得石头硌人。但我又没有别的地方好去，去厂里太早，埠头又有事情，我只得在桥边逛来逛去，有时候在栏杆上靠一靠，有时候就想，要是有张椅子坐坐就好了。这样想的时候，桥边的那户人家，他们的女儿吴茉莉就送过来一张椅子，还是张竹椅，虽然已经旧得发红，许多伤裂的地方还扎了布条，但坐起来还是有一点埠霸的味道。吴茉莉还给我端来了茶水，一次一大缸，放在埠头的台阶上，足足够我喝一个上午。我平时不抽烟，尽管那些送瓜的人都及时向我递烟，我的台阶上、石缝里随便伸一伸手都可以摸出一根烟来，但我不抽。我觉得抽烟不好看，我父母也这么说，他们不说抽烟有碍健康，他们说抽烟像坏人，他们会举出一些电影里坏人抽烟的例子，有地主、特务、狗腿子，确实抽得都很难看，我就对抽烟恨之入骨。我问吴茉莉家里有没有人抽烟？她说她爸爸抽烟，但抽得很差，八分钱一包的雄狮。她说你这些都是好烟啊，我爸爸一辈子都没有抽过。我就把这些烟收拾起来给她，作为她端椅子泡茶的交换。

吴茉莉是个和我差不多年纪的姑娘，黑黑的，油光油光，胸脯特别高，比一般人要高，我从来没见过这么高的胸脯，从脖子上下来就没有过渡，直接就耸了起来。她看上去很健康，尤其是嘴唇和头发，很有力量，我总觉得她像印度美人。她有个特点，身上容易长疮，一会儿脖子上一个圈，一会儿手背上一个圈，我原来以为这是蓬勃的关系，身体蓬勃了，总会有一些东西长出来，后来才知道，她可能是不太讲卫生的缘故。我对吴茉莉和我的接触没有觉得异样，她住在桥边，我也每天待在这里，一来二往，我们就熟了，熟了就随便了。她后来还叫我中饭在她家吃，我也就吃了。我也没觉得什么不妥，反而觉得这样挺好，挺方便。我本来中午要赶到厂里吃，挺突兀的，常常被工友取笑，因为我做的是下午班。现在好了，我可以稳稳当当地吃了饭，候准了时间再去上班。当然，我也不会白吃他们家的饭，我会给他们捎上一些瓜果，都是那些运瓜的农民侍奉我的，是最大最好的，比如田瓜，是那种长得均匀漂亮的，颜色瓷白玉质的，小屁股紧凑的，瓜蒂下打着黄圈圈的，都是上品。

吴茉莉的母亲是个家庭妇女，我总觉得她身体有病，但又看不出她到底什么病，嘴唇黑黑的。她对我的到来表示出极大的热情，每次我带什么东西去，她都会马上洗了切好摆在桌上，叫我吃吃吃。她自己并没有什么东西招待我，她只是用语言招待我，用客气招待我。对于我上她家吃饭，她说得也很到位——客来多双箸。我很少看到吴茉莉的父亲，吴茉莉说，他在一个仓库里守门。有一次在她家看到他，他正好伏在桌子上吃饭，挺不错的一个人嘛，但站起来才知道，一边肩膀上的一只手是挂着晃的，像棚架上的丝瓜，没用。吴茉莉说，是叫机器轧的。

## 6

吴茉莉家的条件一般，这从她家的吃菜就可以看出来，尽管每一顿都摆了四盘，但很少有荤的，花样倒是很多的，比如咸菜豆板、单单咸菜、单单豆板，还有咸菜豆板汤。这是开玩笑，反正就这个意思。不过，有一点比我们家好，马桶没有放在房间里，是放在房间外的天井里，用破木板隔着，用一块发黄的布遮着，人要是进出马桶间，就像进出于舞台，要用手撩一下那布，那一撩，老叫人有一种哼两句的欲望。

有一天我从马桶间出来，看见天井里蹲了一个男人，在侍弄屋檐下的花草，我以为是吴茉莉的父亲，仔细一看，拿剪刀剪花的手又好又有力，正在纳闷间，吴茉莉的母亲无声地把我招了进去。我进了他们家卧室，吴茉莉也站在那里严阵以待，她们掩了门向我告诉这个男人：他住在隔壁院子，窗户却开在我们家天井里，这个人强横得很，说屋檐下的滴水地是他家的，就把自己的花摆进了我们的天井里。吴茉莉母亲说，单是摆个花我们也无所谓，我们的天井白白地多了几盆花也不是不可以，但摆了花就要种，就要打理，就要浇水，他就要翻身到我们的天井里，比到他自己家还随便，这就不舒服。吴茉莉也说，我一看他翻窗过来的样子我就烦，好像翻自己家的墙头一样，好像在自己家的天井里。她母亲说，他看自己身体好，看我们家老公身体残疾，欺负我们女人。我说，他做什么的？吴茉莉说，好像是大学毕业，有什么了不起！她母亲说，也不知道在什么单位工作，力气倒是挺大的，每天在家里练吊环，还有拿一张长凳，上面下面的爬着打滚，看样子也是用力的，一般人爬不起来。吴茉莉说，他就是看自己有力才这样老三老四。她母亲说，我老公身手不好，我自己心脏也不好，你看我嘴唇都是乌黑的，我又只有一个女儿，眼看着别人蹲进了我们家天井，也要他不得。吴茉莉这时候靠过来，拉了拉我的手，有点忸怩地说，乌大哥，你都是埠霸了，你一拳打去，一个差一点躺倒，一拳打去，另一个一屁股蹲下，别的埠头的人都不敢惹你，你一定本事很大。她母亲说，听说你还杀过人。我拼命辩解，我什么时候杀过人，你们不要乱说。吴茉莉说，你没有杀过人也没关系，你的"钉拳"比杀过人更可怕，你能帮我唬唬他吗？我这时候知道什么叫"吃人家嘴软"了。我在学校时很少吃人家的，对这句话不很明白，现在突然明白了。想想这母女也挺有计谋的，她们是在攀扒我，目的是为她们家送瘟神。特别是吴茉莉，手那么一拉，大哥那么一叫，我心里咯噔一下，就推不掉了。我说，我只能试试看。

我硬着头皮走出她们家卧室，我觉得自己的身体慢慢地膨胀起来。我已经被她们母女俩鼓动得豪情万丈，什么埠霸，什么"钉拳"，什么杀过人，我突然觉得自己像一个打手了；我摇头晃脑，像一个无事生非的流氓；我脸上的肉都横了开来，像一个无恶不作的恶人。但我心里非常明白，我不是一个恶人，我也不是真强大，我不能像那些无赖一样无缘无故地打人，我家里也不是这样教我的。我只能装装看。

我坐在吴茉莉家的饭桌前，对面就是天井里的那个男人，男人还兴致勃勃地在摆弄他的花草，好像真是在自己的院子里，这点我也不舒服了。我说，喂喂喂，弄花的！男人慢慢地站起身，转过头来。我说，你站的是什么地方你知道吗？他说，天井啊。我说，是你家的天井？他说，那不是，我家在窗里边。我说，那你怎么站在窗外边了？你还本事不小。他说，你是谁？这和你有关系吗？我觉得这男人有点"横"，还真以为自己练了吊环，爬了长凳，这样的男人要先给点颜色看看。我就装作漫不经心地踱出来，手已经在裤兜里握紧了"钉拳"，我到了他面前晃了晃拳头，我明里是拳，暗里却藏着"钉"，我把"钉拳"狠狠地打在一处墙壁上，年久的墙壁哗啦啦就散下一些砖来。我这样一打男人就惊了一惊，毕竟能把墙壁打得哗啦响的也是不多的，他的脚头也不自觉地动了一动，嘴巴僵一僵，精神好像已退缩到窗边了。我说，当然有关系，我是吴茉莉的表哥，我行不改姓坐不改名，我叫乌钢，你若不知道我再告诉你，我在双莲桥埠头司秤定价。那可是一个社会职称啊，男人也应该知道怎么去尊重它。我就乘胜追击，你要为这件事打一场，我奉陪到底，你要不想它出人命，你就识相点。这个男人被我唬住了，他跨栏一样唰的一下，身体从窗口越了回去。我最后说，你这就叫作神不清，上了凳还要上桌，上了桌还想上灶台角！我当然也是说说，我知道牛有多少力马也有多少力的道理，他天天练吊环，爬长凳，真要是动起手来，我也许根本就不是他的对手，说不定被他三下五除二了都有可能。但世上英雄很少有真刀真枪拼出来的，大部分都是瞎起哄，人抬人，就像《水浒传》里的宋江。

后来，听吴茉莉说，隔壁的男人把原来的大花盆都搬回去了，换了三盆小的，都缩在滴水地里面。我说，这就好了嘛。吴茉莉说，三盆好像都是茉莉花，挺懒养的，不用怎么护理，他再也没有翻窗过来。我说，这不就达到目的了？茉莉花在你家天井里还可以白白香你。吴茉莉笑了一下，说，还有件事更好笑，你猜他现在怎么浇花？他拿个针筒，像打吊针一样，站在窗里面滋一下滋一下。我说，他是怕弄湿了你的天井。我又说，这就行啦，得饶人处且饶人。这句话吴茉莉没听懂，她程度有限。

# 7

帮吴茉莉家解决了一件事情，我在她家的待遇就更高了，原来还只是吃顿饭，现在还可以躺在她家床上休息一下。我说过，我是下午上班，太早去厂里也没意思。这样躺一躺不仅可以挨时间，还多了一项内容，和吴茉莉玩。吴茉莉家显然是很困难的，床上连枕头也没有，我在心里想，没有枕头怎么睡啊？不是把眼睛都睡肿了？吴茉莉说，没有枕头睡了不会头晕。她这是精神胜利法，是苦了说甜话。没有枕头，我躺着就很难受，侧着仰着都不是。吴茉莉说，你躺着难受就枕我的大腿吧。她就真的坐过来，把大腿给我当枕头，我也就不客气地躺了上去。也许她是想讨好我，她没有其他什么奉献我，只有大腿。也许我这是居功自傲，觉得对她家有功，就可以心安理得地受点禄。

吴茉莉的身体真是蓬勃啊。她的大腿就很粗，我枕着她的大腿，就好像枕在大磅的米袋上。我还能感受到她的胸大，她的胸，像两座山峰尽力突出在我的头顶，让我有躲在岩石下安全的感觉。这样一对诱人的胸脯，我真想伸手摸她一下，我想，她也肯定会让我摸的。但我知道，这是个雷区，不能摸。摸一摸就不好交代了，就得把她娶过来。我不是地痞流氓，摸了就摸了，摸了就不要了。我要是摸了又不要了，谁还会要她呢？再说了，她家的条件和文明程度跟我家也不好比，门不当户不对，我要是把这样的姑娘娶回来，我父母就会当场晕倒，我能让父母难过吗？不会。所以，我不用动其他心思，就装作心如止水地睡一觉，休息好了去上班。

埠头上的事，一切照旧，而且越做越有秩序。比如签单，就是瓜筐上那张证明斤两的字条，现在就固定下来用烟壳纸，有什么用什么，有时候是飞马，有时候是红金，烟壳纸发出的货，就是双莲桥埠头的，就是有信用的。还有那个签名，原来是写"双莲桥埠头乌钢"，那么多字，多么麻烦啊，随着名气的增大，现在只用写一个"乌"字，或者写一个"钢"，就像钢印盖出来一样确凿。后来嫌"钢"字笔画多，就只剩一个"乌"了。有时候，那些没脑的人会把烟壳纸弄丢了，提着裤子尿紧一样跑过来补签，我都会马上满足他，只是写得潦草，写的"乌"有点像"5"，或看上去像"8"，但都像我们厂长签在工资表上的字，有用！我父母说了，与人方便是我们的快乐。换了其他埠头，肯定还会向他们收钱，再拔一次毛。

就是司秤的形式也和别的埠头不一样，我由着他们自己称，哪一方带秤都可以，或干脆称好了过来。我这是人性化管理，靠大家自觉。我不可能像其他埠头那样在现场摆张磅秤，称一筐，吆喝一筐，称的喊一百斤，吆喝的接八十斤，当场就扣掉二十斤，搞得像真的埠霸一样，这样心太狠。都是自己的兄弟姐妹，都是劳动人民的血汗哪。况且，我还要赶去上班呢，难道我把这台秤每天这样扛来扛去？从家里扛出来，再扛到厂里去？不可能。

在厂里，我又有了一个发挥的机会。我们厂那个供销像得了宝贝一样接到了一批梯形槽楔的订单，回到厂里被厂长骂了一顿，说，你是抢荒鬼啊，好像我们厂马上要饿死一样。还说，圆刀削削我们的技术还吃得消，你弄来一个梯形的，对我们来说就是原子弹嘛，哭也哭不起来。供销被厂长骂了像吃错了药一样难受，好几天都头虚眉低，见人一闪而过。后来厂长又想到了我，把我叫到办公室，把自己的位子腾出来给我坐，还给我泡了茶，说，你要是把这个搞出来，给你加半级工资。半级工资三块钱，但也像在我屁股上抽了一鞭，激励了我。我看了看实物，说，明天我去买个量角器来，把角度量出来再说。量角器厂长听都没听说过，张了张嘴，半天还傻在那里。我们这个厂是合作社，是近郊一带的竹篾小组打拢的，人员不是文盲，就是低小，个别城里加盟的工人，也都是蒸笼里发不起来的黄馒头，我算是厂里最大的知识分子了。第二天我用3分钱买了一片塑料的量角器，用1块钱剪了一段中碳钢，到隔壁厂里借了一支什锦锉，量出角度，画出样子，锉出模胚。在这个过程中，厂长的眼睛一直像探照灯一样亮着，一眨也没眨，口水也咽得咕咕响。我把做好的模胚往台钳上一夹，前面竹子敲进去，后面把它拉出来，一根梯形槽楔就这样诞生了。厂长奔走相告，全厂欢欣鼓舞，都对我佩服得不得了。当时市场上有胶木压铸的绝缘槽楔，但成本要比竹槽楔高七八倍，所以，我们厂的前景是相当灿烂的。

这是我的喜事。我父母很快也知道了，逢人便说。在他们溢于言表的得意里，好像我已经成了把理论和实践结合得最好的"华罗庚第二"。为表彰我的贡献，厂里真的给我加了工资，叫新招工一级半，每月29块，外加两块半米贴。

不久，吴茉莉家也传来了一件喜讯，她告诉我，隔壁那个男人把那几株茉莉花也拿走了，吴茉莉说，现在的天井里真舒服。她母亲说，就跟烫了虱子一样。

## 8

这真是一段非常气魄，非常充实，非常富足，非常美好的好时光，可惜好景不长。据说，从外地调过来的一个新领导，强势得不得了。在我们生活的局部，在我们个体身上，我们都觉得很好，很自由，很舒服，但在很多人眼里，这个社会很糟糕，没有秩序，没有公道，没有安全感。那个领导向市民许下诺言，第一件事就是要把4毛钱一斤的咸菜降下来，减至两毛；第二件事就是让每人每月半斤肉的计划得以兑现，确实能吃到油星；第三件事就是刮"台风"。温州地处东南沿海，平时台风频繁，有时候风夹雨，有时候海水倒灌，我们都习以为常了。但现在刮的是"政治台风"，确切点说，是打击刑事犯罪的"台风"。这条路上的那几个露阳癖被抓起来了，说是流氓，被判了刑；有一个抢劫犯刺了女人一刀，被毙了，叫"专刺女人大腿"，大腿有时候也泛指下身，专刺那还得了，就是死有余辜。那些唐一刀、笑一笑、黄京吧、龙海生之类，也都被枪毙了，他们的名气太大了，从来不出门的人都知道，那还不死定了，他们的罪行叫"地下公安局"，就是说公安局不能处理的事情他们都能处理，这多么招人。他们都毙在我们厂附近，枪声我们都听到了，有一次也去看了。这地方原来叫三脚门外，老人们都叫"棺材坦"。

杀鸡教猴子，我一听到风声就不做埠霸了，做埠霸本来也只是业余爱好，又不是任命的，非做不可。至于那个"钉拳"，早被我用力扔到河里了，挖泥船就是把河床挖了个底朝天，也不一定能挖出它半点影子来。"钉拳"虽然算不上凶器，但这个时候带着，等于找死。

我还是老老实实地上班去。

中午，我仍旧在吴茉莉家里吃，我已经吃惯了。但她母亲渐渐流露出一些不耐烦来，这我都知道，她把碗放得重了，她炒菜老是叮叮当当地敲，吃饭的时候，她会说自己有事，不和我一起吃，想冷落我，给我难堪。当初她们家力邀我吃饭，是想借我的名头赶走隔壁的男人，现在大功告成了，就不要我了，就觉得我是个累赘，甚至觉得我揩油。我就是揩油怎么啦？我在她家，没有功劳也有苦劳，没有苦劳也有疲劳，她怎么能过河拆桥呢？吃水忘了掘井人呢？她说自己心脏不好，我看她的"脏"好得很，就是"心"有点问题。她既然把我招之即来，我就要让她挥之不去，我偏偏吃，反正我也不看她眼色，反正吴茉莉喜欢我。

其他埠头的那些人，听说也抓的抓了，判的判了。他们以为"台风"一阵刮过，马上就天青气朗，他们以为自己是鼓楼下的鸟儿，都吓出经验来了，所以，他们只在家里草草地伏了几天，又蚂蟥一样蹦出来了，一把被政府逮了个正着。这叫不会看风头。这段时间的"台风"是刮给中央看的，是新来的领导治理地方的排头炮。排头炮一定得轰得山崩地裂，一定要达到震慑和摧毁的作用，接下来还要冲锋。他们就是没脑，埠霸什么的，那都是旧社会的丑恶现象，新社会怎么会让这些东西沉渣泛起？所以，他们被抓进去，被判了刑，有些民愤大的被枪毙了，都是必然的。风头霉头两隔壁嘛。

不爱惜生活、不要命的人是没有的，他们如果有机会想一想，就会觉得生活是多么美好，生命比什么都重要。他们没有想到这一点，为所欲为，最终被剥夺自由，被终结生命，就没有什么好可惜的了。因为他们的生命还没有注入内容和思想，而没有内容和思想的生命，当然就是行尸走肉。从这一角度看，我还是很感谢我父母的，他们的家教，他们的叮嘱，他们浅显的道理和要求，多少会让我掂量，使我时刻小心、犹豫、思前想后，适可而止，这才使我有了今天。

我听说，公安局也曾经暗暗地调查过我。公安先到机关里找到我父母，问他们我的情况。我父母说他很好啊，很听话，每天按时上班，还都去得特别早，为厂里做了不少好事。公安又问他们，知道双莲桥埠头吗？我父母说知道啊，好像都是些流氓恶势力在那里欺行霸市。公安说，你儿子很可能是他们其中的一员。我父母脸色立刻就白了，冷汗马上就布满了额头，好像看到了我押赴刑场的情景。我父母语无伦次地说，不会，不会，这些事他哪里学来的呢？这些事你叫他吃，他也不敢夹。父母都以为自己对儿女了如指掌，其实，他们仅知道自己设想的一点点，蒙在鼓里的就是他们。公安没有跟他们废话。公安是对的。而我，既然是"钉拳"，我就会把自己隐藏好。

公安当然也去了双莲桥埠头走访。找了一些送瓜和接瓜的人，大家几乎异口同声，说我是无为而治，只是做个见证，根本没有欺压行为。再接触了一些诸如吴茉莉此类的居民，更是有口皆碑。说因为有了乌钢，邻里之间的龃龉少了，许多矛盾都及时化解在萌芽之中。在他们的叙述里，我俨然一个"人民调解员"。

公安最后还去了我们厂。在厂里，他们继续听到了对我的赞美，我怎么遵守纪律，怎么埋头苦干，怎么搞技术革新，怎么苦干加巧干。另外还说到，在晚上恶劣的条件下，自告奋勇送女工回家的都是我。单位原先还想提拔我，要我当什么技术攻关组长，假如我们厂是个公司或集团，那我这个职位就是部长或主任，我谦虚地把这些都推掉了。组织的意见非常要紧，组织的意见就是权威，组织说好，那才真的叫作好。组织可以把一个人打进监狱，也可以把一个人捧上天。

我最终没事。我想，这样的事在当时肯定是很多的，记也记不过来，说老实话，也没人记。时间一久，也就不了了之了。

# 9

没有我，双莲桥埠头也就不复存在了。那些瓜船，吱呀吱呀地摇过来，歇不是，上也不是，都吃不准，像没有人指引方向一样，没有了着落。那些接瓜的下家，他们到底接不接？接过来会不会受到质疑？心里一点也没有底。于是，埠头很快就萧条了，冷清了，人影也没有了。有一天在路上碰到一个往日送瓜的，手上扎了绷带，夹了木板，弯曲着吊在颈上。我问他，现在瓜送到哪里了？他开了一句粗口，把母亲骂了一句，说，现在还种瓜呀？早就不种了，种了也没用。自己吃，吃多了肚荒。送上来，又没有人收。主要是斤两价格说不下，没有人说了算。他说，没有秩序和规则，怎么做生意呢？天天像论战！你看，还为这事打了起来，手也打断了，像《红灯记》里的王连举，已经三个月了。他口口声声怀念我当埠霸的那些日子，说我心平，公道，信誉硬码。其他人，人打倒了不说，还再咬一口睾丸去，心狠。

这样过去了几年。小南门外还是依旧灰黄的样子，那些老店也依旧没有什么起色，双莲桥下的并蒂莲到了季节也依旧开放不止，我也依旧在这条路上走来走去。去，就是到下面的厂里去上班，工作着是美丽的；来，就是下班回家，还时不时给父母带一点高兴的话题。父母正当英年，还轮不到我去孝顺，好的话题，让他们高兴的话题，就是孝顺，就是敬重。

年轻的时候，大家都没有工作，我有这么一个工作，算有出息了。几年过去，还待在这个厂里，就奇怪了。这样的厂，作为走向社会的跳板，过渡一下，锻炼锻炼是可以的。把前途光阴都耗在这里，肯定是有问题的。父母开始动用他们的关系为我跑工作，在他们心里，有点机械性质的工厂，才是好工厂，像冶金、渔械、拖拉机等等，即使重工不行，一轻二轻也是最起码的。竹筷合作社算什么呢？充其量是个手工作坊。父母对别人说，我儿子是一个很正式的人啊，勤劳，肯动脑子，会搞技术，更新了厂里不少产品。别人也拼命应答，好好好，嗯嗯嗯，现在的社会，这样的后生已经很少见了。说归说，就是没见动作要我。

为了外出接业务方便，我们厂也因势利导地改了名字，改为"竹制品厂"，产品也扩大了许多，工业用的有各类电机槽楔，民用的有竹椅、竹茶几、竹床板，竹筷倒是没做了，太小，看不上眼。但不管大小，我还是原来的我，原地踏步。

这段时间，和我年龄相仿的同学、邻居都陆续结婚了，有的还生了儿女，眼见着自己飞速地走向大龄，心里也慌了起来。我曾经也说过几个，公园也玩过，电影也看过，自己也觉得没什么不得体的地方，但糊里糊涂地就停了。我想起吴茉莉。后来虽因其他原因不在她家吃饭了，但有了前面的事情，感情应该不会断吧。她现在一定长得愈发盎然了吧？她比我小那么一二岁，也有二十三四了吧？我想，她家的条件，一下子也发不起来，我就找她吧。过去是我看不上她，送到嘴边的肉，我都不屑去吃，现在我降了一个等级，她应该欢天喜地了。我就去了吴茉莉家。她对我还是挺客气的，但我能感觉出来，这种客气有拘谨的成分，也有敬而远之的味道。过去她说"你睡觉就枕着我的大腿吧"，现在我做梦都不用想了。这样的基础在于迎合，她现在根本就不设计这样的机会。我坐在床边，她就远退到对面的凳上。说话也有了狡猾的技巧，说我妈到隔壁借东西去了，说我爸今天休息在买菜，言下之意是——他们等会儿就会破门而入，你老实点，或是你快走吧！我出来的时候，她会迅速地把门打开，先把自己站到门口，门口，大庭广众，我能做什么呢？动一个手指头都不可能。我只能君子地微笑一下，点头离去。

我父母好像知道了个中的缘由，他们想起那次公安的询问。他们是过来人，经历过"三反五反""社教四清"，又在险恶丛生的机关里工作，深知有些东西的可怕。他们想到了"调查"和"档案"，文章都作在深处和背后，他们一下子就老了。

我前面说过，组织就是"捏命"的，组织专门在暗处使力。在我的问题上，我们厂是一级组织，这个组织曾经袒护了我。但公安局就是一个大组织，还有更大的一个组织，那就是社会。这些大的组织好像在背后签发了一个神秘的文件，文件里写着我的名字，名字上打了一个大大的问号，我就被这么一个问号挂了起来。经过组织多年的工作，这个文件已散发得又深又广，越是深入人心，我就越像个潜伏的危险分子。只要一提起我，谁都会立刻想起我的斑斑劣迹来……现在的双莲桥，比过去当然是热闹多了。

现在有多少人知道过去呢？要问，谁都会说自己不知道，没听说。其实，他们全知道，而且清楚得很。有句话叫"就怕谁惦记"，他们都惦记着呢！在他们看来，那个双莲桥埠头的乌钢就是傻，非常地傻。他应该隐蔽，隐蔽了，也许什么事也没有。因为真正的经营者是不会抛头露面的。如果说，双莲桥下面还是一条河，一条生意的河，一条繁荣的河，那有些人就是二层河，是暗流，极其迅猛和凶险。就说路边那些招牌吧，不用进去看，就知道是什么地方，酒店、茶室、足疗、美体、咖啡吧、桑拿浴，生意不得了。明白的人都知道，这些店要开得牢，要红火，都是有相当背景的，都得有人撑腰，力挽狂澜，不是政府就是公安。否则，连一天也开不下去，光是各种各样的检查，就可以把你查死。

# 上海长途汽车

有一段时间，我经常往返于温州和上海。我是温州人，去上海干什么？去上海"跑单帮"啊。跑单帮这个词，旧社会的人都懂；解放后不大用了，就很少有人懂了；现在更是，就几乎不懂了。当年看样板戏《沙家浜》，"智斗"那一场，胡司令问阿庆嫂，阿庆呢？阿庆嫂答，我哪知道呀，有人看见他，说是在上海跑单帮呢。知道是这件事，但具体做什么，还是不懂。后来，有人问我在干什么？我说跑上海啊。跑上海干吗？上海东西多呀，带些紧俏的东西，再回到温州卖。那人就说，噢，在跑单帮呀。后来，这个词又有了一些歧义，或是异义，叫"投机倒把"。那是1978年前后。

上海有什么东西好带的？那就多了。过去上海叫十里洋场，解放初期还说它的空气也是香的，在老百姓心目中，上海一直就是全国物资最丰饶的地方。上海的百货商店那才叫百货商店，光南京路上就有"一百""十百""华侨商店""友谊商店"，都是进去后可以转一天的。这些都是我跑上海要去的地方。去干什么？排队买东西啊。那时候物资紧缺，什么东西带回来都可以赚钱，当然是指好东西，温州没有的东西。玻璃茶杯、高脚痰盂、搪瓷脸盆、五彩被面、平板玻璃、牡丹香烟，还有电子石英表，后来还有针织尼龙布料。这些，都是温州人结婚必备的东西，所以，我跑单帮也是一定有生意的。

那时候走上海的都是轮船，开始叫"民主"，后来叫"工农兵"，再后来叫"繁荣""繁新"，每星期一趟，船票又贵又紧张，三等舱8块，统铺也要5块，相当于普通工人十来天的工资，所以，我舍不得乘船，宁愿坐长途汽车。长途汽车是2块5，乘一天一夜，路上像抬轿一样，骨头都颠散了，也像生了一场大病一样，要半天调整才会缓过劲来。

去杭州只用1块8，但我不去杭州。为什么？杭州没有商机。杭州虽然和上海只差两百里，但理念上完全不一样。就像杭州是温州的省会，但我们说话杭州人听不懂。不去杭州还有个原因就是，我曾经在杭州受过挫折。

那是"文革"期间，我随祖母在杭州生活，也因此要在杭州读书。我读的是庆春门边上的刀芒巷小学，中午便在附近的杭州机床厂吃，因为我姑妈在那个厂里。

在温州时我有集破烂的习惯，把一些没用的东西集起来，积少成多，等收破烂的人一来，和他换些零钱，或接济家里，或留点自己用。这些破烂有：鸡毛、头发、废铁、牙膏壳、肉骨头、甲鱼盖、鸡肫皮等等。总之，这件事不坏，一方面养成勤俭节约的好习惯，知道钱来之不易，另一方面也算参与一些经济活动，锻炼锻炼，穷人的孩子早当家嘛，家人也很支持。这是在温州，温州有温州的生活环境，人文背景，价值取向，道德评判。

在杭州我读的是四年级，这是个不紧不慢的阶段，所以，很多的时间，我都在机床厂里玩。机床厂是全国行业中的一个大厂，大到一条厂区道我都没办法走到底，走着走着，觉得没有尽头，就退了回来。厂区里堆着没有发出的各种机床，也堆着来不及清理的工业垃圾，这些垃圾，很快就把我集破烂的积极性激发了出来。在之后的日子里，我在机床厂的玩，就变成了"淘金"和"寻宝"，我时不时地会带些"宝贝"回来，有时候是一个铜螺帽，有时候是几片铁垫圈。

我的收获当然是可观的，因为我的基地是偌大的一个机床厂。但这些东西我又不能放在姑妈家，只能放在书包里，这样，我的书包很快就物满为患了。那时候功课不多，书包都比较单薄，其他同学都是蹦蹦跳跳地去上学，而我却像个搬运工一样，负荷沉重。放学后，同学们像出笼的鸟儿伸开双臂做老鹰俯冲状乌拉乌拉地跑回家，我却像个老太太一样背着书包步履蹒跚。我想，等什么时候收破烂的人一来，我就轻松了，我就可以把这些东西换成小钱，买一本自己喜欢的笔记本，买一把梦寐以求的铅笔小刀，或花三分钱去吃一碗撒了桂花的甜酒酿。

后来，我的秘密被姑妈发现了，她无意间拎了一下我的书包，差一点没把腰给闪了。家里立刻召开了一次"公审"小会，虽然没有上老虎凳和辣椒水，但也上了纲上了线。最后的处理决定是：我由姑妈陪着，把那些螺帽、垫圈什么的送到机床厂保卫处，还当面做了检讨。厂领导也不失时机地秀了一下批评，大致的意思我现在还记得：一、别看这是垃圾，但也是公物，公物是不能随便拿的；二、小孩子要好好学习，天天向上，不要一天到晚盯着这些东西；三、从小就有这些资产阶级思想，长大了怕是要犯罪的……我被他们批得体无完肤，只能低头认错，表示坚决改正。

这就是杭州和温州的区别。杭州的小孩不集破烂，杭州也没有收破烂的人，杭州视经济活动为洪水猛兽，视我的行为是挖社会主义墙脚。

所以，杭州和上海不一样。杭州人见了温州人会说，温州人很傻的，都不知道休息的。上海人则不，一听你是温州人，眼睛一亮，会说，温州人都很有钱的。

去上海的车是在温州西站。温州好像没有东站和北站，只有西站和南站。南站是往温州下面乡下的，西站则是往温州上面的外地的。西站上车，出了太平岭，出了双屿镇，过了化工厂，就到了梅岙渡口，滔滔瓯江阻隔了温州和外面的路途，所以，过了渡口才算是真正走出了温州。渡口的排队是长年累月的，没有闲暇时间，一来一去的渡轮渡着行人、板车、三轮车、拖拉机，也渡着汽车。一般都要等上一个多小时，如果这天在四五十分钟过去了，大家心里都会暗暗高兴，今天可以提前到达目的地了。大家就这样坐在汽车上，居高临下地看着窗外，窗外是一拨又一拨的小贩，他们卖粽子、香糕、橘子、咸鸭蛋，渡轮的这段时间，就是他们的生意时间，所以，他们都在声嘶力竭地叫卖，希望能引起你的注意。

过了渡口，大家才会觉得是真正地上了路。后来有了高速后叫"金丽温"，还有一条叫"甬台温"，都是从这里分出去的。浙南多山脉，接下去是青田、丽水、缙云、金华、衢州，都是山路，要一直到诸暨、绍兴、宁波、嘉兴，才是平原。

这时候的车上才是一片小天地。从温州出发的人，不一定都是像我这样跑单帮的，也有出差的、探亲的、看病的，有些人就是在车上做生意的，他们把车作为柜台、店面、场地，买一张车票就可以在车上摆摊，他们本来就是脑筋很好的人。

这样的路，这样的车，一路上都是慢慢悠悠的，乘客们也都习惯了，坐上车就是完成了任务，坐上车就只能交给车了，死心塌地了。车开了一会儿，生意人就开始活跃起来。首先出场的是"湖海"。湖海是温州人特有的称呼，好像是从江河湖海中省略出来的，也好像含蓄着江湖的意思。温州人都知道，湖海就是卖膏药的，跌打损伤，活血化瘀。湖海都有标志性的服装，笼裤、腰带、短打、护腕。湖海也都是身体强壮的，别人大衣裹颈的时候，他一般都要光膀子赤膊。"晴天防落雨，有命防病苦。"说着说着就在车上练开了。练的项目很多，但都是可以在车上施展的：铁丝扎腰，来回走几步，扎下马步，运气屏劲把铁丝崩断。板上拔钉，先是用手掌把钉摁入板中，再用牙齿把钉从板中拔出。还有肚皮吸碗，就像是长在肚皮上一样，无论你怎么使劲，就是扒不下来。在乘客一遍又一遍的赞叹声中，湖海陆陆续续地亮出了他的膏药，有贴的，也有喝的，还有吞服的。那时候做苦力的人多，膏药是很有市场的。

接着是第二个出场。不知他们有没有事先约定，或门类、或品种、或次序，不能撞车，撞车了就是抢饭碗，就不够意思了。生意的好坏靠的是运气，是经营。第二个是补脸盆的，口诀念得像唱歌一样，"缸也补，桶也补，木头也补，铁皮也补"，其实就是一支香烟大小的焊药，用火一点，直接熔化在打了洞洞的铁皮上，冷了就补上了。那时候家里破脸盆漏水桶都有，生意也不错。

第三个上来的有点娱乐性质，卖弹簧棒，练胸肌和手臂用的。这人反差较大，一般这样的买卖都是身材魁梧的，这人却精瘦矮小，所以，他的演绎就更有实效性，也让人觉得他确有奇功。他练的项目是拉力器，他可以拉两百斤，你拉一百五的，他奖励一毛，拉不起来的，他收你五分。这个公平正道，童叟无欺，是男人都想试一试，当然，也都是以失败而告终，那就买一根弹簧棒回家练吧，两块钱一根。他最好，表演也赚了，买卖也赚了，赚两头钱。

这样的车，路上不寂寞，像个游乐场。那时候的车，到了一个地方，都要在车站里面兜一圈，有客就带走，没客继续走。那些生意人，有在青田下的，有在丽水下的，也有在金华诸暨下的，也许回道温州，也许就在当地撂地摆摊，不管。我们继续走，疲了就歪头困一下，摇摇晃晃也是很舒服的，就像温州话说的"吃不如嗑，睡不如瞌"。醒了就傻着眼看路边的风景，路边是稀稀落落的庄稼、是扑满灰尘的小屋、是蹲在地上吃饭的妇女、是挂着鼻涕看着我们的小孩、是趴在地上肚皮一瘪一瘪的野狗。

　　我喜欢司机老姚。曾经想，长途汽车司机应该是什么样的呢？就是老姚这个样，个子高高的，宽厚结实的，灵活机智的。他要是坐在车上，车子就有了重心；他要是坐在车上，无论是土路、碎石路，还是上山下坡，都是溜溜的；他要是坐在车上，车上的一点点异响，一点点故障，他就会知道，马上会手到"病"除。他还有那种一般司机不太有的自律，车上怎么热闹，都不会让他分心。

　　我们早上从温州出发，中午一般会在一个叫作"白马"的地方歇一歇，这地方有很多路边店，司机们都会在自己熟悉的店里吃饭，把乘客拉到这里，就是给这个店里带来恩惠，他就可以心安理得地吃这吃那。店里有盖浇饭，也有自助餐，也有生啤，生啤一毛，自助餐两毛，盖浇饭一毛五，我们一般都吃盖浇饭。司机虽然是另外吃，但我们知道是吃我们的，这是规矩。老姚一般都认准那家挂着"打风炮"牌子的路边店。我以前不知道打风炮是什么意思，以为有什么暧昧的注解，其实不是，但打风炮这个词很有特点，我记住了。大概是他们店有那种气动扳手的意思，换轮胎用的，或一些螺丝锈住了，手扳不动脚也踩不动的，就用风炮打。老姚吃了饭一般都会再喝杯茶，端一张长凳，坐在路边，笑眯眯的。这时候，我们一般都在玩一种用刀劈甘蔗的游戏，把甘蔗的根部削尖，把头削平，像铅笔一样立起来，然后用刀劈下来，两分钱一刀，劈多长，这个长段的甘蔗就归你了。这得把甘蔗平衡好，把刀稳定住，眼疾手快才能劈得深。劈得深的才合算，反之就不划算。我们玩得很开心，愿赌服输嘛。这时候，老板娘就会站在老姚的身后，依稀隐约地靠着老姚，一起看着我们。老板娘是个健康蓬勃的女人，她的围裙从脖子上套下来，遮住了她的身体，但我们还是能感受到她高高的胸脯。老板娘这是信号，是想让老姚上屋里去，上屋里做什么？司机们都知道。但老姚基本都不为所动，他乐呵呵地看着我们，当自己没感觉到身后。喝好，歇好，老姚就开始检查，用铁钎敲敲轮胎，听声音他会知道轮胎的气压，有没有石子嵌在轮缝里，要不，他就用风炮把螺丝紧一紧。接着，他会从车后的架梯爬上车背，把行李都压一压，把篷布锁结实。据说，接下来走的是浙西山里，这里有很长的一段山路，他要开足马力一口气翻过去，不能在路上抛锚，不能慢吞吞地蜗行，老姚知道，这条路的事情说不定，一些地痞会飞身上车，然后割篷布扔行李，那就出事故了。

与老姚一起搭档开车的，我们都叫他"猴子"，听名字就知道，他是个瘦小干练的家伙。他年轻，喜欢开夜车，所以，他的车技怎么样，我们看不到。他白天在车上也会和乘客一样，会参与那些买卖，会跃跃欲试，有时候无形中还起了"媒头"的作用，就是诱使别人上当的那个人，我们现在叫"托"。严格地说，车上的这些生意，也是没有办法管的，他买票乘车，顺便做点买卖，也很不容易的，但车上确实给他们提供了舒适便利的环境。

　　猴子也没有别的不好，就是贪吃。到了白马那个地方，他就会挑三拣四地找吃的。老姚很随和，老板娘做什么他就吃什么。但猴子不同，猴子贼鬼，就前庭后院地找东西，有时候弄来一只鸡，有时候弄来几只青蛙，几条鳝鱼，都没有什么好弄的，也要额外炒几个鸡蛋，不吃点难受。

　　猴子还有个特点是喜欢"放血"，这个词比较晦涩，后来直接了就叫"打炮"。他如果想，在车上的时候就会表现出来，说自己眼睛生疮了，鼻孔呼热气了，嘴角起大泡了，浑身上下窍都闭住了，要泄泄火，释解一下。他这样说的时候，老姚就看他，笑笑。我就知道，等会儿猴子会找老板娘了。我们是长途汽车的常客，不是过客，长途汽车以及路上的一切，就是我们的生活形态，我们熟知，并了如指掌。中饭的时候，吃着吃着，猴子就突然不见了，老姚心知肚明，只是不管他而已。我们饭后照例在玩甘蔗，老姚也照例端了凳子坐路边喝茶，这时候，身后肯定是没有老板娘的。老板娘哪里去了？一定在这间路边店的某个角落里，也许在楼上的卧室，也许在楼梯下的厕所里，也许在关了门的厨房里，也许在屋后的柴仓里，或许在不远处的那片草丛里，反正只要哪里没人，猴子和老板娘一准在那里。一会儿，猴子不知从哪里现了出来，像田螺一样，装作若无其事的样子，喊，上车啦上车啦，走啦走啦。乘客们就被催起来，骨碌碌地上车，继续下面的路程。接下来，猴子窝在副驾座老实了。老姚会笑眯眯地开他玩笑，火泄啦？舒服啦？他也会诺诺地回答，就像虱烫了一样。老姚说，这下眼睛啊、鼻子啊、嘴巴啊，都好啦？他也会下意识地摸摸自己的脸，说，就像蛋壳里剥出来的一样。老姚还会说，童子佬，钞票难赚的啊，省几个起来，叫你妈讨个老婆给你。猴子说，托你的福，很不幸，老婆还躲在丈母娘的肚子里。我第一次知道猴子这行径也是胡乱猜的，见猴子打哪里出来，一副失魂落魄的样子，我就拿话探他，说，你怎么鼻子这么白？猴子吓一跳，说，真的？哪里啊？然后拼命摸脸摸鼻子。后来上了副驾座，还在倒车镜里看鼻子，然后回头看我，说我骗他。我就嘎嘎笑，说，心虚了吧，干坏事的人，马上会露出"马脚"的。这说法是朋友告诉我的。

下午的车上都是卖吃的。也是一样，一个个地上来。先是敲糖，这是温州特产，说是治咳嗽的，这话不知从哪里说起，吃糖能治咳嗽，也有人信，买的人还挺多。接下来是乐清香糕，市面副食店里卖五分一包，一包里有三块，红的、灰的、黑的。据介绍，红的掺了玫瑰花，滋阴的；灰的加了薄荷，吃着吸口气，凉凉的；黑的里面有芝麻，吃了补肾。车上卖一毛一包，也可以拆开来卖，三分一块，也有人买来尝尝。中途上来的有卖金华酥饼的，绍兴豆笋的，嘉兴粽子的，也有提前卖上海五香豆的。有一个卖瓜子的苍南人，我在车上也碰到好几次了。我开始也奇怪，卖瓜子卖到上海，或在上海卖，能卖几个钱呢？卖瓜子还要赏吃，他一捧一捧地请大家吃，"嘻瓜子嘻瓜子"。他说吃瓜子，我们听起来像是嘻瓜子。他是苍南人，不说闽南话，也不说他们自己的蛮话，说带点福建口音的"苍普"，听起来很有乐感的。

晚饭在嘉兴吃，这边的饭店没有花头，猴子头虚眉低的，无奈地说，没办法，没思路，就会没花路，没花路，就会没出路。他嫌这里没"项目"。乘客也纯粹地吃饭。平原不像山区，不做额外的生意。平原的风轻微、柔和，不像山区的风，有时候凛冽，有时候粗糙。吃了饭上车，路也平坦起来了，饭后犯软，要是再没了情趣，就很容易睡去。老姚也在副驾座躺了下来，车由猴子开，人车都带着无聊，嗖嗖地往上海驶去。

在上海我也是挺忙的。我最早住在黄埔旅馆，那是在南京路江西中路的边上，是为了进出方便。后来觉得贵，就换了小旅馆，其实也差不了多少，但省一点是一点。先是浙江旅社、福州旅社，再换到遵义旅社。后来发现，还是遵义旅社最好，住的人都是各地到上海跑业务的，有推销自己产品的，比如永嘉做阀门的；有到处签合同的，自己并不生产，回头再卖给别人，是来自乐清的；还有就是像我这样跑单帮的。旅社里消息很多，也不知哪来的渠道，蛇洞蟹洞，路路相通，各有来路。说一百今天有什么，十百今天有什么，豫园今天有什么，等等。那时候，很多商品都要凭票，那是针对那些稳定的、有供给关系的、有计划需求的上海人的，而对于每天数以万计十万计出入于上海的外地人来说，定时定量地放卖一些紧缺商品，则是大上海对于全国的姿态，也是对我们这些人的恩惠。我的时间都是排得满满的，每天被这样那样的放卖支使着。早上赶到一百买香烟，排队，一个人限购两包；一会儿赶到华侨商店买五彩被面，这些平时都要"华侨券"的，今天免票；十百有婚床用品，豫园有针织尼龙布料，友谊商店有手绘衬衫，为了买这些东西，我基本上都在路上跑。上海地大，我买了公交月票；上海的饭店吃饭排队，我就在社区食堂里搭伙。当然，我也没有太多的钱去囤积这些东西，我是根据温州搜集的需求来的，是有针对性地采购，也因此，我会显得比较忙，生意很好的样子。大概半个月左右，我会满载而归地回温州一趟，那是我最最风光的时候，有人追着我，黏着我，求着我，我把采购的东西逐一脱手，差价都由我说了算。然后，在温州享乐几天，接一些下趟的业务，再酝酿了精神出去。

有一次我得到消息，说上海钟表厂早上六点会有石英表出售。石英表是什么东西？没听说过。我那时候还戴不起手表，我父亲倒是戴表，但也是那种三十块一只的红梅牌，所以，石英表我很想去看看。那天凌晨五点，我就赶到上海钟表厂了，已经有人在那里排队，他们比我起得更早。六点钟，临时设置的窗口一打开，我们就群情激奋，像战时沦陷区准备抢粮食一样，但只卖了几只他们就不卖了。我当然也买到了。石英表确实漂亮，是全新的钟表概念，不是那种指针走圈形式，而是窗式的数字闪现形式，非常地新颖和漂亮。后来，我用这只10块钱买来的石英表，在温州渔丰桥调剂市场和别人换了一辆永久28吋锰钢自行车，据说那车的市价是180块，是时尚达人骑的。

有时候，我也会接到平板玻璃的业务，那是温州人结婚用来压桌子的，桌子上放上十块大钞、全国粮票，有纪念意义的相片，用平板玻璃压着，供人欣赏参观，是当时婚房里最时髦的摆设。这可是温州人说的"琉璃货"，就是砰的一声什么也不是的东西，可不能掉以轻心。在上海运来运去的时候我都是自己背着，最后回温州时，我也会"蹿起来打一棒"，奢侈地坐一回轮船，只为这玻璃贵、摔不得，而且有的赚。

带胖货的时候我就坐汽车。什么是胖货？比如装在盒子里的茶杯，对扎起来的高脚痰盂，用网兜装着的搪瓷脸盆，等等。这些东西要提前运到车站装到车背上。这时候的长途车，中间城市已经不停了，也改成卧铺了，两层的格子铺，累了可以躺一躺，票价却提高到了四块。

上海汽车站在上海火车站的后边。初到上海的人，会觉得火车站广场是那么地有气魄，不可想象，心里叹服上海就是大手笔，就是不一样。汽车不是上海的主要交通工具，所以就龟缩在火车站后面，场地也好像是火车站的一部分。在上海，买轮船票是一道风景，有时候在十六铺，有时候在公平路码头，要好几天之前去排队，人山人海，风起云涌。曾经有一个温州的朋友，在十六铺一带是一霸，公开身份是维持队伍秩序，手拿粉笔，红黄蓝白都有，以他的粉笔为准，在你的衣袖上画序号；隐蔽身份是黑社会的"打脚"，腰间常年插两把匕首，夏天用衬衫遮着，冬天用军大衣遮着，所以他的绰号就简称为"衬衫"。也因此，我要是乘轮船回家，也没有为买票排过队的。我和他的交往之前就有很深的默契，他在那个地方有一张凳子，是他偶尔休息时坐一坐的，他给我票，我给他钱，他不会多赚我一分钱，我多给一点他也坚决不要，但我会在离开时在他的凳上放上一包烟，要么是红牡丹，要么是那种抽起来甜香的黄凤凰。汽车站相对要人少一些，没那么复杂，但每天也是各色人等都有，都是行色匆匆、心情着急的样子。票一般都好买，真要是买不到，加两块钱，有人把你领到对面的弄堂里，马上就有。

和温州到上海一样，车上也总有几个闲人，和去程的买卖不同，回程上基本都是娱乐性的，或者说有赌博色彩的。也是，上海回温州，该办的事已经办了，该买的东西也已经买了，心情轻松，闲钱没用，玩一下又有何妨。

上海的汽车，一般是从嘉兴这边过来的，这是走后来的甬台温这条线。偶尔老姚和猴子他们有事，会绕一下临平和萧山，我就知道，他们要走后来的金丽温了，这条线要稍稍地远一点点。卧铺车就这点好，累了可以上去躺一会儿，不累可以坐到下铺来玩，有时候下面坐的人多了，像开会一样，也很有气氛。有一次猴子说，即便是这样，晚上也有人叫床的。我说，你听到啦？猴子说，你们都睡着了，当然是我听到啦。世间无奇不有，这也许是真的，谁知道呢。我经常在路上跑，晚上一般都睡得好，不像那些偶尔乘车的，白天晚上都很兴奋。

　　白天的车，下面都有项目，即便是不参与，看看热闹，轻松一笑，时间也过得快。开始上台的是闲人甲，他演的是"三张牌"。三张牌就是三张扑克牌，翻来覆去地耍，最后摆在地上，让你猜什么位置是什么牌，猜对了他给钱，猜错了你掏钱。这有点像那个著名的古彩戏法，三个碗三个球，猜什么碗下几个球。这时候，三张牌也耍了，也摆在地上了，看热闹的人有，但想试试的人没有。大家都知道，这些都是骗局，不沾最大，小心无错。但车上毕竟是单调的，车上的人也都是匆匆过客，不存在诱骗和使诈，试的全是运气，也没什么好纠结的。于是路人子首先探了头，试了一下，马上猜中，赢得小钱，而且是屡试屡爽，说明这耍牌的技术一般，有漏洞。这样，其他乘客的胃口也被吊了起来，也犹豫着纷纷加入。

　　这期间，闲人乙也按捺不住寂寞，也摆下了棋局。棋局凭智力和经验，也相对斯文。这形式公园门口常有，我也略知一二，但车上摆的是清盘棋，不像混盘棋那样容易起争执，感觉还是好的。而且规则就写在纸板上，摆在旁边，光天化日，有人作证——红黑自选，红方先行，和棋算红胜。棋局之所以能吸引人，就是因为看似简单，看似可以一步杀死。其实不然。所以，乘客们还是观望，或隔远指点着议

170

论，不敢一试。这时候，路人丑说要试试。有人要试，闲人乙当然高兴，一边装作不屑，一边又认真对待。但路人丑的确是民间高手，也许平时就在公园门口练棋，据说，棋局就是下得多才练出来的，是搭了本钱学的；又据说，练到一定的程度，会学着改棋局，能改的更会玩几下了。所以，他和大家想的都不一样，他瞧出了棋局的陷阱，但就是不往里面跳；他声东击西，迫使对方出现了软招，然后点破；他还频频地与其他乘客互动，也讨论分析，这引起了其他乘客的兴趣。于是，也有纷纷加入讨伐队伍的。

闲人丙玩的项目是"两张牌"，俗称"牌九"。这个更是眼中道理，没有歪门邪道，一人摸两张牌，比的是牌面的大小，简单，不用动脑筋。但两张牌是有难度的，扑克54张，要拿掉22张，剩下的32张作为作战的武器。两张牌还有口诀："天地人和梅长板"，老听打赌人挂在嘴上，但不知是什么意思。若说是什么比喻，好像解释不通；若说是大小的顺序，好像也不是那么回事。最大的是"双天"（两张红Q）、第二是"双地"（两张红2）、第三是双皇帝（黑桃A与黑桃3），下面依次的大小是：两张红8、两张红4、两张红10、两张红6、两张黑4。红Q和红9叫"天九王"，红Q和红8叫"天降"，听起来很有气魄，在单张组合中算大的。牌里也有粗话，比如摸住了"红桃10和黑桃10"，叫"通奸"。

其实，单张凑成10的都有这个意思，算倒霉的臭牌。我听过，也知道一点，但没有玩过。

路人寅说自己手气一直很臭，说不定车上会好一点，他不信邪，要摸一下。这个响应的人最多，都是奔着简单和手气去的，但大家都忘了，还有"出老千"这一手。最后玩到车里鸦雀无声，偶尔有话的，也是说自己输得最多。打赌谁都说自己输，到最后也不知是谁赢的。

对于车上的这些，老姚和猴子也只是笑笑，也许，他们更关心的是行车安全，也许，他们觉得车上这样热闹也好，分散了大家的注意力，时间过得快。

也有人对这些都不感兴趣的，路人卯就是这样，边上的输赢跟他无关，他连眼睛也没有抬一抬。他样子像个"厚佬"，温州话的意思就是拈花惹草，下流猥琐。他能说会道，这会儿正黏着边上的一位妇人套近乎。妇人矜持着不予理睬，她侧着脸看着窗外，脸上有隐忍憔悴的痕迹，也有辛苦劳累的痕迹，但人还是清爽的，清秀的。

猴子一直在盯着路人卯看，我想，以猴子的秉性，一定在看他怎么狩猎，再怎么下手。看了一会儿，猴子就招呼路人卯，问他手头有没有烟，贡献几支。司机索烟，乘客一般都是乐意奉献的，好像也是对开车辛苦的一份敬重。路人卯就颠颠地跑到副驾座，一边给猴子递烟，一边弯腰点火。猴子咂咂地吸着，又喷出很大的一块，烟雾中，猴子附在路人卯的耳朵上说了几句话。路人卯看看他，又看了看那妇人，点了一下头。之后，路人卯回到位子上，再也没有黏那个妇人，转而关心其他了。

后来吃中饭的时候，我逮住猴子问，你起先和路人卯说了什么？猴子反问道，你都在路上跑的，这个还看不出来？整个一"三只手"，在那边擦来擦去，想打那妇人的主意。又说，我告诉他，她是我的老客，最近是她的非常时期，她儿子在上海做手术，她上海温州两头跑，她的钱都是救命钱，你要是动了它，是会折寿的。我心里轰了一下，有点另眼相看猴子了。

当然，车上还有别样的风景。闲人丁，也是不为车上的热闹所动的。他看上去一表人才，斯文稳重，一直在位子上看书，好像所有的心思都在他手上的书里。路上跑多了，我也喜欢看看人，各色人等，各种表演，也有趣的。一般的经验，在车上看书是看不进的，轮船上可以，车上就是不行，会头晕，会想吐，会昏昏欲睡。他既然这么爱看书，我就盯着他看，一看，他就露馅了，有毛病了，他的眼睛是死的，他的表情是木的，他的速度是没规律的，他的翻书也是机械的，不是跟着书的内容翻，也不是沿着书首往下看，而是眼神直接就散在书上了，等于没看。再一看，他的意识就像是一根触角，随时感应着边上的一位女人，留意着女人的一举一动。

那女人举着一个小收音机，捂在耳边在听她的越剧。越剧唱的是《追鱼》和《盘夫索夫》，我们熟悉的《葬花》《碧玉簪》她大概早已经听腻了。也许，她就是想保持着，在车上的这份清醒；也许，她故意借助着越剧，在拒绝别人的搭讪。但是，我也发现，她偶尔也会下意识地护一下背着的那个挎包，这个下意识的动作有点糟糕，把她的身份暴露了，也把她身上的秘密出卖了。

在车上，总有这样那样的事情。那天的车上，还碰到了另外一个人和另外一些事。一个到温州精神医院看病的病人，时不时地说自己尿紧，虽然有家人陪着，但也拿他没办法。他的尿最大，他的尿就像圣旨，老姚一听到了指令，就马上找路边停车，让他下来撒尿。有时候，他站一站就上来了，说没有；有时候，他半天也上不来，说感觉有就是出不来。后来，他一说尿紧车里人就骂娘，有说本来这一盘会赢的，被他一搅，手气又败了；有说这堪比一路上停了许多小站，到温州要猴年马月了。老姚都笑嘻嘻地说好话，说，就当是自己家里人病了，有什么办法呢，还不是要迁就他。猴子也说，等到了晚上，他睡着了，我再开快点，给大家补回来。

温州其实没有其他有名的，就是精神医院有名。你到了温州，出了梅岙渡口，经往市区的方向，一路上就会不断地出现这样的路牌——"精神医院""精神医院"。

但任何车，无论快与慢，终究是要到站的。

后来的某一天，温州西站，我又要去上海跑单帮了，你猜我发现了什么？在西站边的一个旅馆门口，我看见了耍三张牌的闲人甲和摆棋局的闲人乙，他们两个是熟人吗？这会儿正对着脑袋点烟，还有说有笑的。一会儿，又从门里走出了路人子和路人丑，他们又在一起相互点烟。我还想，他们是在那个车上认识的吧？又正好到温州办事？又凑巧住在一个旅馆里？这么一想，觉得不对，没那么凑巧，就明白了那天车上的那些事是怎么回事了，他们原来就是一批"摊主"和"媒头"，是组团出来"做生意"的。

再后来，我还有惊人的发现，在西站边的一个小吃店里，我除了撞见前面的几位外，还撞见了玩两张牌的闲人丙和路人寅，还有看书的闲人丁和厚佬路人卯，他们围着一桌在一起吃早餐！这会儿，我就不得不佩服他们了。你可以想象他骗的手段，可以想象他有诱使的媒头，可以想象他们相互之间的配合，但你想得到为了完成任务他们是八个人一起的吗？这还不叫人上当的？

我还是乘这个车，还要继续往上海走。闲人们和路人们也许还要待在温州享乐，或组团乘车到别的地方去了。在那趟去上海的车上，我还听到了另外一个消息，是猴子告诉我的，说那个听越剧的女人，在上次那趟车上被偷了。他也是听车站派出所的民警说的，说偷得神奇和蹊跷。女人是到了家里才知道的，她打开挎包一看，里面的一千块现金不见了，取而代之的是一扎白纸，也是钞票一样的大小，也是数好的一百张，不知是什么时候被调包的，女人马上就傻了。我问猴子，依你的经验，你觉得会是谁偷的？猴子说，我没看见，我也不知道，不过，我是不会替她难过的。又说，她也和你一样，在上海温州跑，投机倒把，小钱换大钱，来钱太容易了，也不一定都是良心钱。我苦笑，我无语。

我想想自己，这么多年，还真的没有在路上出过事，但我不是侥幸，而是有原因的，我有我自己的准则：在路上，低调，懵懂，退一步，不惹是非。

老姚一直在这条路上跑长途，原来和猴子搭档，后来猴子跳出来单干，跑物流去了，他又和别人搭档。跑国道，跑省道，后来又跑高速。到1995年，老姚安全行车350万公里，有望评上全国劳模了。这是个什么概念？就是跑上海温州7000个来回，就是每天跑500公里、一年跑350天、跑了20年无事故，这了不得啊。就是做一件最简单的事，比如每星期换一次衣服，一年都不落下，你也做不到。何况开车，开长途车，开安全车，开这么久。

但是，老姚没被评上，有人写材料举报他，说了他"三宗罪"：一、说他安全是安全，但开得太慢，实际上也耽误了许多事；二、说他的车，像什么"土壤"和"温床"，给投机倒把分子提供了方便；三、说他怂恿了"车贼"，甚至沆瀣一气，不仅败坏了车里的风气，也给劳动人民造成了损失。这还评得上的？虽然有点无厘头，但还是被马上拿掉了。

有人怀疑，这会不会是猴子干的，说猴子眼红了。猴子听到这话的时候，会马上跑到天底下，指着上天发誓，说，扯淡，损人利己的事，我会干我是狗生的；损人不利己的事，狗生的才要干呢！

# 坐酒席上方的人是谁

## 1

1981年的时候，龙海生正在上海跑码头。这段时间，他的电话很多，他一回到遵义旅社，门口的师傅就会告诉他，你家里又来电话了。也经常有人给他捎来口信，这样这样，那样那样，找他的都是些路过上海的朋友或他家的亲戚。他的信件也渐渐地多了起来，过个半月一月就会来那么一封，比那些长期居住的老码头还要多，但都是薄薄的一纸，放在灯下一照，还可以映出里面的字迹，是他母亲用钢笔誊写的。这些电话啊、口信啊、信件啊，都是一个意思："最近温州的形势不妙""这件事是不是你做的""这次公判又枪毙了几个人""你暂时不要回来，避一避再说"。龙海生知道这些后，一律都会给自己微微地一笑，没有紧张，也没有慌乱，他心里非常清楚自己的处境。

他仍旧留在上海，按部就班地做着自己的事情。这时候的龙海生，已渐渐厌恶了江湖上的打打杀杀，当然，偶尔兴起，他也会出手拔刀的。比如，去年冬天在十六铺，他就叱咤风云了一回。十六铺是上海至温州乘船买票的地方，一周一班的航程，使得船票没有哪一天是不紧张的。年关将至，全国各地的温州人都集聚在十六铺等着回家，买票的队伍排得像肠子一样，也有说得好听一点的——像蚊香一样。认号的形式也是一会儿一变，有时候写在手心，有时候又改到衣袖上，主要是"领导"一直在换，说了算的人没有。有一群人倒是很早就发现了这里面的商机，他们是上海的"地老虎"，他们代客排队，然后以号码换钱，上海到温州三等舱是8块钱，他们收5块，心凶，温州人说他们是"打倒了人还把睾丸也咬了去"。他们垄断着排队的"市场"，经常兴风作浪，弄得规矩人浪费了不少时间，还买不到票。如果有谁气不过，说他们几句，一拨人马上就汇拢过来，"指头枪"淋雨一样围攻你：侬做啥？侬哪能？侬饭要不要吃啦？温州人本来嘴钝，舌头像石头，正常时都翻不动普通话，吵架就更不如对手了。有一次，一个朋友咽不下这口气，跑到遵义旅社搬龙海生，龙海生一听，说，你说都不用跟他们说，这些人就是"讨打"。这是龙海生的口头禅，换了现在的说法就是"欠揍"。于是，从旅社的床铺下抽出大刀，这是他用以自卫随身带的，两把，插到背上，外面裹了大衣。上海的冬季天冷，大衣正好把大刀遮得严严实实。到了十六铺，龙海生把大衣一掀，大刀一拔，大声喊，如入无人之境。那些上海人哪里见过这等场面，拔脚就跑。那天的十六铺真是昏天黑地啊，到处都是在跑的人，有些是追打的，有些是逃命的。后来知道，其实也不是上海人，上海人不屑于这种营生，好像是浙北或苏北一带的乡下人，那段时间，以讲上海话为荣，他们学得像，就冒充上海人欺生了。后来人们在传颂这段故事的时候，脑子里立马会响起《大刀进行曲》这样的旋律。

龙海生在上海做什么？接合同。这是温州人与生俱来的特长。而他朋友多，开销大，也需要有足够的经济作为后盾。他接的合同五花八门：电动机槽楔，这是给温州竹筷合作社的；华侨商店的剪纸，是给十字绣工场的；还有就是旅行秤，听说是出口的，是给棉纺厂家属厂的。他还顺便捎带一些朋友的东西，都是些结婚用的时髦物品，高脚痰盂、牡丹香烟、七彩被面等等。龙海生在上海如鱼得水，不亦乐乎，一时间没想着要马上回来。

后来，有朋友打来电话，说李元霸要被枪毙了！龙海生心里就油煎一样，拱起来要走，要赶回温州去。他母亲叫人带来口信，说你走不得，你回来也会被抓住的，你会送命的。龙海生不管，他这种人，命可以不要，义气不能没有，好朋友都要吃"花生米"了，自己还在上海苟且偷安，这事要让人知道了，岂不是为人不齿？他收拾好上海的摊子，暂时打理了那些合同，叫人把自己带进提篮桥码头，那是上海船出发的地方，事先躲在熟人的船舱里，待轮船慢慢地行进至公海，再田螺一样现出来补个散席。他都是这么干的。

回到温州，龙海生知道了形势的严峻。温州是蛮荒之地，社会混乱，党中央派来了一位铁腕书记，据说，此人从内地的一个县长直升为温州的书记，原因和理由就是这个人骨硬，不留情面。还据说，他夸下海口，答应党中央，半年把温州治理太平。他先是耍了"两把刀"，把每月每人半斤猪肉调到一斤，把咸菜4角的降为两毛，人心马上就稳住了。还有就是结果了一批坏人：一位撬保险箱的家伙，一位刺女人大腿的愣头青，还有就是李元霸，他平时好两肋插刀，经常被人请去调停和斡旋，名气大，抢了公安的饭碗。这些罪本来都不是十恶不赦的，但在新书记手里——杀！

龙海生觉得，不管怎么样，他都应该来送一送李元霸的。一是要见他最后一面，二是想看看他最后是英雄还是狗熊。听说，一些平日里威猛强大的人，一听到"死刑"，也都是抖抖掉，当即就尿了裤裆，像死猪一样。他想看一看李元霸的最后表现。

那天的公判大会在人民广场开。龙海生骑了一辆自行车等在市中街。他听着高音喇叭里都是"死刑死刑"，他心里好像也在打"叉叉叉叉"。他没有像一般观众那样站在路旁看，而是骑了自行车跟在刑车后头，这也算送李元霸一程吧。那天的李元霸被绑得像粽子一样，由两个解放军死死地按着，他的头像镶嵌在车上的一个装饰，一动不动，但眼睛却在滴溜溜地转。他是想看一眼最后的世界吗？还是在人群里寻找亲人和朋友？但龙海生觉得他是在做垂死挣扎，强打精神，希望给别人留下个硬码的形象。刑车从市中街游到人民路，再左拐到解放路，再折回到广场路，然后在广场路口示众一下。龙海生就这样一直跟着，他看见李元霸慢慢地无精打采了，慢慢地口吐白沫了，慢慢地眼睛耷拉了，但他被两个解放军钳制着，身体才勉强没有滑下来。龙海生知道，示众之后的刑车，会陡然地快起来，而且是越来越快，在经过西门大桥底之后，就飞一样地向松山驶去，那时候，就谁也跟不上它了。所以，在广场路口，龙海生计算好时间，在目送了一眼李元霸之后，不等示众开始，就掉转自行车往松山骑了。

　　其实，松山早就被公安警戒了。龙海生登上松山的时候，下面的刑车也已经到了，他只能站在远处的山头模糊地眺望。他看见李元霸他们被一个个弄下车，有些傻乎乎地配合着往下跳，有些则感受到了死亡的气息，躺在车上赖着，结果当然是被解放军毫不留情地拖了下来。距离太远了，龙海生看不清哪个是李元霸，哪个是那个，哪个是这个，看不出是威武的，还是猥琐的，是强壮的，还是瘦弱的，看上去都一样。那个过程很快，一会儿，六七个人就已经跪在那里了，也没有听见什么口令，就响起了一阵枪声，龙海生只眨了一下眼睛，李元霸他们都已猝然扑地。

　　这天晚上，龙海生在家里想了很多很久，他倒不是怕公安夜里来包抄他，他非常知道自己的底细，他顶多只是打打架而已，没有血债，而这，又是后生们立足社会的重要方式，谁没有做过？但李元霸最后一刻的形象，像一枚楔子嵌入了他的大脑，他可不想自己最后的形象也这么丑陋；他可不想自己像粽子一样被解放军摁着，像死猪一样；他可不想最后的开花弹把他的心脏打个洞！他为自己的今后作出了一个选择，按照通俗的做法，他端出一个脸盆，在里面放了些水，有点仪式感地把手慢慢伸了进去，浸了一会儿，然后郑重其事地洗了两下。

## 2

　　龙海生突然变老实了，很长一段时间他都没有出去，既没有去上海跑合同，也没有在温州出头露面。他的朋友都有点莫名其妙，都想不通。他的家就住在市中心的弄堂边，他的房间是矮屋翻抬起来的阁楼，他站在自己的小窗前，能看见路上走过的半个人形。那段时间，他常常会听到窗外响起的一声呼哨，像尖利的玻璃划过地面；他也会看见路上有熟悉的身影晃来晃去，像"盯梢"的便衣；他还会听到楼下有人在翻扑克牌，听声音是在做"三张牌"；他相信，在弄堂的尽头，在拐角亭子间的酒肆里，有一些人在那里日夜喝酒；他知道，这都是他的朋友，他们在这里守候他，要找他玩，或找他有事。龙海生不想再和他们有什么瓜葛，他觉得和他们接触多了最终会重蹈李元霸的覆辙，迟早会吃"花生米"的。

　　但是，他终究是要出来做事的，不做事他吃什么？不做事他家里怎么办？于是，过了一段时间，他出来了，并有了自己新的事情——他去打桩队打桩，去运输社拉板车，去翻砂工场抬坩埚……这些事，有些需要韧劲，有些要考验力气，而翻砂不仅仅热和累，还很见蹲功，没有毅力还真的做

184

不下来。龙海生知道，他选择这些事做是在锻炼自己的心志，也是有意和那些朋友拉开距离。他的那些朋友，吃惯了，用惯了，一直都是养尊处优的，他们绝不会来干他现在这些苦的事情。

有一天，一个要好的朋友来找龙海生，说，你做这些事干吗？我们做别的事怎样？龙海生说，我就是不想做别的事才去做这些事的。朋友说，我不是要拉你做回头的事，我是说我们一起来做个新的事，我们做托运。龙海生没听说过这件事，就问，怎么叫作托运呢？朋友说，就是把温州的东西集中起来，再运到外地去。龙海生又问，那怎么集中呢？朋友说，那很简单，在路边租个店面，门口摆个灯箱，写上到哪里到哪里，东西就会自动地送上门，我们再负责把它运到目的地。龙海生再问，那运货的车呢？朋友说，车更会自己找我们的，他想跑货啊，他空车难受啊。龙海生噢了一声，这就是搞托运啊，他现在还想象不出这里面的细节，想象不出那些东西怎么运到外地去，运到了又怎么处理，但他对这件事感兴趣，至少是一个新兴的行业，至少比他眼前的事有技术含量。他答应朋友试试看。

这个时候，温州的经济已经有了点眉目，每天都要制造出许多东西，这些东西不能堆在家里是不是？要运出去，变成温州的名气、温州的牌子，要换成钱。这个时候，温州出来的东西很多，有皮鞋、服装、灯具、眼镜，还有汽摩配和紧固件。这个时候，温州还没有火车和飞机，轮船是有的，但速度太慢，有些没水的地方还去不了，这些东西要运到四面八方，只有走陆路，这样，托运这个行业就应运而生了。

托运就是要开线路，这条线路本来是没有的，要把东西运到那里，就要把线路开起来。很多人以为，路是大家的，既然有路，东西都可以走过去，错。线路既是途径，也是距离，也是方向，也是目的地；线路也和其他"线"有关，比如内线的线，线人的线，至上而下一条线的线。这么说吧，你如果没有把这些线解决好，没有充分的准备，你就寸步难行，就是上了路也没有用。上了路也会有人抢你，有人查你，严重的还会有人收拾你。再说得直白一点，把线路开起来，把路面铺好了，把东西运过去，一切顺利，钱也就赚来了。龙海生心想，这有点像古代的镖局嘛，或者说就是镖局。这件事有点刺激，他心底的英雄气又膨胀回来了。

龙海生先是开通了株洲的线路。第一趟车他是自己押的，他以前在上海跑码头，他有与人打交道的经验。刚开始的时候，他的车都是货礼各半，运的货是皮鞋，带的礼却是8080收录机，次一点的也是双狮手表，"女儿还大于娘"。什么意思？就是礼比货还值钱。这个时候的温州，走私的名声已经很大了，但内地才刚刚听说，像国家机密一样。他们见了龙海生就会问，你那边走私怎么样啊？多吗？好吗？便宜吗？龙海生知道，用这些东西作为糖衣炮弹，一打一个准。就这样，这些走私的双狮表啊、8080收录机啊就把这条线路给打通了。

他一路打点，一路铺垫，他坐在大货的驾驶室里，犹如骑在一匹高头大马上，自我感觉是威风凛凛的。温州的信息本来就起得早，托运又属于新开创的事业，没有借鉴的经验，一切都是在探索和摸索的过程里。这时候，各地的地头蛇们还没有苏醒，还没有创收的意识，因此，路上基本还比较太平，没有机关陷阱，也没有蒙面贼打劫。当然，就是有陷阱和打劫，他也是不怕的，因为他就是这样过来的，他知道道上有什么规矩。他倒是有点怕那些工商税务，他们是他碰到的"新鲜事物"，他们不按套路出牌，而且，这些人的胃口都很大，不是烟、酒、特产、走私货能够打倒的。当然，很快，这些人也都被他发展了，成了他的内线和线人，为他所用，替他服务。他们会把他的车牌号一路地传递下去，每个检查站都会有他的记号，就像鸿雁传书，他的车还没有开到，他的"书"早已经到了。于是，他只用坐在驾驶室里和他们点点头，或下车撒泡尿，趁着锁裤门的间隙，陪他们抽支烟，再把剩壳的烟脚丢给他们。他丢的都是"大前门"，有时候也有"牡丹"，有时候还有那种抽起来满天香的"凤凰"，这都是温州人在酒席上享用的，这些人见都没见过，他们都傻了眼，对他自然是点头哈腰的。

当然，一路上，也会有龙海生打不通的关节，也会有比较硬码的人，不吃他这一套。对于这些水泼不进枪打不透的检查站，内线就会教他以逸待劳的办法，等线人帮他去踩点。他就耐着性子窝在路边的大车店里，和不相识的司机打打扑克，和没有姿色的老板娘调调情，酒也喝一点，但神一直提着，没敢尽兴。这个时候，女色卖春还没有公开地时兴起来，但意识已开始有了点萌动，姑娘也不是长期住店的，是接了生意后临时到隔壁抓差的，无非也就是隔靴搔痒似的"奶撞"，然后就邀请你到楼上坐一坐。龙海生就曾经被力邀过一回。那可是真的叫作坐一坐，两个人坐着看看电视，吃吃瓜子，说说话，什么也没做，但小费不能不给，不给你就脱不了身。当然，龙海生也没想做什么，他最知道江湖的险恶了，尤其是身处异地，尤其是怀揣了任务。他是带了江湖的口诀上路的：小孩要当心，老头要警惕，女色酒肉不能贪，瞎子瘸子要提防，意念是棍，心计是枪，白日握拳行，深夜睁眼睡……等时机一到，内线和线人的消息传来，这时候的关卡，或关门，或换班，或人马困顿，形同虚设，龙海生就激灵起来，黑了灯开足马力驾车冲卡，基本上都让他冲了过来。

后来，龙海生还打通了这条路上的辐射线：益阳的、娄底的、怀化的、郴州的、长沙的、湘潭的、常德的。再接下，龙海生又把线路开到了广州，开到了昆明，开到了宁川和太原，最北的开到了哈尔滨，最远的是乌鲁木齐。托运没什么经营秘密，就是车多货多开得越远越好，越远越赚钱。

托运是个本钱轻的行业，这指的是运货的卡车。卡车都是从外地跑到温州的，这是些运钢材的车、运木材的车、运水泥的车，也有运大米和生猪的车，这些车在温州卸了货，就挖空心思地想带点货回去，他们没有放空车回头的习惯，放空车多浪费啊，他们接一个回头，就能赚一点外快，于是，他们就会自觉地到龙海生们那里去报到。这时候的线路，也没有那么多的伦理和规章，大家都是在转型期的过程里，都是在尝试，都是在摸索，能够在路上跑，能够参与着跑，就已经很好了。这时候也没有什么封闭车、集装箱、冷藏车，更没有什么特种车，也没有GPS卫星定位系统进行全程监控。这真是一个容易上手的行业，卡车是别人的，司机是现成的，货物又送上门来，羊毛出在羊身上，这么好的赚头，争夺的人、眼红的人、蠢蠢欲动的人自然就少不了。

争夺的内容很多，有争夺货源的，这很恶劣。比如你送来的是皮鞋，直接就打开包装，拎两双给你，以此来吸引和激励送货的人。也有竞争价格的，一降再降，降到差不多是白运了为止，醉翁之意不在酒，而在于线路。这一手只能硬顶，你降我也降，以我的低来抗衡你的低，看谁实力强，看谁经得起降。这也是意气的拼争，名声地位的拼争，比如龙海生的株洲线，意义非同寻常，拼了两年还在拼，这口气不能塌，一塌，名声地位就泡汤了。有时候，为了争取那些送货的人，龙海生会架上一张桌，泡上一壶茶，摆上一包烟，端椅子坐在自己店门口，他的目的就是要让别人看他的面子。但是，那些送货的人就是"婊子"，这是托运行里对他们的鄙称，他们没有情面可言，谁价格低，立马就舔谁的屁股去了。

　　争夺线路就不那么简单了，线路是托运的饭碗，是托运的身家性命，一条线路辛辛苦苦打下来，岂能让别人的车在上面乱跑？要坚决把他们赶出去，坚决把他们铲除掉。托运还有些摆不上桌面的"约定"——运丢了东西没赔。这给了龙海生可乘之机，他就买通了路上的地痞流氓，只要他把其他车的牌号报过去，他们一准在半路埋伏打劫。当然也还要双管齐下，就是把路上的工商税务拉下水，让他们做自己的帮凶，税务扣"假发票"，工商扣"三无产品"，只要花钱到位，不用说，到处都是我们的人，到处是我们布下的天罗地网。

这些若还是不解决问题，那就是打，动武。龙海生其实也是很不愿意打的，但有时候没办法，话越说越气，话笔直铁硬，话像石头一样甩了出去，就收不回来了，就只好朝着打的方向走。其实打一架也没什么，现在的打，是捍卫线路，捍卫地盘，捍卫手下的饭碗，捍卫自己的今后，也就是说是天经地义的。要说托运有投入，这一块是大头，每年的开支预算里都有，就像大国搞军备竞赛，虽然没有战事，但投入还是要的。打是无奈的，没办法的，前面的那些手段都试过了，抢也好，扣也好，对方都不惊醒，都不当事，那只能浴血捍卫自己的线路，暂时把"洗手的形式"先放一放。江湖的原则是"不为钱财，只为脸面""只有被软死的，没有被硬死的"。

双方约好了在秦县的分水岭上决斗，这是温州距秦县两小时路程的地方，是两省的交界地，山高皇帝远，没有人管辖。决斗是需要智慧和计谋的。多年的江湖磨炼，造就了龙海生军事家一样的素质。他悄悄地带人去踩了点，尽管这样做有点麻烦，但无准备之战他是不打的。他是去考察地形，硬打怎么打？乱战怎么打？势不均力不敌怎么办？哪条路可以撤退？退不及在哪里藏身？在哪里安排接应？最最要紧的是，要在行进和撤退的路上埋下"暗器"——马刀和斧头。这时候形势严峻，他们不能明目张胆地带武器上路，所以，这些事要做得非常严谨，既要让自己人心里有数，又不能让对方有丝毫的察觉。

那天，龙海生他们开了三辆车去，对方也开了三辆车过去，这是他们事先定下的规矩，六车人马各自悄然向指定地点汇集。夜幕降临，风急气紧，铁器自己都擦出了火星，呵出的人气也仿佛有了火药的呛味。但今晚的车开得太顺利了，开得也太冷清了，怎么说？车过山前峡，检查站对他们都不闻不问，进入盘山道，身旁的其他车就没有了，就他们几个车朝着分水岭方向，好像是故意放他们进来，好像有意疏散了其他车，好像撒了网要捉瓮中之鳖，龙海生本能地警觉起来。但他又不能退，这场旨在保卫线路的械斗已箭在弦上，大家情绪高涨，一路拾回的武器也已握在手中，若是此时退了，那就比战败了还要倒霉。

到了分水岭，刚扑棱棱地跳下车，他们就听到隔远传来的杂乱的声音，有喧哗声、脚步声、铁器碰撞声，要是在白天，相信一定能看到山路上翻滚的尘土，他们的拳脚一下子紧张起来。就在这千钧一发的瞬间，公安如神兵天降，又好像草木皆兵，站住，不许动，缴枪不杀，一阵喊，把个决斗的两派冲得七零八落。好在龙海生事先摸清了地形，一声嗯哨，一个个遁得无影无踪。一场大火就这样被泼灭了。据后来坊间传闻，现场散落的物什很多，有斧头三十一柄，马刀十六把，各种跑鞋二十三只，蒙面的口罩和作为标志扎袖的白布条红布条无数。这场决斗虽然因为走漏了风声而最终泡汤，但还是因了它跋涉距离远、参与人数多、所带的武器杂等，在温州"托运志"上被狠狠地记了一笔。其他小规模的单挑或双挑就不用说了。

龙海生后来执意退出了这个行业，他感谢朋友的信任，也悟进了朋友相邀的初衷，他们看中他码头的经验是假，利用他江湖的影响是真。这行业的确能够赚钱，但更深层次的核心还是争斗和掠夺，这和他心底的追求是背道而驰的。再说了，这行业的人员素质也太差了，动不动就有暴力倾向。举一个例子：一条路上开出了几家店面，有自家的也有别人的，有一天发现别人的店门口也亮起了灯箱，和自家跑的是一个方向，自家写了"乌鲁木齐、哈尔滨、昆明"，别人也写了"乌鲁木齐、哈尔滨、昆明"，这明显是和自己挑衅嘛，争饭吃嘛，就派了几个马仔去砸灯箱。马仔不认识字，就告诉他认字的方法："四个字、三个字、两个字"的就是。结果，把别人的砸了，把自己的也砸了，顺便把自己另外一个写着"山海关口、石家庄、保定"的也一并砸了。呜呼，这是行业内比较经典的一个笑话。

3

　　龙海生花了些日子把托运的事情理清楚，他再也不想插手这些混乱的营生了。他年纪大了，心里的火气也不怎么猛了，喜欢喝菊花茶莲子芯了。他不再是过去的那个愣头青，或者说，他也不单单是改邪归正的一个浪子，他心里有了牵挂，角色也在一点点地变化。这是1994年，他的父母老了，两个人加起来有一百三十岁了，头发也接近全白了；他女儿也考入了市小的奥数班，他经常要去参加他们的家长会；他老婆是个老实巴交的人，最近整天愁眉苦脸的，工厂改制，即将下岗。为了这些，他也得装得人模狗样的，如果说，"正栋梁"必须要挑个"千斤担"的话，那他至少也得挑个"八百斤"。

　　他先要找个事情给老婆做做。经过前面托运的积累，他现在的手头不是很紧，但他要稳定家里的人心。他告诉老婆，我们不等钱用，我们有没有工作无所谓，你一定要找个事做做也可以，但不要太当真，你把它当作体验生活怎样？龙海生把老婆安排到朋友厂里做会计，工资可以，但老婆不喜欢。温州的一些小厂，做假账是公开的，是赢利的手段，老婆说，我一做到假账，心口就怦怦乱跳。没办法，她习惯了那种出力流汗的劳动，对于这种靠阴谋诡计获得的收入，总觉得是在偷盗似的。

老婆一定要试试鞋料生意，她喜欢做一些细碎的工作，喜欢润物细无声式的服务。其实，在温州，做鞋料的思路和方向都是对的。温州有这么多大小鞋厂，就算都没有业务关系，只要措施得当，捉漏也可以捉个半饱。龙海生当然支持她的选择。但他也告诉老婆，你一定要做好思想准备，鞋佬喜欢欠，也喜欢逃。做生意最忌讳说"背话"，据说，背话又往往非常地灵验，背话会把自己的情绪说坏了，也会把自己的运气说坏了。龙海生说，你就当自己是在练摊吧，练个忙碌，练个充实，有赚就皆大欢喜，赚少了就当是自己的利润打低了。老婆说，我要求不高，斧头不把把柄剁进去了就好。

老婆很适合做鞋料生意，她为人热忱，心又不凶，服务细致入微，做得不亦乐乎。到了这年年底，她赚了四万块钱，对于一个下岗工人来说，这是非常非常不错的收入。但是，但是，老婆有十万块的赖账没有收回来，说起来赢利四万，欠着的却有十万，也就是说，她的斧头已经把柄剁进去了。老婆开始都不敢说，她只是心神不定，后来吃饭没味道了，后来连觉也睡不着了。龙海生觉得应该和老婆谈一谈，他重温了温州的生意环境——不欠不是生意，欠了才能继续生意，这就像一根链条，咬着才能循环下去。他又给老婆分析"人种"，说有些人天生就是赖皮的，有钱他赖皮，没有钱他更赖皮，赖皮是他生命的一部分，不赖他就没法活。

老婆说的赖皮叫吕蒙，他到老婆店里时喜欢吹嘘，说自己如何如何地强大。说有一次他在酒店里喝酒，车停在酒店门口被朋友发现了，朋友一定要上来一起喝酒，来一个加一个座，再来一个又添一双筷，本来是一桌的酒，从中午喝到下午，硬是喝出四五桌来。龙海生听了呵呵。老婆又说，还有一次，吕蒙扭了腰，在302医院做牵引，朋友们知道了，一传十，十传百，蜂拥至医院看他，结果，小车把医院门口都堵死了，连军车也进出不了，最后不得不调来交警处理。龙海生嘎嘎嘎嘎。他笑老婆幼稚，这么蹩脚的伎俩也看不出来。他问老婆，这个人是做什么的？老婆说，做鞋的啊。他说，是啊，做鞋说做鞋的话嘛，他说这些干什么？龙海生说，还有个常识，真正强大的人是不说的，说了有什么好呢？说了引火烧身啊？说自己强大的人，手脚都是最先被剁掉的。老婆说，他吹吹牛也不可以吗？龙海生说，吹牛也要看和谁吹嘛，他和你吹什么牛啊？所以说，他反常了，逻辑上讲不通。龙海生知道他说这些是什么意思，他在欺软，在威胁和恐吓你，在制造你心里的惧怕，待日后他欠了钱，你就不敢找他要了。他撅一下屁股，龙海生就知道他要拉什么屎。

赖皮的伎俩一般有这么几种，上面这样的吹嘘是一种，告诉你自己的强大，让你觉得奈何不了他，最后只好算了；还有就是躲你，千寻不着，万碰不见，磨得你自己先没了脾气；还有就是和你吵，找你的茬，挑你的刺，说他的鞋被你的鞋料做坏了，他不找你赔已经算便宜你了；还有就是挑衅，巴不得打一架，一打，正中他下怀，说人打伤了东西打坏了，反过来还要讹你。龙海生告诉老婆，要讨债必有争论，有争论必有冲突，有冲突必有损伤，有损伤必有报复，以牙还牙，以血还血，拼来拼去要拼到猴年马月？他告诉老婆，他已经从江湖上退出来了，他已经告别过去那个旧我了，他已经不做那些打打杀杀的事情了，所以说，要讨债可以，但得慢慢来。

那天晚上，老婆睡不着了，她躺在那里一动不动，但一直在潸然落泪。龙海生知道她在心疼，她的辛苦像电影一样在她的脑子里闪现，一幕幕演绎下去：她在烈日下进货，人晒得黑不溜秋的；她在雨天里送货，人淋得像个落汤鸡；她看别人的脸色行事，她见了谁都好话说尽；她从吱呀吱呀的自行车，奋斗到嘭哒嘭哒的摩托车；她平日里笑容少了，皱纹和白发却在日长夜多……再过几天，老婆沉不住气了，她觉得和龙海生说不清楚，就自己去搬"黑社会"去了。女人就是这样，心像芝麻一样小，一件事搁住了，根本就过不去。所谓的"黑社会"，我们身边其实是很多的，但都是些没有组织的单干户，打着替人讨债的旗号，但只为其中的利头。他们的做法也往往是不入流的，动不动就是威胁、劫持、剁手剁脚。时至今日，江湖上早就不这么做了，江湖上有了新的规矩，也有了品牌意识，寻衅滋事也文明起来了。早些年，这行当也都是本地人所为，本地人有根有源，有家眷门户，做事一般也瞻前顾后，不会乱来，但现在，这些简单、危险、收入低的营生，本地人早就看不上了，现在来做这种生意的都是些外地人。外地人唯利是图，只要有钱，什么活都接；外地人没有根基，没有顾忌，反正谁也不认识，往往心狠手辣；外地人也没有信用，不会担当，真要是闯了祸就脚底抹油，溜之大吉。

危机一触即发。龙海生要赶紧找到老婆，他是她老公，他太知道她那点智商了，她清了清嗓子，他就知道她要唱什么歌，她脖子伸一伸，他就知道她要打什么嗝。她心急啊，她在煎熬呀，她现在带了几个人潜伏在吕蒙的厂外，她在蹲守他，想打他的埋伏，要偷袭他？要绑架他？抑或要剁他一只手或一只脚？龙海生就在这千钧一发之际赶到那里，这个他很容易做到，他的马仔其实早就在那里瞄住她了，像便衣一样跟踪在她的左右，实际上，他一直遥控着那边的局势。

马仔说，老大，情况不妙，双方都叫起了几个人，看他们走路的样子，身上带的是斧头。

龙海生把老婆叫到一旁，歇斯底里地说，你知道他们都带了什么家伙吗？老婆喃喃地说，这边是马刀，那边是斧头。龙海生说，你知道这会是什么后果吗？老婆说，我也不知道他们会这样。龙海生说，你以为他们是来做客的？你以为他们是来摆风景的？他们是为你讨债的，是来打架的！他又说，我再问你，他欠了你多少钱？老婆说，十万。龙海生说，打架是无法控制的，手起刀落，祸就天塌下一样，你剁了他一只手，十万就泡汤了，你失手出了人命，你再乘上个十也不够赔。你都不想想，你一个女人，你能拿得住他们吗？龙海生说得严重，但确实，这样的局面，老婆当然是没有想到的。

龙海生把老婆叫来的人打发好，他付了他们的"误工费"，他们出场了，虽然力气没用掉一点，虽然刀斧并未开锋，但毕竟耽搁人家时间了。他还在附近的聚乐园里请了他们一顿，这也是礼数，江湖的规矩他还是要维护的。他们当然也是当仁不让的，他们稳稳地坐着，一边喝着酒，一边埋怨着龙海生的阻拦，他们笑龙海生胆小，笑他没见过场面，他们说，反正人都已经汇起来了，打一场又怎样？他们装出手痒痒的样子，装出没有尽兴的样子，又是摇头，又是喷啧。他们是无意间发现龙海生的身体的，架子不错，手脚也挺粗。他们哪里知道龙海生是什么人，哪里知道他也是历练过的，哪里知道他曾经的江湖风云。他们以为他只是长得好，是天生的身体坯子，他们就好意地、负责任地提醒龙海生，老司，以后像这些地方，这样的场合，你最好别来，最好退远一点，你这身子触眼，要打起来，也许首先就奔你去了，伤了你怎么办？龙海生笑笑，他觉得他们说得对。

冲突虽然是平息了，但事情并没有解决，钱还没有着落，关系也没有理顺。据马仔探来消息，吕蒙的鞋厂倒了，他可能欠的钱不少，欠老婆的也许只是个零头，他也许还欠了皮的，欠了胶的，那些都是大钱。那老婆怎么办？她的生意还要继续，她的钱要是就这样没了，她的积极性就会受到挫伤，她就没心思再做下去了。所以，这个钱是一定要拿回来的。但不是以打架的形式，打架不是又倒退了吗？现在这时代了，他如果还没有一点点进步，自己都说不过去。

这个时候的龙海生，已经在街道办事处谋了一份事情，工资虽然不高，但还是比较稳定的，他做的是调解工作，大家知道他的过去，也知道他的现在，知道他有社会经验，也知道他在社会上的位置，他有调解方面的才华。他所在的街道是温州比较早的住宅区，地盘很大，有以树木命名的十几个组团，桂、柳、桉、松、杨，桃、柑、橘、梨、梅，等等，矛盾和杂事也挺多的，卫生间漏水啦，楼上响声音啦，杂物占了过道啦，阳台做了铁栏栅啦，等等，调解的压力不轻，不过，龙海生适合做这样的工作。这样的身份，龙海生也不想再去做什么过激的事情。

他找到吕蒙，而且是直接找到他家的，这是个信号，它告诉吕蒙：我知道你的家底，你跑不到哪里去。因此，当龙海生笃笃地敲开他的家门时，吕蒙还是吃了一惊，嘴巴也不由自主地僵住了。

龙海生没有真正地退出江湖，他知道江湖是退不尽的，江湖就是社会，就是人群，退出了，他就一无是处，就一事无成。江湖当然是要较量的，但已经不再是血雨腥风，而是文明的智慧的。他告诉吕蒙，我们有很多"下三烂"的做法，有武的，也有文的。武的是：把你的车玻璃砸了，把你家的下水道堵上，把你的门锁用电焊焊死，还有，每一天拎一桶大粪放在你家门口；文的是：叫老人或孕妇守住你家，把你所有的电话手机打爆，在你的小区里贴满你的大字报，还有，把你的账单送给你的父母。你说，你是要文的还是要武的？他还告诉吕蒙，你欠我老婆十万，你知道十万是个什么意思吗？再退一步，你知道五万是个什么意思吗？吕蒙摇摇头。他这一摇头，就把他的底细暴露了，龙海生就知道，他是个新手，至少也是个不谙"世事"的，也许根本就不是什么江湖，顶多是一条河汊，说不定还是条阴沟。

龙海生没有把意思说透，但老江湖都应该明白它指的是什么。江湖的规矩是五万挑筋，十万剁脚，其实后果都一样，一个残疾，一个残废，一个拄拐杖，一个坐轮椅。龙海生接下来跟吕蒙谈的是：一、我不搞打压政策；二、大家都平安地过渡；三、我给你指条道吧。龙海生说，糟糕的厂长比没有厂长更糟糕，但糟糕的厂长也许能当个好管理，厂长拿的是全盘，管理管的是局部，局部你可能行，你去我朋友厂里当管理怎样……这件事对吕蒙的震动很大，觉得不仅仅从龙海生那里学会了做人，还学会了处世。

后来，老婆也问起过龙海生，说那个吕蒙，你不让我解决他，你解决了吗？又说，你不会就这么便宜他了吧？白待在江湖了，有没有什么措施啊？龙海生嘿嘿，说，我找他了。老婆问，钱怎么样？龙海生说，你现在向他要钱，等于白要。他真没有，就不怕你会真下手，他要说那句话，"要钱没有，要命有一条"，你不是把自己晾台上啦？老婆说，那你去请他吃饭啊？龙海生说，我还真请他吃饭了。老婆说，你脑子肯定进水了。龙海生说，不仅吃了饭，我还给他指了条道，去我朋友那里当管理，我要培养他的还债能力嘛。说起管理，老婆想起了一件事，说这事真有点怪，说有个厂，到她店里来买东西，杀价杀得厉害，但给钱还是照原来的给，比如化学片吧，他杀到我一百一，但开还是开一百三……龙海生笑笑，说，你说的这个厂叫"理查德"吧，管理就是吕蒙，我叫他去你那里做定点的，怎样？老婆说，那他不是吃里扒外了吗？龙海生嗨了一声，说，这你就别管了，世界钞票世界用，他也许到别处还买不到一百三呢，你就当他在变相还债吧。这事还比较新鲜，老婆听了一头雾水，半天没回过神。

龙海生意味深长地对老婆说，江湖是需要疏导的，疏导了才会通畅。他告诉老婆，其实像这种事，简单的解决办法是很多的：我们可以报案，让公安去拘留他；我们也可以起诉，让法院去执行他；也可以找人去揍他一顿，把他教训教训；但这样做，事情就复杂了，怨恨也结下了。总之，你不能把他的霉倒了，霉倒了，他就躺下做破人了，破人，你就奈何不了他了；你也不能把他给废了，牛有多少力，马也有多少力，你把他废了，他也会找人把你废了；你还不能把他的路断了，断了，他来源都没有了，他还拿什么还你呢？龙海生还说，关键是你还在做生意，你只要还在做生意，就需要有一个好的环境，不能树敌太多，也不能都是障碍，得顺顺当当的。这话老婆还听得进去。

# 4

　　龙海生虽然没有在江湖一线了，但江湖的面子他还是要维护的，江湖的活动他还是要去参与的。场合里没有了他的身影，场合就不会隆重；"新闻"里缺了他的名字，传播时就会被打些折扣；四面八方的"山头"，他也是要稍稍地"惦挂"的，去喝杯酒，去照个面，让人感觉到他在乎这种关系，这已经不是他的需要，而是这个系统的需要。这是2005年，再也不会有什么节外生枝的事情来干扰他，包括他老婆的事情，以他的能量和修养，以及他祥和的环境，即便有什么突兀的地方，他自己都会平稳地过去。对于江湖，过去和现在，他都是觉得无奈的。过去是因为身不由己，现在则因为己不由身。新人辈出，规矩更替，他也想过要全力隐退，早年的金盆洗手是为了不打架，现在能不能彻底地不参与呢？但他也知道，自己又是不可能退出的，少了他，江湖就会少了些许制约，也许还会倾斜，就像美国人放任着朝鲜、利比亚、巴勒斯坦一样，是为了这个地区的牵制和安全。当然，龙海生的不能退，还因为他的马仔们，既然他们跟上了他，既然他把他们带上了道，他就要对他们负责任，他们需要有一条纵贯线，需要有一个组织形式，这样，他们的队伍才会像模像样。

有时候，他也会到马仔的道上去走一走，他去有两个意思，一是传说不能让它断了，只要他存在，他的传说就会被人续编下去。他喜欢听到这样的话——说龙海生是和李元霸同时代的人，他们在一个层面上，他们的事，二十多年前就已经是美谈了；还有，龙海生叱咤风云的时候你在哪里？你还穿开裆裤呢，睾丸才芝麻那么大，还在门槛里摸鸡屎呢；还说，他们那时候的打才叫真打，不像现在，动不动掏枪，那叫什么气派啊。二是去听听马仔们说的战例，听听他们吹牛，江湖总是无所不在的，任何时候都会有意想不到的"战事"，他理解，欣赏，以他多年的经验给他们一些建议，也给他们出谋划策。现在是他们的天下了，应该给他们一个舞台，扶上马还要送一程呢。他顶多会与时俱进地交代一句——注意，和警察朋友们要搞好关系。

他也会从小道上了解一些其他"山头"的信息，他和他们的关系是：和平共处，互不干涉内政。他现在已经转向为一个战略家了，战事没有了，但对手的状况他不能不知道。那些老山头还都是老样子，都还是赖着，没有退出来，但已完全地堕落了，口碑也不行了。东门的山头，现在以赌博为生，在乡下经营着一个山庄，搞得很大，据说，市里一半的担保公司都待在上面；大南的山头，现在也转开KTV了，表面上是个娱乐场，但谁都知道，他们会偷偷地端出盘来，经营点"摇头"；西角的山头，忙人累人的酒店不开了，现在在电视上摆球盘，玩"德甲"和"西超"。龙海生感慨，他们怎么还这样啊？既没有收心，也没有养性，一点也没有进步，也没去想后人们会怎样看他？仔细分析，他应该算是北边的，过去搞托运的过境公路在北边，现在他老婆的鞋料店也在北边，尽管他住在市中。他虽然不出头露面了，但处理的事，还真没有逃出江湖的圈圈，走来走去的角色，还是江湖的那几个。很难说他是摆脱了，还是仍存有干系。

有一天，一个小孩来请他吃饭。小孩是江湖上的一个新人，他们都叫他燕青，浪子燕青的燕青，燕青打擂的燕青。龙海生知道这个燕青，也听说过他的传闻，说他是个耐人寻味的人。他的单位是报社，平时多做夜班，有人说他是编辑，也有人说他是校对；他什么也不是，却什么场合都有份；没什么特别的本事，但结交着三教九流的朋友。名气的确立，有时候是有很多原因的，有人因为钱，有人因为势力，有人因为历史，有人因为本事，据说，燕青的名气，是做好事做出来的。他替人跑腿，替人讨债，替人救场，什么忙都帮。这样的人，群众基础比较好，社会关系非常多，这样的人，龙海生也愿意给他几分面子。

龙海生开始不知道这次请吃的意思，以为燕青有什么事情相求，当然，事情他也是不怕的，民间说"船到桥间自会直"，在他这里则是"兵来将挡，水来土掩"，态度一般都是积极的。但是，燕青却只管劝他喝酒，请他吃菜，就是不提事情。龙海生吃喝了一会儿，终于忍不住了，问，你找我有什么事吗？燕青说，没有啊。他说，没事你请什么吃啊？燕青说，我自己想吃，顺便也请请你，不行吗？他说，无功不受禄，说吧，不说我吃不踏实。燕青说，我要是有事还摆不平，还要请前辈出山，那倒霉的不是我，而是我们这个系统。他客气地说，那倒也是，现在的舞台，应该是你们唱戏了，我们都成了标准像了，是用来瞻仰和装饰的。燕青笑笑，说，要说有事也确实有一件，就是我要结婚了。龙海生噢了一声，笑说，还可以用来"喝酒"的。燕青忙附和着说，我请的是你这块招牌，你来，我的心就定了。

龙海生这时候明白了，眼前的这个酒是"敲门砖"，也是"药引子"，吃这顿酒的目的是为了引出之后的那顿酒。这是燕青的请人方式，还行，不像有些人，打一个电话、发一个请帖或送一袋糖果，他是真心地想请到你，所以才这么繁复和隆重。当然，这样的场合，龙海生也是不愿意落下的，这样的场合，肯定有许多热闹好看。龙海生没有问燕青还有哪些人去，他知道会有些什么谁去，以燕青这样的用心，他就是想把谁谁谁都请齐了，他要的就是这样的效果：

一个大舞台，舞台上主角很多，群星璀璨，但又是人人平等的，看不出谁是山头谁是马仔；这又是一个文明祥和的场合，大家慢慢品酒，细细吃菜，斯文地说话，一派红云紫气。燕青想营造一个他理想中的"江湖"。龙海生不禁感慨，难道现在的江湖真的到了这步田地？他是退守心灵了，难道其他的江湖都没有了斗志？但是，这样的舞台和场合，也是最容易出事的，帮派和积怨是江湖的一大特色，恨不得咬下一块肉的情绪就像江河下面的暗流，一直积蓄着，酝酿着，不是一个场合或某一个人能够笼络得住的。这个，年轻的燕青肯定不知道。

那天的酒席在温州最大的新王朝举行，这引起了很多人的兴趣，都在猜，燕青的酒席到底要摆几桌啊？龙海生当然也被吓了一跳，他见过打架的血腥，见过托运的残酷，也见过鞋料生意的混乱，但没有见过这么大的酒席场面，步入大厅，放眼望去，他真的有点晕了。置身在这片酒席中，龙海生情不自禁地数点起来，都说有一百零八桌，他想，燕青有那么多的朋友吗？燕青大概把那些县区的山头也都请了，把中层的马仔们也都叫上了，再加上一些稍有名气的哈哈喽，这也没那么多啊。江湖，毕竟都是些乌合之众，乌合之众就说明只是一小撮。一数，确实也没那么多，那些带四的桌就没有，十四、二十四、三十四，包括四十几的，都没有，结婚讲究个吉利，但还是有九十来桌啊。龙海生又发现，酒席的摆法也很有讲究，是按照左大右小原则的，左边是燕青文的朋友，右边则是武的朋友。龙海生又想，燕青的那些文的朋友又是谁呢？同学、校友、单位的同事，抑或还有些报社的实习生？他也是快四十的人了，应该已混了个"一官半职"，如果他愿意，叫上叫下都好叫，是能够把人叫起来的。

欢声笑语，歌舞升平，龙海生发现那些文朋友不像他想象的那样，并不是真的"文弱书生"，倒像是机关的头头脑脑，一个个红光满面，气宇轩昂，透过这些表象，可以看出他们背后的殷实和优越。他再一路看来，从远处到近处，特别是前面的几桌，有些面孔是似曾相识的，但可以肯定，这些人他是不认识的。他要是觉得眼熟，那一定是在电视里见过的，他喜欢看电视里的方言新闻，这些人就经常地在新闻里出现，在哪里开会，在哪里调研，都是那种日理万机的劲头。这说明了什么？说明燕青的场面大，关系多，背后蕴藏着潜能，还说明这些人都买燕青的账，愿意过来捧场。

流水行云，酒浓菜香，燕青和新娘在一桌桌地敬酒。他看重那些文的朋友，他把程序和姿态先献给他们。酒桌太多了，多得有点混乱，但燕青还是游刃有余地敬着，一桌桌地过来，这也看出了他的耐心。他的新娘则不然，开始时还是姹紫嫣红的，慢慢地，嘴巴也翘了，神情也暗淡了。也是，敬酒就像是下雨天担稻草，一般都会越担越重的。

　　龙海生被安排在右边的上面坐席。上面有三桌，他坐在靠中间的头一桌，面对大家，身后是背景，有点居高临下的感觉，这个位置也告诉大家，这里是整个酒席的中心，是最最要紧的部位。如果中间有一个是皇帝，那边上文桌的就是宰相们，而他这边的就都是将帅们。与他一起坐的都是江湖上的老客，都是被敬尊为上者，龙海生称他们为"老流氓"，当然，外面的称呼要好听一点，叫他们老山头。

　　他们端坐着，装着斯文的样子，轻声地笑谈着，议论着燕青的耐心，同时也议论着新娘的局促，是啊，新娘哪里见过这样的场面呢？哪里料到燕青有这样的能耐呢？也许，她还在心里纳闷和嘀咕，有一种被燕青放了蛊一样的困惑……婚宴就是普天同庆，龙海生和那些山头也顺便接受着这个系统的马仔和哈哈喽们的膜拜，东边的结伙来了，南边的组团来了，西边的也呼拥着过来，北边的也一样，推杯换盏，轮番轰炸。有一下，龙海生觉得有人在后面碰了碰他的手，他回头一看，是吕蒙，就是那个欠他老婆钱的吕蒙。龙海生说，你也在啊？吕蒙说，燕青喊我，也过来凑热闹吧。龙海生说，你怎样？做管理比你好高骛远地办厂好吧？吕蒙说，托你的福，管理得大有进步。龙海生说，在这里幸会，喝杯酒吧。吕蒙赶紧说，你上面坐好，我敬你，我喝完，你随意。龙海生也不客气，也意思意思地咪了一口。这样的场合，大家都端着面子，以笑代语，心里都十分有数。又有人来碰龙海生的手了，这一回是他老婆曾经叫过的、本来要和吕蒙厮杀的、那两个不知哪里的哈哈喽，他们见了龙海生嘿嘿笑着，好像很不好意思似的，龙海生知道他们在想什么，也不点破，只微笑着做了个鬼脸，开玩笑说，咱手臂太粗，天生的，搁哪里都显眼，怎么办呢？那两个哈哈喽拼命抱拳，说，老大别笑我们了，你长阔高深，我们有眼无珠。龙海生觉得他们说多了，忙打断他们的话，轻声说，朋友，听我一句话，来日方长，少吃，轻走……有点像禅语，哈哈喽们尽管不懂，但还是密密点头。

这哪里是一次婚宴啊，分明就是一次团拜嘛。你看燕青，像这场团拜的策划者、主持者，以他的形式，调得大家其乐融融，以参与为荣。你再看那些"江湖"，一个个早已被酒怂恿了，被欢乐迷乱了，忘了自己。在这里，所谓的黑道白道，所谓的水火关系，都容纳在和谐和大同的气象里。在这里，大家不再谈论江湖，而都在谈论政治，都对这种形式报以由衷的认同。龙海生不知是别扭呢还是心疼，他一直以为，江湖就是江湖，手段可以进步，人也可以隐退，但绝不是被改良，被同化，要不，还叫什么江湖呢？江湖又从何说起呢？啊，啊，既然这么多人恭维着燕青，既然这么多人愿意这样嘻哈，那就让他们混为一谈吧。这样想着，龙海生就有点坐不住了，想自己坐在这里还有什么意思呢？龙海生燥热得想走，他欠了欠身，和同桌一一抱歉，把杯里的酒脚喝光，说，还有点事，我先走一步。同桌说，你不等燕青过来敬酒啦？龙海生说，算了，他这样的场面，哪里缺我们这杯酒啊。同桌说，你这么忙吗？连一顿酒也吃不安生？龙海生也嬉笑着说，儿大老婆小，父母未出场。意思是说，家里的事多，让他放心不下呢。同桌们就嘎嘎嘎地笑。

龙海生退出酒席，去了停车场，他坐上自己的车，但并没有马上离开。他其实没什么事，只是不喜欢这样的场合了，也看不惯那些山头的样子了。他坐在车里，似乎在等待什么事情的发生，江湖没有秩序，江湖就像一个火药桶，按照惯例，江湖的人成群扎堆，就一定会弄出什么动静的，他在等待这样的动静。

车外一片黑暗，看车的人在黑暗里走来走去，他坐在这样的黑暗里，想象着里面婚宴的热闹，想象着接下来可能的走向：燕青敬完了"文桌"应该来敬"武桌"了吧？敬酒真是费劲，就是顺利，也像是在打一场艰苦的战。现在，上一节的敬酒总算是告了一个段落，到了歇息的时候，新娘躲到试妆间里换衣服去了，燕青则晃荡晃荡地来到武桌上面，他突然发现主桌上方空着的位置，在心里过滤了一下这人是谁，很快就猜了出来，问，龙大哥哪里去啦？山头说，别理他，和他搞不清楚，我们喝我们的。山头们把燕青安顿下来，不断地向他示好，说他的场面真大，说人数怎么怎么空前，又让他赶紧填饱肚子，第二轮的敬酒鏖战马上又要开始了，他又得辛苦了。燕青真的就坐了下来，吃得踏实而敞亮，一边吃还一边环视下面，婚宴是喧闹和复杂的，但没有关系，一切都尽在他的掌控之中，他有点得意。一个山头没话找话地说，你们有没有发现，龙海生现在是一点锐气也没有了。一个说，他早就没有了，不要说锐气，就连勇气也小得可怜。一个说，没勇气很正常，他的时代已经过去了，但邪气还是应该有的。一个说，邪气是我们，他哪里还有什么邪气呢？剩下的就只有和气了。一个说，和气那还算什么气，等于是没气。燕青吃得差不多了，他看看大家，然后腾出嘴来说，不提他了，他走他的，他是前辈，前辈都这样，吃得少，睡得早……这都是龙海生的想象，想象着燕青坐在上面，想象着他们肆意地说话，他们说得对，或者说，表面上是对的，而实质上并不是这样。

　　这时，就在这时，婚宴上突然有了一阵骚动，一桌上有了不同寻常的高声，还有了酒杯摔碎的那种猝响。有人站起来观望，那是文桌那边的朋友，他们好奇又木然地看着热闹；有人仍淡定地吃着，那是武桌这边的老江湖，他们对吵架见怪不怪，他们不想多管闲事；也有人不慌不忙踱了过去，那是些山头级的人物，去看看是谁，知道他们之间的积怨，也无从插手，耸耸肩折了回来。这样就只能燕青自己出面了，他搞聚会可以，但处理事情不知道怎么样。尤其是处理老江湖上的事情，显然，他心里是没有底的，他只能赔着笑脸过去。他来到那张桌旁，抱拳致意，在不明事理的情况下，礼貌和客气是没有错的。他满起一杯酒，端起来，要先敬对峙的两位，但两位视而不见，岿然不动，并不买账。燕青说，我不知道你们之间发生了什么，但今天能不能先放一放？一个说，不能，这事你不懂，有这事的时候，你还没有影呢！燕青说，如果这里面有我的错，你们告诉我，我马上就改。一个说，你当然有错，还不是小错，你的错就是把我们排在了一起，你现在怎么改？我一人安排一桌？燕青说，今天是我的喜事，我还站在台上，你们别让我下不来好不好？一个说，我们给你面子了，我们来就是面子，但现在吵架了，面子没有了。另一个说，你是喜事，我当初被他砸的也是喜事，这事我已经忘了，是你把我们的旧账翻了出来，那就你来解决吧。什么是江湖？江湖就是小题大做，就是借题发挥，就是有理说不清，燕青就这样尴尬着，他钻进了一个死胡同。

这时候，龙海生的手机响了起来，是有人从酒席里打出来的，龙海生接起来。里面问，你现在在哪里？他稳住气，他知道里面出事情了，知道有人要搬他的救兵了，问，怎么啦？又说，我在厕所呢，在这里抽根烟。里面说，含笑和追风吵起来了，谁劝都没用，这事只有你出面。他说，还在说陈年八代的事啊？里面说，是啊，但燕青把他们排在了一桌，真是雷管碰上明火，马上就炸了。他说，他是新人，他哪里知道这些啊？龙海生这样说了，就是答应出面调停了。他不是想证明什么，他只想帮人家一个忙，别把人家的婚宴给砸了。

多年前，含笑有了对象，但在结婚那天被追风勾走了。后来，龙海生把表妹嫁给了含笑；再后来，追风勾走的女人也跟别人私奔了。再再后来，龙海生受追风之托找人在国外砍了那女人……对于这个女人，含笑还是有一点眷恋的，尽管龙海生的表妹也很不错，但那次婚礼的塌台一直让他耿耿于怀，所以，在这次燕青误排的酒桌上，含笑不接受追风的"通关"，他要他先喝两杯再说。对于龙海生，追风是要感激的，他让他挽回了一个男人的面子，而报复的费用，龙海生半字不提，只说了一句"算了"。这件事乍一听千丝万缕，积怨很深，但落到龙海生手里就简单了。

龙海生来到他们桌前，先把含笑搭到一边，这事他是关键，他和他讲了这样一个故事：有一个老板，老婆和小孩被歹徒劫持在家里，在对峙中，武警几次想冲进去制服歹徒，都被老板拦住了，说，这样会危及人质的。后来，歹徒提出了条件，放出了小孩，老板对武警说，现在，你们可以冲进去了。武警说，那万一危及……老板说，那就看她的命大不大了。这个故事告诉含笑，女人何足惜？更何况一种婚礼形式？江湖有时候就是这样，认一个人，听一句话，这句话他愿意听进去，这个人就起作用了。接下来，龙海生走到追风身边，他说，女人还少吗？还抢朋友的女人？人生一世，草木一秋，朋友千个少，仇人半个多，你们冤怨未了，是我的责任，你给我一个面子，敬含笑三杯，这事就算是了了。这样的台阶，追风当然很愿意下来，何况有龙海生前面的人情，他就腾腾腾地倒了三杯，咕咕咕地一饮而尽。好啦。江湖上的事，千难万险，但穴道摸准了，点一下又非常简单。

现在，龙海生真的要离席了，头也不回径直地走出了大厅。他的离席明显地带有一种情绪，他鄙夷江湖的花拳绣腿，什么搞噱头的，秀排场的，摆花瓶的，都没有江湖的特质。江湖是什么？江湖就是强势，就是影响力，过去是武卫，现在顶多改成了文攻，任何时候，摆平就是硬道理。老一辈打下了江山，就是为了坐享其成，一般轻易不会放弃。至于他现在的状况，他愿意解释为"丰富而有内涵"。他经常会想起李元霸，那个夏天的松山，血腥未褪。每个人对一件事情的记忆是不一样的，有人一闪而过，有人刻骨铭心。

　　龙海生相信，这会儿，燕青一定是傻在那里的，他还坐在酒席上方吗？噢，这是他的婚宴，他应该还在婚宴上的，他把婚宴稳住就不错了。

# 软肋

大概是 1982 年秋天，我母亲再也忍受不了我在她面前晃来晃去的样子，她决定退休让我顶替。我当时已经有二十五六岁了，这样的年纪才有了一份工作，应该算很迟很迟的了，但我顶的是国营单位，名称和内容都不错，我还是很高兴的。

我清楚地记得，我母亲退休时头发已经全白，她五十岁都还差许多，怎么会有那么多的白发呢？有人说，她是为我愁的，可怜天下父母心，儿子不肖，母亲她怎能安生？也有人说，她是被厂里的某个人打的，打中了什么穴道，头发就早早地白掉了。我母亲在厂里当厂长兼管人事，人事多是非，我相信她会被人打的，过去的年代，打人的事是经常发生的，但有没有把头发打白了的穴道？我到现在也没有听说过。

我们那个厂是做牛奶的，就是把新鲜的牛奶浓缩了，做成一定稠度的炼乳。我母亲一贯思想比较好，她对新厂长说，不能给我有什么特权，要把我放到最差的工种上。比如锅炉房，又脏又累；比如收奶站，专门做下夜班。母亲毕竟当过领导，她的话下面的人都会认真领会，我就被安排进了"听间"，就是把铁皮做成装炼乳的容器的车间。听间活重，听间脏，听间容易受伤，但听间有营养费。我后来知道，那个重、脏、受伤是下面人敷衍我母亲的，而营养费则是特地为了照顾我的。

作为学徒，听间所有的工种我都要锻炼锻炼。运铁皮，老司就关照我要注意腰，腰是男人的半条命，一辈子的事情；剪铁皮，老司就提醒我别把工作服割了，说半年才能发一套；冲铁皮，老司就教我如何保护手指，别弄成了九个半，我们没法向你母亲交代。这些老司都是好人，他们买我母亲的账，同时也把积累的经验教给我。

有一个老司也一直想"指点"我，他叫李龙大，比我大那么十多岁，人长得粗黑，像他的名字一样有一股凶相。他不知是哪个工种的，印象里他什么都做，要做什么全凭他自己的兴致，踢一下别人的凳，别人就拼命站起来，不敢不让他。车间主任和工友都拿白眼看他。我母亲离厂时也嘱咐过我，这个人你别惹他。母亲还说，他在厂里有盟兄弟。意思是说他有势力。母亲的教导我铭记在心，我是来上班的，不是来招惹是非的。有一天，李龙大把我叫出了车间，对我说，你回家告诉你母亲，有些事叫她别放在心上，说我对不起她。我觉得奇怪，说，你为什么对不起她？他没有回答我的话，顾自说，我父亲也对不起她。我说，你父亲又是怎么回事呢？他说，我父亲在她游街的时候踢掉了她的鞋。噢，这个我有印象。我小时候经常在路上游荡，一天看见我母亲被人揪着头发游街，她的鞋掉了一只，走路一瘸一瘸的。游街时最怕掉鞋，穿一双最好，都不穿也马马虎虎，穿一只就像用刑一样痛苦。原来这件事是他父亲干的！也真坏！我咬着牙齿说，那么你呢？他说，我打了她一拳。狗生的，我母亲怎么经得起他来打！说不定真的打准了什么穴道，把头发给打白了。但这些事毕竟过去了许多年，再究也没有什么太大的意思，我顿了顿，想起许多江湖的话，什么冤家宜解不宜结，什么得饶人处且饶人，等等，我就重重地搭了他一下肩，说，这事就到此为止吧。

我前面说过，我曾经不肖，我母亲整日里为我提心吊胆。我以前在西山的一个建筑队打工，是那一带有名的刀不怕，我身上有十三处刀伤，有大刀砍的，也有军刺扎的，也有为平息一场斗殴，要人家给个面子，自己拿匕首刺的。我在西山的货运埠头还有自己的地盘，靠上缴的保护费买酒喝买烟抽。我只要在西山，就不用走路，那些过往的拖拉机见了我，都会自觉地停下来，捎我一程。后来有人说，要是有外地的信件寄给我，漏写了地址也没关系，只要姓名还在，邮差就会把它送到西山来。不过，这都是说得好听，我从来也没有收到过外地的来信。我现在不这样了，我看见母亲的头发越白越多，越白越浓，我就决定金盆洗手了。按我母亲的说法，我是在外面疯够了，浪子回头了。所以，尽管李龙大"血债累累"，我也不想把他怎么样了。

我答应过母亲，不再做那些劝架受降的事了。都说人在江湖身不由己，其实在厂里我也是身不由己的，许多知道我底细的人还是会找上门来，我就像一个无奈的司机，再谨慎驾驶，人家一定要撞我，我也没有办法。当然，找我的都是李龙大的事。

李龙大这段时间在闹着调车间，这件事弄得车间主任非常难过。谁都知道，调动是一件"水往低处流"的事，就好比上海调崇明好调，农村调城市就是"吃倒水"，难。听间本来就是厂里最差的工种，他往哪里调？李龙大又是个"劣迹斑斑"的人，在听间，他做成型，废品的箭头就飕飕地往上蹿，他做落料，这个月的节约奖就泡汤了，这样一个拖后腿的人，谁会捉个虱子放自己身上痒呢？偏偏李龙大还不按套路出招，他坚决要求调牧场，这等于"自己明明有洋房还一定要住在别人的食堂里"。主任怕引起麻烦，想打消他的念头，说，牧场是家属厂，你调不合算的。李龙大说，我关系不迁。主任又说，他们是自收自支的，没有福利待遇。李龙大说，我工资和营养费还在听间拿。这些话叫主任瞪大了眼睛，张了张嘴，从肺里想出一句话，你这是拿教授的薪水，干门卫的事情，这事我做不了主，你找厂长吧。李龙大什么时候怕过什么，说，找就找！

　　我知道牧场，有一天我在厂后边的河里洗澡，看见远处的对岸有一爿半岛，半岛上有丛生的杂草，有简易的棚屋，有几头牛在拙拙地走动。一起洗澡的工友说，这就是牧场，是厂里养牛的地方，厂里用的牛奶，有一些就来自那里。牧场是厂里的一个附属部门，职工都是厂里的家属，家属工没有指标，连工资也很难保障，有时候挤不起奶，工资就少了，有时候刚买了饲料，工资就停一停，欠一欠。这时候，如果牧场里生了牛犊，牛犊又是雄的，雄的养起来还费饲料，又挤不了奶，就把它杀了分了，各人拿几斤肉算领了工资了。就是这么个地方，李龙大要去干什么呢？

李龙大风风火火地去找厂长，身后还跟了几个盟兄弟，在厂里，他算是一个小头目，他声音一高，就有人呐喊接应。事后主任跟我说，他知道自己失言闯祸，就拼命给厂长打电话报讯，说李龙大可能找你。厂长原来是搞技术的，我母亲退了后他才上来，他没有经历过这些事情，听主任说得这么凶猛，也慌了手脚，在原地转了几个圈，最后拿了几张草纸跑厕所去了。

李龙大一拨人冲到厂部的时候，正好在楼梯口碰上了厂长，厂长故作惊讶地问，这么多人来找谁？有事吗？李龙大说，找你，有事。厂长把手里的草纸晃了晃，说，对不起，你们先坐一坐，我去去就来。就是上厕所不能阻拦，李龙大暂且让开，塌下屁股在厂长室里等。等了两支烟工夫，感觉情况不对，他说，大便怎么拉出吃饭的时间了呢？就一边骂一边朝厕所走去。在厕所，情绪推动着李龙大，他依次捣着坑门，有的是空的，有的慌张地一应，但不是厂长的声音。李龙大觉得自己被厂长耍了，情绪立刻变成了火，烧了起来。他站在厕所里停顿了一会儿，臭气也鼓动了他，他在寻找发泄的目标。他最先看到的是洗手的龙头，他上去把它掰了；接着他看到了一个垃圾屋，虽然是水泥浇的，他推了几下，也把它推倒了；食堂的工友刚刚泡来一瓶水，立在厂长室门口，李龙大顺势就把它踢飞起来，铁壳咕噜噜翻滚，瓶胆碎了一地。

　　回到厂长室的李龙大第一件事就是把窗门砸了，玻璃哗啦啦从楼上响到楼下，把楼里其他办公室都惊醒了，工会的门开了，技术科的门开了，劳动工资的门开了，一个个都探出头来看。有人看，盟兄弟也开始"人来疯"起来，他们在气氛中表现积极，做阻拦和拉扯状。李龙大显然也是配合有素，好像怒不可遏，好像要从阻拦和拉扯中挣脱出来，再找个东西砸砸。后来那些看热闹的人说，盟兄弟实际上是在使暗劲，在推波助澜，其实有一下，李龙大因为厂长不在已经觉得无趣了，想放弃这种没有对应的表演，一个盟兄弟说，厂长这样做就是看不起我们，不能就这么算了。犹如浇了一勺油，李龙大心里的火又猛了起来。混乱中，他们没忘记趁火打劫，厂长室墙上的地图就是他们故意撕的，厂长下车间穿的高筒雨靴也是他们偷偷拎走的。

　　最先听到玻璃响的肯定是我的主任，当李龙大犟着头摇着身要去找厂长，他的耳朵就竖着没有放下过，现在他知道了，他那句不负责任的推却有结果了，他白了脸，像尿紧一样跑来叫我，说，会死会死，你帮帮忙去把他叫回来吧。叫李龙大？要我去叫？我其实不想出头露面的。自从我顶替进了厂，我就一直是一副非常老实的低调，我不想重提江湖旧事，我也不想掺和厂里的新事。我故作懵懂地说，这关我什么事啊，我有什么能耐把他叫回来啊？主任苦着脸说，现在是关键时刻，你别开玩笑好不好，我家就住在西山，过去别人传谁谁翻手为云覆手是雨，我原来不知道是你，现在我知道了，你就算帮我个忙。主任这样说了，我就不好意思再找什么借口了，也不能装傻充愣了，我不能驳一个长辈的面子是不是？再说，这种事和我过去的血雨腥风比起来，简直就是小菜一碟。

谁也不会想到我会突然出现在厂长室，没有想到，就有效果。当时他们正在吵闹的兴头上，我的突然出现让他们大吃一惊。我是个新人，那个场合认识我的人不多，也只有李龙大知道我，我就撇开众人径直走到他面前，我搭住了他的肩，他看看我，扭了扭身，疑惑地问，你这手怎么这么重？我嬉皮笑脸地说，手重有什么关系，你到外面我和你说句话。就这么简单，我就这样把李龙大搭了出来。我想，如果把这件事拍成电影，那么，剪成慢镜头的就是在这个瞬间。

围观的人起先连一句话也不敢说，这时候，他们欢呼雀跃似的、以最快的速度传递着他们的惊叹。我知道，当我把李龙大搭出厂部的时候，煤场里、厂区道上、外面的车间、露天洗衣池边，隐蔽的或公开的，多少双眼睛在看着我们。他们在想什么？他们奇怪死了，他们在心里疑问，这个人是谁？这么大胆？可以搭着李龙大从容地走路？而身边的那个李龙大，他平日在厂里作威作福，今天怎么像猫一样老实成这样？后来，有关我在厂里的美丽传说，有人见了我低头哈腰，就是从这时候开始的。

我虽然把李龙大搭离了厂长室，但根本的问题还没有解决，我只是暂时缓解了厂长的燃眉之急，而李龙大，还是擅自跑到牧场那边上班去了。什么叫无赖？无赖就是把没有道理的事情说成有道理的。他说，都是厂里的活，我在哪里干不是干啊？

李龙大去了牧场，听间的人无不欢欣鼓舞，班组也好像解放了一般，按主任的话说，就像虱子烫了一样，好过！听间也不失时机地掀起了比学赶帮超的新热潮，最关键的几个指标，天天在往上翻，成型的合格率上去了，落料的也拿到了节约奖，车间也因此受到了厂部的表扬。

有人欢喜有人愁，这时候的牧场正在叫苦连天。牧场场长当然也久闻李龙大大名，他原来想，我不安排他具体工作，他要待就待吧，待腻了总会回去的。事情哪里有这么简单！牧场养的都是奶牛，奶牛就不是一般的牛，奶牛就相当于我们家里的孕妇，是宝贝，是正宫娘娘。它的吃，是有时间规定，有严格要求的；它的营养，也都是参照了食谱，特地搭配好了的；几点吃干草，几点吃黄豆，几点吃大头菜，一切都是从牛的胃口出发，胃口好，奶才会好，吃得多，奶才会多。李龙大哪里懂得这些，他要是懂得这些，就是技术员了，就受人欢迎爱戴了。他是当做不做，不做偏偏做，根本不考虑牛的饮食习惯和思想情绪，本来应该吃草的，他给了黄豆，应该吃黄豆的，他送去了大头菜，他把牛的饲料弄乱了，混乱了，牛就没有了口味，不吃，生物钟还失灵，生活就乱了规律，牛就生病了。还有罄竹难书的，他好像对牛的乳袋特别感兴趣。起先大家想，难道他家里没有老婆？尤其是大乳袋，饱满的乳袋，他特别喜欢摸。这头牛摸摸，那头牛摸摸。牛的乳袋怎么能乱摸呢？人的乳房也不能乱摸啊，这是一样的道理。乳袋谁来摸怎么摸牛心里都一清二楚，李龙大的手一伸，牛就知道了这是一只陌生人的手，一只不熟悉的手，这只手皮厚，不柔软，没有安抚过程，是一只居心不良的手，牛心里马上就紧张起来。一紧张，奶就少了，原来三十斤的，减至二十，原来二十的，就变得像龙头漏水，滴滴答答的。有的牛还因此胀了奶，胀了奶也会痛，跟人一样，硬挤就挤出一朵朵奶渣，把奶渣都挤出来了，那牛肯定痛。而这样的奶，怎么能做炼乳呢？就是废奶。

牧场把这些状告到了厂长那里，厂长也一筹莫展，你叫他再研制一个麦乳精，不在话下，但叫他拿人，他没有办法，他只能在办公室里一次次地转圈。还是足智多谋的工会主席替他出了主意。工会主席一般都不是文弱之人，他原来在厂里拉板车，手把有力，曾经得过厂里的掰手力冠军。他对厂长说，我以前也听说过他的故事，有一天想邀他掰手力，我们就两个人，关起门。他起先怎么也不肯，说自己没力气，甘拜下风。我说，我们不作比试，叫切磋，无论结果怎样，都到此为止，不要传出去。他好像很不好意思地让我捉住了手，你猜怎么样？我捉了他的手后大吃一惊，我当时就失态地叫了一声，马上把他的手放了。我说，你这是化骨为绵嘛！他的手就像棉花一样柔软，一个这么粗大的人，能把手练到这个程度，不是一般的内功。怪不得他那天搭着李龙大就像点了他的穴道一样。厂长被说得一愣一愣的，说，你说的这个人我知道啦，你就说你有什么阵吧？工会主席说，派他到牧场当小组长。说，当小组长是假，镇李龙大是真。他去，等于叫猫儿守住了鼠洞。还说，这是个秘密武器，就是在关键的时候用的。厂长说，小组长这件事不成立，他是听间的学徒嘛。工会主席说，特殊人才特殊使用嘛，过去经常有"突击入党突击提干"的，这时候不提更待何时？厂长说，既然是秘密武器，是特殊人才，何必放屁脱裤呢？就三粒板两条缝，也不镇李龙大了，就直接让他把他叫回来！和工会主席不一样，厂长布置任务的理由是搬出了我母亲，厂长对我说，你就当你母亲还在厂里，现在你母亲要你去牧场叫他回来，你去不去？这倒也是，如果我母亲还在厂里，如果她的安全、她的工作受到了威胁，我肯定会挺身而出的，不会坐视不管的。我原来想淡出西山的，"小隐隐于厂"，现在看来是不以我的意志为转移了，我又渐渐地成了厂里的"保正"了。

李龙大能叫回来吗？而且是无条件的？这当然是没有问题的。为什么？以我在江湖的经验，还是那句话，真有本事的人，是不事张扬的；蹦得厉害的，都是些三脚猫。在我看来，李龙大的做派就是三脚猫，他都是做些小动作，不是真正的胆大妄为。我到牧场找到李龙大，我正要搭他的肩，他拼命避了过去，他说，你别搭我的肩好不好？你的手搭着难过。我说你知道难过就好。我也不和他说什么影响生产影响别人之类的废话，我只说三句话：第一，我来叫你，是看得起你，你别不识相；第二，人都是靠人抬着的，我给你个人样，你别不自爱；第三，我现在站在台上，还没下来，你得给我个面子，要拿张梯子让我下来，别不识好歹。社会有社会的规矩，不管他懂不懂，都得敬畏几分。这三句话其实是三层意思，有示好，有交易，有威胁，我不知道李龙大身上有多少社会习气，如果他聪明，他应该能够听话听音。他问，现在就走吗？我能不能等一下我女儿？看来他不是个"愣头青"，他听懂了我的话。我说，你回去和你女儿有什么关系？他也不回避，说，我要我女儿每天下课后来牧场喝杯奶。我噢了一下，好啊李龙大，你到牧场就是为了假公济私啊。他说，我们家不是困难吗？我说，别人家女儿都还面黄肌瘦呢，你女儿好歹也喝了一个月了，差不多了吧？李龙大嬉皮笑脸地嘿嘿了两下。

有句话叫作"一个人的好是天生的，一个人的坏都是被诱发的"，我起先不理解，抿了半天，现在有一点点懂了，比如我的好就是天生的，因为我母亲好，我的本质也就是好。那么，话搁到李龙大身上，他的坏就是被诱发的。

这年的气候有点异常，冬天来得特别地早，刚过了国庆节，一个冷空气就下来了，来了又不走，冬天就这么巩固住了。本地人说，来得早的冬天会格外地冷，这话一点不假，天沉了几日，本来不怎么下的雪，也认认真真地下了起来。这些冷，和生产炼乳直接有关的车间，还有铺了消毒管道的车间是感受不到的，因为工人们会借助消毒的名义把蒸汽打开来，热气马上就笼罩了车间，他们的门上还封了厚厚的棉被帘子，因此，他们的车间就像春天里还晒着太阳，暖洋洋的。听间本来就没有保暖措施，听间又是和铁器打交道，机器是冷的，铁也是冰的，整个听间都是冰冷冰冷的，就像是一个冰窟窿。

听间的冷冷冷传到了厂长的耳朵里，厂长就亲自来听间走了走，待了待，觉得确实冷得厉害，就及时调整了原来的劳保供给，允许听间的职工每月增加两双棉手套，棉手套戴在布手套里面，摸起铁来就不会那么冷了。对于这项改进，大家都说好好好，觉得厂长也挺体恤的，但就是李龙大有意见。李龙大知道和主任说了也没用，就直接去找厂长了，他的意见是：他不要布手套，也不要棉手套，他要全部换成纱手套。李龙大和厂长具体怎么交涉我不知道，我估计厂长也想和他拉拉关系，一个厂长，老是躲着这么个人也不是办法。再说了，李龙大不就是要几双纱手套吗？他又不是要金手套。厂长无非是做做样子，听听他的理由，不管是什么理由，厂长都会顺水推舟地答应他。

李龙大拿了厂长的指示到车间来领纱手套，而且要一次性领走半年，仓库员听都没听说过这样的事。仓库员是个刚从工校里分配过来的小青年，涉世不深，只会照书读，他说，别人都是以旧换新，从来也没有你这样的先例。李龙大本来还站在仓库的窗外，一听这话，飞身跃入到仓库里面，第一把，像老鹰抓小鸡一样抓过小青年的衣领，第二把，像武松打虎一样把他摁在角落里，说，你这厮，是不是饭不要吃了?！小青年哪里见过这样的阵势，脸一下就白了，屎也差一点松在裤裆里。后来还是主任来打了圆场，对小青年说，你怎么都不会看形势呢?

有人悄悄找到我，还请我喝了酒，要我把李龙大叫出来揍一顿。这时候，我的社会身份已渐渐公开，说话也开始稍稍放肆了，我说，打还不容易吗？摁在角落里打一顿，他肯定老实了。但打不是办法，他毕竟不是社会无赖，无赖打了也就打了，打了也碰不着。但他是工友啊，打了怎么办？抬头就相见，走路都踢脚，不难为情吗？再说了，我要是真的打了他，你们以后反过来像怕他一样怕我了，是不是？那不是又多了一个李龙大？我又说，我答应我母亲要好好工作的，你们没看见我母亲的白头发吗？那都是被我气的。他们说，那是被李龙大打中了什么穴道。厂子不大，我母亲的白发不是秘密，他们都知道它的来龙去脉。我说，那我就更不能打他了，否则别人会说我公报私仇，子报母仇，我如何做人？教训李龙大的事，最后还是没说下来。

李龙大为什么要纱手套？为什么一下子要这么多？这是个谜。有人偷偷长了心眼，惦记着他的"手套使用情况"，他们发现一个惊人的秘密：李龙大根本就没有戴过纱手套，他戴的是布手套，而且还都是老的、旧的、破的。也有人发现，他有些手套是别人忘在机台上，他趁人不备顺手牵羊搂的。还有人更有心，像特务一样潜入他家里打探情况，发现他老婆在织纱线衫，就是把纱手套找了线头拆开，再一针针编织起来，给他女儿穿。原来如此！那个"侦察员"还和他

232

老婆交流过，他老婆说，女儿已经初三了，每天要补习，添一条纱衫晚上出去要暖和些。他老婆边说手上的竹针编织得飞快，她织的是鲤鱼嘴花样。"侦察员"说，纱衫有多少暖呢？他老婆说，总要暖和一些，就是有股气味，手套纱都是再生的，一股灰尘味，但灰尘味有什么关系呢，多一件纱衫总比没有纱衫要好。

"侦察员"把这些情报反馈到车间，大家都唏嘘不已，感叹李龙大真会动脑筋啊。后来一说起手套，眼一闭，大家的脑子里都会叠映出这样的情形：李龙大女儿走在晚间去补习的路上，她因为身上多了件纱衫，走路的样子都要比别人从容和骄傲。

李龙大的女儿先前我见过，就是上次她来牧场的时候，很清秀很文静，她来牧场是为了喝奶，她对我说，我也觉得这样不好，但我拗不过我父亲。她很机警，一眼就看出我和她父亲之间的微妙。这时候，李龙大拿了个口杯挤牛奶去了。她就问我，你是厂里保卫科的吧？你是不是来处理他这件事？我说，不是，我是他工友，一个车间的，车间有困难，主任让我来请他回去救急。她又说，他在厂里是不是特别"横"？我也老说他，不要这样。我说，没有啊，我刚来不久，不是很清楚，我觉得他挺好的。善意的谎言，随口而出。人和人之间都是这样抬举的，尤其在子女面前，不能说坏了形象。我们说这些话的时候就那么远远地看着李龙大。他又着脚大摇大摆地朝棚屋走去，然后一头头地挑牛，他挑的都是精神爽朗体格健壮的牛，那些牛的乳袋都特别大。我们看见他根本就不会挤奶，挤奶好的人动作都是很优美很柔和的，像抚琴一样。他的动作就很生硬，像在拉扯，像在拔草，他的手肯定像锉刀一样，又糙又冷，因为他摸住牛的乳袋的时候牛就浑身哆嗦了一下，像被冷不丁地戳了一刀，恨不得把自己的屁股都缩起来。有一下，他肯定还弄疼了牛，牛突兀地哞了一声，尾巴短促地乱甩，还用力踢了他一脚，当然是没踢着。

　　一会儿，李龙大兴高采烈地端了牛奶回来，他先是客气地叫我喝，他说，这是正宗的鲜牛奶，一点也没有掺假的。我当然不会喝。他就把牛奶端给了女儿，女儿不好意思地看看我，我笑笑，示意她尽管喝。他女儿就抿了嘴慢慢地喝起来，一边喝一边说，爸，鲜奶中的油脂本来是要分离的。李龙大说，是啊，这要看你肚子里有没有油，你现在肚子里很干燥，吸收都不够，就在你肚子里分离吧。女儿又说，书上说了，生牛奶里会有些寄生虫，容易造成人的肠胃疾病。李龙大耐心地说，寄生虫到处都有，不是都会致病的，有些就是无害的，就看你适应能力怎么样。

　　那天下午，我是和李龙大及女儿一起回来的，一路上我知道了一些他们家的情况。他老婆没有工作，李龙大说，正托了人在找，过几天可能要去一个工地看夜门，估计没几个钱，拿几个多几个吧。李龙大的女儿在七中读书，七中是一所很一般的中学，在城郊接合部，校风很差，学校只培养合格的中学生，从来不指望学生能考上高中的，但李龙大好像对女儿寄予了厚望，他希望女儿能考上重点一中，现在只剩下半个学期了。

　　李龙大每天晚上要去补习的地方接女儿回家，夜路难走，李龙大风雨无阻，雷打不动。这年的冬天也许真是冷，往年的冷只是冷得皮肤僵硬，这年的冷是冷得骨头发痛。对于一些人来说，冷有时候也是一种灾难，李龙大就经历了这样一次灾难。那天中午，我和李龙大一起吃饭，我们面对面而坐。我其实看不起这个人，尤其不喜欢他分裂和反差很大的样子，他看似强横，实际上局量很小。我只是奉了主任之命和他接触，不是讨好他，而是为了更好地控制他，达到修理的目的。我发现他那天吃饭很困难，像牛反刍一样翻来覆去，仔细一看，他的嘴根本就不听话。我又等了一会儿，想看看他喝汤的样子，其实他的嘴已经是一个"破畚斗"了，嘴一动汤就漏了出来。我就问李龙大，你的嘴怎么啦？他说，我也不知道怎么了，早上起来刷牙，水都搅不动了。我说，你一定是被晚上的冷风吹了。他说，我昨晚就觉得腮帮子冷，硬硬的。我肯定地说，你这叫面瘫。他疑惑地问，面瘫会怎么样呢？我说，面瘫就是脸神经坏了，神经控制不了嘴巴了，就歪嘴了。我们说话的时候，他的嘴其实还是勉强坚持着，听我这么一说，他想调整一下嘴，不想，整个嘴就无可奈何地歪过去了，像橡皮筋失去了弹性，差点没歪到了耳朵后。

李龙大的嘴歪了，大家都很高兴，他歪了嘴，面目狰狞的，意味着他不会来上班了，意味着车间里又"虱烫了一样"。他不来，大家精神舒畅，他不来，大家情愿多干点活。厂里工资给不给他，大家不管，工资是厂里的，心情可是自己的。有人说，他歪嘴是他人做得不好。有人说，他是便宜吃多了才把嘴吃歪了。有人说，这等于替我们扇了他一个大嘴巴，最好直接把他给扇残废了，他就不用来上班了。当然也有人一分为二，客观地说，这个人还是有优点的，恋家，对女儿宝贝一样。说起他女儿，大家的羡慕就由衷出来，说，这女儿还真生得着，喜美人相，也懂事，学习又好，都不用大人操心的。

车间里没有了李龙大，突然就空落落了，这种体会我们主任最深。听间和别的车间不一样，别人的主任主要抓生产，我们的主任主要抓防范。李龙大在哪里，主任就像影子一样盯到哪里，最低限度地减少李龙大带来的损失。现在，李龙大没有来，其他工友又都长期养成了自觉的习惯，没有人让主任着急，他也变得无所事事了。他叫我抽空去看看李龙大，看他的嘴好点了没有？主任说，我去，他会觉得我们在笑话他，你和他不熟，他不会想太多的。主任还说，要是他的嘴真的正不过来了，他也许就办病退了，这样，我们就很难见到他了，我们在一起也有些年头了，毕竟都是工友嘛。

　　去李龙大家我准备了一些"礼物"，其实也是车间里大家一起凑的，是心意。有寻医的，说天雷巷有个针灸医生，扎歪嘴最灵，扎几针就好；有问药的，说教场头有个草药摊子，撮几服煎了喝几天，就有感觉的；还有人抄来偏方，用新鲜的鸡屎睡前敷脸，说不定醒来嘴就收拢了。当然，我带的不是实物，带的是"知识产权"。李龙大看上去萎缩了许多，人是最怕精神打击的。我还差点认不出他来，因为他脸上已涂满了鸡屎，像画了"曹操"的脸谱妆，看来我的"礼物"用不上了。尽管这样，对于我的到来，他仍然很吃惊很感动，他望着我，情不自禁地忘了打招呼，愣了半天，才含糊不清地说了句费解的话：全厂，我最佩服你！


　　古历年底的时候，车间里又发生了两件事，一件是欢喜的事，一件是悲伤和痛心的事。欢喜的事和李龙大有关，他女儿提前考上一中了。一中是省里的重点中学，也是市里最好的中学，不仅设施好，关键是教学质量好。一中上一本的比率是百分之六十，二本也有百分之四十，等于是全部上，所以大家说，考上了一中，等于一只脚已跨进大学的校门了。不仅如此，李龙大女儿考上的还是数理班，这个班只招四十人。考上数理班有些什么好呢？明年六月的中考就可以免了。一中本来就叫数学家的摇篮，出了很多有名的数学家，像苏步青、姜立夫、谷超豪，都是一中出来的，那么，数理班就是摇篮的摇篮，前途无量。考上数理班还有一个好，有机会参加全国竞赛，要是得了奖，大学直接就收走了。即便不是马上走，也都是做了记号，等大学考完了，优先让你挑。那些天，车间里都在议论这件事，都说李龙大的狗皮癣还长得真是正，当然，主要是说他女儿好，真好真好，真真好。

悲伤痛心的事其实也和李龙大有关。年底了，市里下了工资，人人有资格评，四个人一级。这是好事，车间里立即成立了领导小组，做了方案，抓阄摸份分组，背靠背评议淘汰。这时候，李龙大已过来上班，他的面瘫经过针灸、吃草药、涂鸡屎，稍微好了一点，但一直没有全好，嘴角耷拉着，好像无时不刻在不满和生气，在和人过不去。车间的工友本来就和他有些距离，现在看他就更不顺眼了。按理，李龙大这次的工资是没有资格评的，工友们扳着指头数落他的"罪状"，他擅自离开车间，他擅自去了牧场，他请了这么长歪嘴的病假，证据至今还确凿哪。大家的意见是要剔除他，在这关键的时刻，少一个好一个。但这种意见就像阴沟里的流水，一直响在暗处，就没有反映到明的地方来。这样的意见，谁有胆量去和李龙大说呢？主任没胆，厂长也没胆。不仅是这次工资他照样参评，他还不讲道理地要拿走半级，他说，凭我家里的条件，我拿一级也不过分，我现在拿半级已经是客气和贡献了。大家都忍气吞声，不敢怒也不敢言，只暗暗嘱咐自己，晚上不行房事，白天少吃不拉，别让不净的手摸到和李龙大一组。

这次的工资，我也有资格评，但我母亲叫我让了，说我刚上班不久，没做多少事情，来日方长；还说，她是行政十九级，退了休还有73块，家里不缺钱用。其实，母亲就是不说，我也准备让，我想表现得好一点；再说，我还有额外收入，我虽然不在西山了，但西山是我打下的地盘，埠头的保护费我还坐着一份，他们会定期地给我送来。可惜，我不在李龙大那一组，让也白让，没起到什么用处。

和李龙大一组的是三个女工，他拿走了半级，这组的形势就陡然严峻起来，等于三个人要争另外半级，于是，这半级工资就越发显得像性命一样，谁都苦大仇深了。经过几个钟头的奋力搏杀，其他小组都陆陆续续交上了名单，就是这一组原封不动，死水一样，主任也神情怏怏地过来看过，见三个人都把自己坐成了雕塑，一句话不说，不说好也不说坏，好像不是在评工资，而是在举行什么耐力比赛，比赛中还夹杂着一股危险的情绪。后来熬到下半夜，一个擦起眼睛打起了哈欠，一个索性叫老公拿了被裹在身上，一个绞着脚实在憋不住了，飞奔至厕所撒了一泡尿。这泡尿其实也只是刚撒了一半，就拼命往回跑，但情况骤变，格局已定，半级工资已被另外两位"选手"握手言和了，她们各分了四分之一级。撒尿的那位当场晕倒。

第二天，撒尿的那位在水处理车间吊死了，这里管子多，有的是系绳的地方。可怜这位女工，她的眼光也太短浅了，心房也太小了。我想，她其实不完全是因为钱，她是因为那泡尿，半级工资就毁在一泡尿上，自己想想都觉得窝囊，回家更没法交代。说来说去，也怪她自己准备不充分。据事后另外两位讲，一个前三天就不喝水了；另一个提前还洗了肠，并且都准备了饼干和糖果，以防自己在对峙中体力不支。这是塌了天的大事，最后当然由厂部处理，这里就不再啰唆了。

这一次，听间的人被激怒了，大家同仇敌忾。但李龙大好像看不出有多少内疚，照样心安理得地吊儿郎当。在他看来，那女工是自己要死，和他没有因果关系，什么叫自寻短见？就是因为短见，而且是自己寻的。如果真要怪，也只能怪那两个一起瓜分的家伙。也许，他觉得自己有盟兄弟撑腰，对于大家的情绪，根本值不得放在心里。

有人再一次找到我，又提起教训的话题。那个被李龙大掐过脖子的仓库员还自告奋勇地说，我就是一个鸡蛋，也要和他这块石头碰一碰。大家都用期待的眼光看着我，希望我能拿出个像"点穴"一样有力的主意。我还是那个意思，打不是办法，打必定结怨，冤冤相报何时了，而且我知道，江湖上，没有一个人是被打服的。再想想李龙大，他还是有些分寸的，看什么人开什么门，站什么山头唱什么歌，他对我就没有惹麻烦，相反地，他还主动提出过向我母亲道歉，还忍受着让我搭来搭去，挺给面子的。反正我是不会揍他的，江湖上称这个是"留一个尺寸地"。

我问大家，李龙大有没有什么精神上的弱点？比如丑闻、劣迹，什么事最能让他蒙羞？让他没有脸面？我们就用这个来制服他。有人说，他偷过厂里的白糖。我问，什么时候？他父亲退休他顶替不久的时候。别人知道吗？怎么不知道？全厂人都知道。白糖装在尼龙袋里，用帽子戴在头上，想带出去，结果走到传达室门口，白糖从帽子里"漏"了出来，被保卫科的人当场捉贼捉赃。我想了想，说，这事稍稍老了点，翻旧账没什么意思，只能试试看，看这个贼字能不能把他打倒，他如果爱面子，也许就打倒了。即便打不倒，能让他收敛一点也是好的。这样，任务就布置了下来，叫大家有事没事常议"白糖"，把那个贼字强调起来，甚至可以故意让他听见，让他觉得有人还惦记着白糖的事，让他觉得丑事传千里，起到敲山震虎的作用。

好像李龙大也在揣摩着这件事情。有一天他跟我说，他们好像在说我的过去？他还说，白糖是偷，牛奶也是偷，我现在知道了，我不带回家，就不是偷。这就叫"躺在草地上让蛇咬"，换了今天的话叫"我是流氓我怕谁"，他不以为耻，我们就一点办法也没有。

大家又动脑筋。有人说，我们不等他觉悟，我们主动羞辱他怎样？我们给他起外号，叫他歪嘴。说这些话的是以仓库员为代表的那些小青年，这些小儿科的做法，年纪大的工友不赞成，但小青年们坚持要做，他们说，我们触及不了他的灵魂，搞搞他难过也好。还说，就是气不死他，我们也自己出出气。小青年毕竟是胆小的，正面较量他们还不敢，他们决定躲在背地里叫，就像放冷箭。于是，那些天，"歪嘴歪嘴"的叫声，像狗吠一样在各种场合各个时间里冷不丁地响起，有时候在厕所里刹锣一样响一句，有时候在车间外鞭炮一样炸那么两下。叫声一起，大家就会下意识地朝李龙大脸上看，即使不看，也会意味深长地嘿嘿一笑。叫声一响，李龙大就会警觉地耸起头来，判断是谁的声音。判断声音从哪里发出来。更多的时候，李龙大的骂声也同时响起，然后拔脚赶出来，想追住那个叫声，当然这都是徒劳的。这样的时候，大家更是屏着气笑，笑得肩膀都瑟瑟地抖动。这事只能说达到了骚扰的效果，骚扰和征服还是有很大距离的。李龙大的嘴巴，也因此被气得更歪了、更狰狞了，看上去更吓人了。

　　一般人认为，江湖一定是一塌糊涂的，其实江湖也并存着策略和计谋。工厂也是一个社会，是社会就会有社会现象。我在西山褪去的威风，在厂里又重新抖了起来，身边也跟起了一些喽啰，说话吆喝也有人捧场和响应了。我后来出了一个主意，我说，我们为李龙大女儿开个庆功会怎样？庆贺她考上一中，再发她一些奖金，以示鼓励。我的想法得到了我们主任的支持，他说，看不出，你小子还会逆向思维呢。不过，他对奖金提出了质疑，担心没有人集资。我说，大家尽力凑吧，凑多少算多少，不够的我出。主任说，如果这事也流产了，花出的钱打了水漂漂，我和你一起分摊。有主任的支持，我操作起来就有信心了。当然，为了稳妥起见，集资的理由我稍稍作了掩护，说，买药除四害用。食品企业本来四害就多，这理由还说得过去，漏洞不是很大。当然也有人怀疑，说除四害怎么叫我们掏钱？应该是厂里统筹安排的。也有人明知故问，什么四害啊？苍蝇还是老鼠？开玩笑的话，马上有人胡诌，臭虫臭虫！总之，有主任在一旁兜着，集资的事还算顺利。我们车间一共有三十二人，有出一块的，出五毛的也不少，总共集了二十四块，我再出一点，凑足了三十块作为奖金。我另外还买了个双肩包，是当时比较奢侈的东西，花了五块六吧。

庆功会在车间里举行，准备不是难事，到工会要了张红纸包了奖金，书包也先藏起来，到紧要关头搞个意外的效果，主题等最后再写到抄产量的黑板上，都不能事先公开，公开了也许就做不成了。难就难在怎么跟工友们说，许多人不理解，说给李龙大开会啊？我们都还想咬他一块肉呢！最难的是去请李龙大的女儿，派谁去？怎么说？怎么说了她才会来？这是重中之重，要做到万无一失，她不来，再好的会也没有主角，开起来没意思。说到给李龙大女儿开会，大家心里还是愿意的，就争先去做工作。大家是由衷地觉得这个女儿好、优秀、难得、不简单。

庆功会的气氛我一下子也表述不好，反正是又热闹又有点怪怪的。大家用掌声把李龙大女儿请上来，由主任把包了红纸的奖金颁给她，又变戏法一样让她打开面前的工具箱，一个双肩背书包！她一把抱在怀里，眼泪就掉了下来。

她在会上也说了几句话，很乖巧的样子，说得也很得体，她说，感谢大家的厚爱，我不会辜负大家的。感谢我的父母，他们在艰难的条件下为我吃了不少苦，为我付出了很多。说到这里，她抬头想看看她的父亲，找了一下没找到，她就接着说，我今天非常高兴，但我要说一句抱歉的话，我知道我父亲在厂里表现不好，做了一些对不起大家的事，大家还能这么包容他，我真的很感激，我替我父亲向大家鞠个躬，谢谢大家。

后面这段话大家没有想到，一下子都愣在了那里，掌也忘了鼓了。

李龙大那天和我坐在最后，他也没想到有这么一个会，会是在非常保密的情况下临时开的，我也是临时搭了他的肩过来，有那么点控制他"发飙"的意思。起先只想借这个会缓解一下大家的关系，会开成这样，开出了这么层意思，我也没有料到。李龙大自始至终低着头，手指在地上划来划去，像一个非常木讷老实的人，有一下他还用手捂住了脸，我想他一定是鼻子酸了。


接下来的事大家肯定都猜到了，李龙大像重新投了一次胎，换了一个人。值得一提的是，他持续很长时间不正不歪的嘴巴，突然地好了。许多人都说这件事和我有关，其实不是和我有关，是和江湖有关。有些事，放在规章和措施上，都是解决不好的，一旦染上了江湖的色彩，就不一样了，就有了另外一套程序，简单起来非常简单。

我母亲会经常地问起李龙大，这个人怎么样？你少给我和他来往啊！

我说，我不和他接触，我看见他敬而远之。

过了一段时间，母亲又会问起他，这人有四十边上了吧？在厂里还那么冲？

我说，他现在好多了，也许真的是年纪大了吧。

我母亲说，人其实也是老实人，是屋底大，窝里横，本质还是好的。

最后母亲还忘不了向我督促几句，你呢？你最近表现得怎么样？

我看了看母亲的白头发，中规中矩地回答，您放心，我懂得"猪肚吃多了会吃出屎来"的道理。

至于那些盟兄弟，就不用说了吧，有句话叫"擒什么什么王的"，所以，泥鳅根本就翻不起大浪。

# 健美者说

　　有一天，我无聊着没事，突然问自己一个很没劲的问题，你练健美是为了什么？为了好看？其实平时根本就不脱衣，别人也看不到。为了身体好？身体好有什么用？58 你就得把位置腾出来，就算你看起来像50，但组织部的杠杠是很无情的，到60了红灯照样亮起，你不退也得退。那么，是为了练力气？这倒是一个不知不觉的积累，没有测试过。什么事都会有一个退化的走向，比如饭吃少了，汗也很少出了，脚也不那么臭了，都是退化了。有一次在外面参加一个活动，一位女同胞问我，你这样练，觉得有什么好呢？我也不知怎么的，想都没想就对她说，力气还保持着没减。还具体说，比如我现在用的哑铃，还是年轻时用的那对，60斤。

女同胞瞪大眼睛看着我，手上还有个想捏捏我手臂的动作，我不知道她当时是怎么联想的。这倒是真的，如果随着年龄的增长哑铃也一点点小下来的话，那还练健美干什么？等于你弄来弄去还是和大家一样，也斗不过那个自然规律，那又何苦呢。但有一点是可以肯定的，练健美与寿命的长短无关，至少到目前为止，没听说过练健美的人里边有谁延年益寿的，或突然暴毙的，这也是很多人觉得练健美有点茫然的原因之一。

练健美倒是容易把身体练坏的。这个大家没想到吧？怎么讲？你知道螳螂臂吗？就是把手臂练得像螳螂螯一样，大出了身体的比例。知道牛轧肩吗，知道蝙蝠背吗，知道麻袋胸吗，知道健美肚吗，知道公狗腰吗，知道枇杷腿吗？那都是被健美练坏了的，畸形了的，都是大家送给这些现象的鄙夷的称谓，不是赞美。

1978年的时候，我们这里还没有健美的说法，外地不知道有没有，不知道怎么叫，反正大家都是盲目地练。健美应该是一种专门的指向，就是把身体练得好看的做法，跟我们俗称的练家子又不一样。如果用一个时间轴来标注它，那应该算是改革开放之后的产物。过去吃不饱穿不暖，营养更跟不上，人们是不会想到练身体的，就像那句话说的，饱暖思淫欲，有了身体条件，才会想着锻炼。这种以哑铃杠铃练身体的运动，我们这里叫"暗蜕"，就是偷偷练的意思，突然有一天呈现出全新的面貌，像蛇蜕了皮蝉蜕了壳一样。

我算是练得比较早的，我们家条件尚可，我又有身体基础，主要是自己喜欢，暗蜕使我有了不错的肌肉。但我的练也是自以为是的，没有参考资料的，也没有老师指导的，所以我的大部分肌肉也都是错的，比如，因为是一个人练，就做不了卧推，只能做立式飞鸟，以为立式飞鸟是练胸肌的，其实立式飞鸟刺激的是三角肌。

那时候，我的双臂练得就像螳螂螯一样，硕大无比，走起路来身体两侧都是撑着的，像腋下长了个瘤子。那时候也老想试试自己的臂力，觉得这么粗的手臂一定是力大无穷的，看见墙壁要上去打一下，看见重物也要去拎一拎，看见身形不错的同类，会上去搭话，喂，掰一下手怎么样？跟神经病没什么区别。那时候，社会简陋，人性简单，立足的本钱不是学历和修养，而是直观效果非常好的手臂和力气，马上就被人认可了。

事实证明，身体也是可以用来租借的，也是可以用来打架的。这好像是中外通用的套路，你看那些大片，除了非常酷的猛男，就是各种各样厉害的武器，到现在还这样。过去没有武器怎么办？只能用身体和力气去替代。你身体好，你手臂粗，自然就受到人们的追捧，有什么纠纷就会想着你，想仰仗你把问题解决掉。

有一次，亲戚里有人出了一个事，在洪殿集市摆摊时和人起了口角，那是个临时的自由市场，摊位谁早谁先，就像早起的鸟儿有虫吃。他说他先，对方说自己先，他说他昨晚就放了一块石头，对方说昨天收市时他那个破篮子就没有拿走，双方互不相让。但亲戚这边占了地近人多，稍稍地有了点优势。对方就只好忍下眼前亏，但那口怒气却没有咽下来，说，现在做生意先，晚上在家里等你，不过来狗生。这话亲戚不要听，马上就接住话，说，晚上冲过去，怕你是狗生，你不等也是狗生。

过去的人很闲，也不怕麻烦，但面子都很大，这口气怎么咽得下呢，一点点事也是天大的事，于是，约起来较量一下，就成了唯一解决的手段。亲戚这就请上了我。那时候我血气方刚，又有身体，尤其有看得见摸得着的手臂，以这样的面貌示人，觉得也很自豪，也就不客气了。与我一同被邀的还有几个后生，当然，他们的身体不如我，他们会客气地说，他手臂38和43。指的是我的臂围，直量38公分，弯量43公分，他们就自觉地排在我后面。就像运动会上登台领奖，你得的是什么牌，就知道走什么位置。

我们要去的是近郊的一座大院，就是对方的住处，上午说的冲过去，当然是有点夸张，实际上，能豪爽地应战已充分显示了气魄。我们本来还想骑自行车去，可以想象，那叮叮当当响进院子的时候，就像老电影里的武工队赶到，神气得很。后来想，骑自行车不方便，我们是去解决问题的，又不是去做客，万一真的话不投机半句多，"擦枪走火"了，那自行车就是个累赘。为此，我们就提前两小时出发，我们走着去。

那是个两进两退的大院，门台进来后是个很舒服的道坦，这时候已经坐满了人。近郊这个地方，有听唱词的习惯，晚上的这场较量，实际上是以唱词为代价的，一部《陈十四娘娘》，资费30元，这在当时是天价，比普通人一个月工资还要高，谁输了谁出，顺便惠及一下隔壁邻居。

那时候，民间纠纷的解决还算是比较文明的，虽然双方都会叫一些练家子撑撑门面，但目的不是打架，而是想依势震慑，并通过震慑把是非讲清楚。其实，谁都是不愿意打架的，打架是多么麻烦的事啊。有许多话也支持着这种想法，比如不打不相识，比如人人都乐意喝两杯酒，比如朋友千个少冤家半个多，等等，最终都是选择和为贵。

这时候，唱词先生已经开唱了，明明是光眼人，却偏要装作瞎眼，明明嗓子高清，却偏要装出嘶哑，这样才好听，才符合当下的情境。下面的听众也很配合，也很乐意领他的情，买他的账，一个个仰头张嘴，像屋檐边的雨漏，恨不得把他的口水也接了去。听众中间的位子也早早留好了，那是为我们准备的，我们也不客气，就大大方方地塌臀落座。其实心里还是会打鼓，还是不能安心地在现场，唱词一点也听不进去，我们惦记着接下来的这场较量，这才是我们要来的目的。我们不知道要较量什么，是胜利还是失败，会不会辜负亲戚的重托？

往常，这种较量的招数是很多的，每个地方的内容不一样，看自己的喜好。现在，唱词暂时告一段落，我们自觉地移步后院。这里平时就是一个训练场，屋檐下挂着吊环，地上摆放着哑铃杠铃，还有些大小不一的石锁，可见这里也注重锻炼，这就好。这天的较量是个新花样——举重，定三个重量，一百五、一百八、两百，这有点像现在的比赛，不过不是抓举和挺举，还没到那个讲究程度，我们只要求把杠铃架到脖子上，然后静止地硬推，这完全靠腰力和臂力，没有任何借力，比的就是绝对核心力。

我们是攻方，从大老远的地方来，所以理应由我们先举和选择重量。比如你举了多少，对方也要跟举多少，如果你估计自己的实力足够大，能一下把对方镇住，那你就有可能一举定乾坤。关键的时刻到了，我被攻方推举为领军人物，这也是我的高光时刻，成败在此一举。我仔细打量了一下对方，一个虎背熊腰的家伙，一般这种身材的人都是打南拳的，马步可能还行，但松垮的肚子肯定吃不住劲，况且，手臂也是直筒的，没有二头肌和三头肌，没有经过力量训练，这样的身形怎么可以比硬推呢，比摔跤还差不多。于是，我干脆绕开了一百五，起步就举一百八。我平时练过这个，那是练三角肌的时候，不能借一点点脚力，需要把腰腹控制好，然后用意念、靠肩膀的力、手臂的力甚至是胸肌的力，把杠铃慢慢地推起来。接着轮到了对方，没有余地，他只能跟着我的重量，他这种身形蛮力是有的，起架没有问题，但缺的就是那口气，缺乏力量的集中运用，缺乏那个核心爆发力。对不起，没有办法，举不起就是举不起，我看他试了好几次，把肚子憋的，嘴上嗷嗷叫，手上耸了几下，我就知道，他今天也就这样了。他只能认输，没有第二次，或退回到小一点的重量。

输的代价其实很简单，赔礼道歉，唱词买单，外加华大利酒家的"十块和"一桌，算是化干戈为玉帛了。


1988年的时候，我才知道，我的这种训练全面起来，就叫健美。不是练力气，也不是练功夫，而是把身体的各个部位练好看，练得有一定的标准。我算是有天赋的，练着练着慢慢就知道了，在没有其他器械，只有哑铃和杠铃的情况下，怎么把局部的肌肉练得好。我知道了前臂怎么练，小腿怎么练，斜方肌怎么练，三角肌怎么练，这些肌肉都非常难练，怎么才能练好，而不至于练坏。

也是在那个时候，我鬼使神差地订了一本杂志，《世界知识画报》。当时还没有手机，也没有电脑和网络，甚至都没有和外面联系，所谓的国门打开，那也是九几年以后的事情，我就是从这本杂志上看到了健美，那真是一个奇异的发现，还知道了有一项世界比赛叫"奥林匹亚先生"。看来外国的理念确实要早很多，早就知道怎么把身体练得好看。

奥林匹亚先生比赛1965年就有了，而且水平还不低。经过一段时间的琢磨，我也能对好看与否说出个一二。1965年、1966年的冠军是拉里·斯科特，上身还行，大腿稍稍的不够。1967年至1969年连续三届是舍其奥·奥立伐，背阔肌尤其强大，水平比前两届要高很多。1970年至1975年是阿诺德·施瓦辛格，阿诺的身高有优势，但线条不如奥立伐。我相信一定是奥立伐退役了，或对比赛不屑了，才让阿诺占了便宜。阿诺后来名气大，中国人都知道，其实不完全是因为他的肌肉，而是他的"终结者"形象和参选了加州州长。1976年是弗兰克·哥伦布，线条一般，腹肌难看，背也太大。1977年至1979年是弗兰克·赞恩，一个白人，腹肌又大又好，这时候，也许刚刚流行起在身上涂色，他涂得有点偏红了。1980 年阿诺又赢了一届。1981 年哥伦布也赢了一届。这几年，黑人后继乏人，让白人出尽了风头，但白人的力度好像要弱一些，肌肉质量也明显逊于黑人。1982年是克里斯·狄克生，乍一看像个亚裔，身材偏小，但非常地匀称。1983 年的塞米尔·彭诺德也是这样，他们都沾了匀称的光，但他的八块腹肌还是很稀罕的。那本杂志最后介绍的是李·哈尼，纵观之前的所有冠军，这个黑人无疑是最优秀的，他强大的斜方肌、三角肌、三头肌以及有力的腰腹，足以让过去的他们俯首称臣，他囊括了 1984 年至 1991年的八届。有了这本杂志，与同期训练的其他人相比，我算是健美知识相对丰富的。

之后我仍旧关注世界健美，关注奥林匹亚先生比赛，尽管获取的资讯非常有限，但它在理念上的变化我还是能看出来的，它慢慢地向高端人群发展，更加注重文化和修养，尤其在自觉自律方面尤为提倡，甚至禁欲。它虽然是一种比赛，出发点则完全不同，它不问对手，没有成绩参照，只知道把自己做到最好，是一项和自己较量的运动。我知道后来还有许多冠军，有多里安·耶茨，有罗尼·库尔曼，有乔·卡特，有德克斯特·杰克逊，有菲尔·希斯，有肖恩·雷登和库里。他们有的是黑人，有的是白人，有的是一届游，有的连续了好几届，有的赛场上和生活中差不多，有的常态下不堪入目，有的健美肚，有的公狗腰，有的有非常出色的演员形象，可惜没有一个人学阿诺的。

1990年左右，我们这个地方有了第一家健身房，设备当然还比较简陋，差不多就是一个铁架子，只能练负重背拉、引体向上、坐式划船、斜板卧推以及坐式挑腿，另外就是多了几对哑铃，多了几片杠铃。虽然也叫健身房，但理念上一点也没进步，参与的人还是那些头脑简单四肢发达的家伙。

民间对身体的认识还是和原来一样，还停留在肌肉块大的定位上，对如何塑造身形则全然不知。因此，练的还是那几个动作，以拼力为主。能够拼力的有些什么动作呢？弯举、深蹲、卧推，这也直接导致了蜢蠊臂、枇杷腿、麻袋胸的产生。关键是不知道审美，写字也要知道什么字好看，看不懂字，等于还是瞎写。卧推不知道调整角度，胸肌肯定练得跟女同胞一样，男同胞的胸肌，要类似于中山装扣上了风纪扣的那种。

开健身房的老板是体委的一个科长，他是个体育爱好者，但对健美一窍不通。他是闻到了一些气息，觉得锻炼将来会成为一种趋势，会成为人们生活的一部分，就把它当作一个生意来经营了。

健身房开在会展中心，那其实是一个娱乐场，边上有书屋、歌厅、舞场、棋牌室、瑜伽馆、小型影院、海鲜排档。健身房的窗外围观的人最多，因为新鲜，因为没听说过，就踮了脚尖往里面看，一看不得了。墙壁的镜子里，映照着一个个光光的身子，有胖的，也有瘦的，这当中自然也有我。我是觉得在家里训练有欠缺，一些肌肉练不到，才去健身房加强一下的，一看就知道是有底子的，就引来了人们的啧啧赞叹。老板很高兴，就拿我当宝贝一样，并极力邀请我加盟，对我说，你就当技术入股吧。我心里也暗喜，入股不入股倒无所谓，有个地方可以弥补缺陷，还多了个教练的美称，关键是还有眼前利益，有外快进账，这在当时的公职人员中，算脑子好的。

既然来了，我也帮老板做了三件事。

第一，把一月一收、一月100的学费，调整为半年一收、半年400。老板问为什么，我说不为什么，这里面有个陷阱，你马上就知道了。很快，一些贪便宜缴了400的人，练了一周半月的，就逃走了，但学费已经收过来了。健美是一件极其艰苦的事情，只有练过的人才知道，不是特别喜欢、意志力特别强的人，根本就走不下来。

第二，我可以看肌肉，哪些是天生的，哪些是可以练的。比如拉车的人小腿一定好，挑担人斜方肌一定好，打铁的人三角肌一定好，但那不是练的，练的是有样子的。这样，我就可以有选择地挑一些学员，训练容易出效果，相应地，也可以更好地招揽生意。

第三，我答应帮老板带一些优秀学员来，比如医生、教师、机关干部、科技工作者，这些人一来，健身房的层次就不一样了，说起来也好听。

但一段时间后，老板出尔反尔了，非要我参加健美比赛，用一个广告的效应，来作为我入股的条件。我告诉他，我这样练，随便看看是可以的，外行人是看不出来的，但要真正地参加比赛，是远远不够的。这要做很多细致的准备，还要损失掉很多东西。首先我要花一年的工夫增肌，粗的细的都要捋一遍，还要有强大的饮食后盾。比赛前还要花一年的时间精雕细琢，要把体内的水分脱得恰到好处。还要请人编曲，请人设计动作，你哪个部位好，就要掐在点上抢那个部位，抢裁判的眼睛。还有，国外有人是依靠药物调节肌肉的，国内药物不敢用，但有人用科技蛋白，用不好了怎么办？任何体育比赛，对身体都会有损伤的，那不是我要的，我要的是健康的、相对好看的、自己舒服的、细水长流的。他就对我很失望，觉得我没有诚心。我只好对他说实话，说我骨子里是排斥这种比赛的，不管你的肌肉怎么样，穿一条三角裤，在台上张牙舞爪，总是不好看的，毕竟我也是文艺工作者嘛。这说法当然站不住脚，我想他马上会找出现成的例子来反驳我，比如说，施瓦辛格也是演员，又是州长，怎么样，还不是照样参加比赛？我撇开这个例子，也给他举了一个通俗的理由，说，女人要是胸大，跳不了芭蕾，那会让很多人分心，没办法集中注意力；同样，男人如果把控不了自己，也跳不了芭蕾，他自己会很难受，也会弄得大家都很尴尬。这一下老板嘿嘿地笑起来。

但是，道不同不相为谋，心情已经坏了，我也不在健身房待下去了。


2000年的时候，我已经在机关工作好多年了，而且还混得人模狗样，但在家里，健美还是要练一练的。练健美的好处是很多的，尤其是夏天，我的心里就会像开花一样，一阵阵呐喊：我们的市面来了，我们的市面来了。夏天，我喜欢穿短袖衫，最好是紧身的，我都不用挑什么牌子，我的肌肉就是最好的牌子。我也不用撑着，松弛，但又能凸显肌肉，那是很见出水平的。稍稍有点常识的人都知道，这要是稍稍地练一下，有点充血，肌肉再紧张收缩一下，那还得了。其他的本事还需吹牛，还需炫耀，就是夏天的肌肉不用，它明摆着，一目了然，想藏也藏不住。

夏天我还喜欢骑自行车，按理，天热是应该开车的，但骑车可以展示小腿啊。原来我们骑车都是脚板蹬的，慢慢悠

259

悠，那叫老人骑。现在我会把坐垫拉高，改用脚尖蹬，小腿自然就鼓起来了，像馒头一样。最喜欢的还是骑着骑着出了点汗，或干脆下起了雨，不是大雨，小雨即可，而且是可以承受的那种，又刚好把短衫打湿，这时候，如果你的短衫是白色的或浅色的，那你的六块腹肌就映出来了，比照相时打了侧光灯还要明显，一棱一棱的。

这样的身形，在机关大院里也是触目惊心的，好像我走错了地方。男同胞们见了就会多看那么几眼，女同胞们见了却会故意不看，但如果场合好，她们又会忍不住地故作轻松，说，啊呀，真想摸一下你的手臂啊。啊呀，你什么时候拍写真啊，好让我们也开开眼啊。听着这些话，心里自然是很舒服的，像名片上印了行政职务还印了技术职称，感觉非常好。

但也会有麻烦的事，就是不能穿正装。机关里，稍稍正式的场合都要穿正装。我理解的正装就是西装，它基本上有个定式，紧致、挺括、袖筒小，这就为难我的手臂了，也会和三角肌、胸大肌过不去。有一次开全市知识分子座谈会，为了体现会议的重要性，特地安排在大会堂议事厅。这样的会也是很好辨认与会人员的，都不用问，要么文质彬彬，要么面黄肌瘦，要么塌腰驼背，总之，就没有像我这样的。所以，我在大会堂的台阶上，就已经被保安拦住了，他问我干什么？我说开会。什么会？知识分子座谈会。哪里开？议事厅开。你什么单位的？文艺界的。他嘎嘎地笑起来，说，撒谎都撒不像，你要说自己是体委的还差不多。我也很无奈，就像座山雕盘问杨子荣，我就是滴水不漏，对答如流，也不能说服保安的眼睛。那时候我是真恨自己的身体啊，但我又不能发脾气，更不能揍他，揍他就成全了他的判断。正好这时候市长端着茶杯过来了，市长最近迷走路，他也在机关那个"健步群"里，也晒每天自己的步数，我有时候在大院里跑步，也会和走路的他碰到，所以我们认识。他老远就招呼我，"阿诺"你今天练了没有？这一问，就像递给我一张通行证，那保安马上就闪开了，半天还在给我行注目礼。这样的误会我喜欢，这样的反差也特别有喜感。

更加自豪的是有一次跟团外出考察，去的是北欧的芬兰。出发前，领队打电话来，说要交给我一个任务，他说，我和其他队友商量了，说这件事非你莫属。我说什么事啊，还需要集体讨论？他说，我们出来最怕的是什么？是小偷。我们不是要带很多团费吗？有美元，也有欧元，这些钱肯定是要有专人保管的，大家一致推举了你。我说，这个不好吧。领队说，这个非常好，钱要是放在你那里，就像放在保险柜里一样安全。团费我是知道的，还不少，什么门票啊，自选项目啊，集体吃饭啊，司机的小费啊，与人交流的补贴啊，都是这一块里支出的，总不能让领队背着吧，也不能交给"导游"吧，更不能送给小偷吧，所以得有人保管。这个人还必须是身体条件要好，身强力壮，三五个人近不得身，还特别有防范意识，别被人"摸了哨"还不知道。领队说，外国的小偷我们没见识过，估计是很厉害的，但你的厉害我们是有目共睹的，你练过拳脚，样子也吓人，至少让别人觉得不敢惹你，这一点我们都不及。这当然也不是什么难事，我推辞也没什么意思，但我还是谦虚了一下，说大家一起参与吧，不要觉得钱放在我身上就万事大吉了。我还对领队说，国内的小偷我们是领教过的，在国外，不一定是小偷打我们的主意，也许是黑帮呢？上次哪个团在南非，不就是被黑帮抢了？要是被黑帮盯上了，那就不是偷的问题了，也许还会绑架，撕票，浇到水泥里当柱子，丢进硫酸池里化成血水。领队狐疑地说，你们搞文艺的就是会想象，黑帮会看上我们吗？我说，就算黑帮看不上我们，就算光顾我们的只是小偷，那我们也不能被动防范啊。领队说，那你说怎么办？我说，兵不厌诈，我们也戏弄一下外国的小偷怎么样？我们做一个假象，让另外一个人"貌似"我们的"出纳"，扰乱小偷的视线，而实际上钱却在我这里。领队呵呵地笑起来，好像看到了外国小偷被我们玩得团团转的丑态，说这个好这个好。领队肯定是吃过小偷的苦头，所以在防范问题上我们很容易就达成了共识。

为了这件事，我还特地去配了一件"摄影马夹"，身上都是兜兜的那种，看似装着镜头啊、卡片啊、雨衣啊，实际上都是散装的美元啊欧元啊。我本来也没搞摄影，现在也装模作样地背起了相机，呵呵，一切为安全起见，以蒙蔽小偷为重。我们的"诱饵"是统计局的周局，她长得平平淡淡，本来就是搞档案出身的，现在更像是一个老出纳了，这次也是照顾她，让她在临退休之前出来走一走，她也算是"本色出演"吧。就这样，我们这个团，揣着一肚子"坏水"，像乡下人到城里看戏一样，飞去赫尔辛基了。

我们不仅去了赫市，还去了另外几个一定要去的地方：岩石大教堂、西贝柳斯公园、总统府前面的渔人码头、跳蚤市场、赫尔辛基大教堂、海米林纳城堡、拉彭兰塔湖区。这些地方游客密集，小偷一定也很多。我穿着摄影马夹，装作漫不经心地观看，实际上心里都绷着一根弦，时刻准备着。准备什么呢？准备万一有小偷靠近，我也好一试身手，以证明自己多年的健美不是白练的。后来听导游说，芬兰的图书借阅量和个人出版量是世界第一；芬兰的因特网接入比例和人均手机拥有量世界第一；是最具国际竞争力的国家；治安状况排世界第二（说卢森堡第一）；已连续好多年被评为世界最廉正国家；赫尔辛基已是连续好多年被评为世界最宜居城市第一名。这样的地方，按理是没有小偷的，但不管怎么说，我们的计划是没有错的，我也没有辜负大家的重托，出色圆满地完成了任务。

快退休的时候，机关里办起了健身房，那是2015年，这也是硬件所需，再说了，现在机关里年轻人多，锻炼也越来越是个趋势。说起来，我也是有二三十年没摸过器械了，总算在回家之前，在机关里，有了一点点用武之地，帮一下别人。健身房设在中心楼的负一层，其实也是相当简易的，这个思路是对的，投入得太豪华，无人参与怎么办？负一层都是服务设施，银行的、移动的、联通的、理发室、洗衣屋、咖啡吧、小卖部，私享西点，包括健身房。每天午饭后，这里就会有叮叮当当的声音响起来，体力过剩的、没地方好去的年轻人就会聚集在这里。他们还在机关网里挂出了消息，诚邀有健美经验的指导老师，我心里像被搔痒了一下，那条健美虫也就蠢蠢而动，就想着去看一看。我发现他们基本上就是两种情况，一种是"打铁"，一种是"瞎练"。打铁就是控制不了力气，控制不了重量，不是最舒服的角度和位置，所以会打铁。瞎练就是不知道这个动作练什么，自以为是，还特别热衷。

我也是想去补充一下自己的，比如斜板仰卧起坐，比如坐式胸推，这些动作在家里都没法做，在健身房这些项目都可以。我的方法很简单，专注地做一个动作，逐渐加重，中间调整两分钟，一气呵成，做好六七组，完了。如果他们会看，就知道应该怎么练，这是在练什么，这和指导也差不多。但他们太外行了，不仅看不懂，还取笑我，说，老头，悠着点，不要把自己弄残疾了啊。后来，我说我是来应聘指导老师的，他们还不相信，还斜眼看我，这当然也不怪他们。正好是冬天，我穿了件休闲装，看起来平平庸庸，一点也不显。我也不和他们计较，也不废话，我做了一个坐式胸推给他们看，我把重量先加到一百八，试了五下，权当热身，再加到两百，然后匀速地推了二十下，这下他们傻眼了，说，老头，看不出啊，身怀绝技啊。

我喜欢这些年轻人，爱好锻炼的人，说明有上进心，想必工作也会干得不错。我告诉他们，练是不能盲目的，不是说有练就是好的，练得不对，不科学，照样会把身体练坏，甚至还容易练畸形。我把他们一个个叫到镜子前，让他们脱去衣服，在镜子里照一照，我跟他们说，首先，你们要学会看身体，不是每个人都能当健美运动员的，但每个人都可以根据自己的身体条件，做出合适的改善，来弥补原先的不足。我指着某一个说，你看你，本来肩就比较塌，那你的重点就是三角肌，先把身体的架子搭起来，慢慢会好看起来的。我又针对某一个说，你胸肌平板，那你的主要任务就是卧推，你拼命拉背干什么？越拉越驼。而另一个身体单薄的，我告诉他，你明显的力气不够，那你怎么练？练是需要力气的，你的当务之急是先把体力培起来，再练不迟。我这样一个个说过来，像专家门诊一样，他们就像病人一样头密密点。什么时候他们听过这样的指导，他们哪里知道练是有讲究的，他们早傻了眼，异口同声地说，老师，你就收了我们吧。

我在机关的日子一下子丰富了起来，只要中午有空，他们就会来电话叫，老师，你过来看看，我们这么练对不对啊？老师，你过来指导一下，这块肌肉是不是这样练啊？我当然很乐意。平时走在大院里，有人不喊我领导，喊我老师，心里也会有一种别样的美丽。他们也曾提出要交我的学费，我告诉他们，说学费就俗了，我就是动动嘴皮子，辛苦的还是你们自己，你们好好练，练起来都是自己的。这种感觉非常好，像做了公益一样舒服。

后来我才知道，这些练健美的年轻人，都不是正式机关的，机关的人压力大，哪还有心思练这个啊。他们是有闲有力，是机关食堂的，他们除了烧个饭卖个菜，有力无处使，无聊得很。但也好，我的福利也随之增加了，他们会在吃饭的时候关照我，给我打的菜总比别人的多。平时最紧俏的菜包，别人想买都买不到，而我，只要在食堂的窗口晃一下，他们就马上心领神会，都会主动地留起来给我，优越感爆棚啊。

好玩的事情还有，当然也是和身体有关的，和健美有关的。有一天，我的一个朋友过来找我，说家里的一件事很伤他的脑筋。我说，什么事？朋友说，房子前面被人家影响了，甚至有霸占的倾向。朋友说，我在外地工作，家里就老爸一人，眼看着自己家前面变成了别人的地盘，一点办法也没有。我老爸找对方说过，没有用。居委会和派出所也找过对方，根本就不理睬。说这不是公地吗？我把它管起来这有错吗？错当然是没有错的，但这是我家的前面，主张权却在别人手里，这算什么事嘛。我说，你可以找一个地方上德高望重的人出面，不要公事公办。朋友说，找了，乡下地方小，没有人做这种难为情。我说，对方是做什么的，多少岁光景？朋友说，看样子和你差不多，也六十左右，也是每天健身。这引起了我的兴趣，我说，他练什么？怎么练？朋友说，屋檐下挂着吊环，也不做任何平衡和支撑，就是骑马一样上去下来上去下来。我说，这也要腕力的，不然翻不上来。朋友说，他还在外面摆了一条长凳，从上面爬到下面，再转身爬到上面，就是爬给我们看嘛。我说，在长凳上爬圈圈，这个臂力可不小啊。

自从年轻时有过被人请来请去的经历，我已经好长时间没做这些事了，但那时候是社会动乱，政府不管，才会有这种现象的产生。现在还请我做这些事，可见大家对身体的认识、对健美的认识，还是停留在"打架""摆平"上，只不过现在美其名曰"调解"，听起来文明了一点。我也是基于这个"调解"，才答应朋友去他那里看看的。朋友也解释说，我确实考虑过你的身体和锻炼因素，主要是那人的情况与你相仿，虽然各有境界，我想，这里面会不会有什么相通的气息呢？像密码一样，所谓一把钥匙开一把锁。

　　我们就一起去了朋友的父亲家。他父亲家是那种一跃二的样式，下面是地下室，一楼的阳台有点半高不高。前面是一块公地，现在已摆满了花草，还走出了一条路。旁边的那户人家，是一楼一层的那种，本来后面是封闭的，但他私自拓出了花园，还延伸到了这边的阳台下。朋友说，如果是小区的绿化，阳台下有花有草也未尝不可，但种的是别人的花草，还时不时地过来侍弄，你衣服晾在外面，他还说你的水滴了他的花，岂有此理。没说的，既来之，则解决之。

　　我们敲开了那人的房门，开门的就是那人，我们姑且也叫他"老头"吧。老头六十来岁，穿了件宽带背心，一看就知道是个长久训练的人，身形消瘦，三角肌明显，手臂细且硬，网球肘突出，说明局部特别好，是专门翻吊环爬凳子的结果。我们说明了来意，他开始还不在意，有点爱理不理，也许是我的身形引起了他的注意和好奇，于是，接下来的谈话，则完全超出了我和朋友的预料，我们好像是在自说自话，而他，则早已跳到了话题之外。我与他说这边的阳台，他和我说我的身形；我与他说阳台前的花草，他和我说肌肉的协调；我与他说阳台外面的小路，他和我说锻炼身体的窍门。他完全是走火入魔了，起码也是偏颇和神经质。有一下，老头还执意要和我试试手劲，说自己独孤求败，这虽然有点唐突，但那时候也是回避不了了，我也就不客气了，冷不丁近了身，一把握住了他的手掌，悄悄话，手劲这东西还有个物理借力，手和臂的距离越短，力量就越集中，越巩固。老头一下子就感觉到了，说，你这不是一般的力啊。我呵呵了一下，也不作回应。我想，他不是喜欢说这些吗？索性就借这个机会说开来吧。我说，你这样练的精神是好的，局部力量也是有的，但到底有什么用，你自己也莫名其妙。他也说，你这个年纪练到这个份上是很难的，等于每一块肌肉都有讲究。我说，是的，不然就不叫健美了。他说，你这是多少年下来的功夫呢？我说，你觉得它有多少年它就有多少年。他说，起码有三十年。我说，起码有的。他说，我最佩服的就是练健美的人，一天也不能落下。我说，主要还是要有意识，还要一直惦记着。他说，就好像那轮什么功？我哑声失笑，他还笑我轮什么功，他这个才像什么"天功"呢。我看看差不多了，就总结说，你这样练其实就像在运气，但因为没有外力的加持，提高是很难的，力气也是很局限的。这话有点打柱子应板壁的意思，提醒他山外有山，差距还是比较大的。这事就算是解决了，和过去相比，还是有不一样的地方，过去靠的是力气，现在靠的是知识。所谓，打一百拳，不是致命的，一点也没用；点准了穴，只用一下，他就完蛋了。

后来朋友来电话说，那老头把阳台前的花草都搬走了，他也不从前面进出了。他父亲很高兴，说心里的石头落了地，脸上也有笑容了。

现在回到最前面的话题，练健美有什么用？娱乐用？消遣用？骗吃骗喝用？其实早就没有用了。最早的时候不去比赛，现在人老了也没有这个组别了；最早的时候可以当武器，可以吓唬人，现在法制健全了，你若无赖，人家就报警；最早的时候肌肉质量好，饱满光洁，像雨后的岩石，现在肌肉都不生长了，像熬油一样，越练越小，越练越干。人家说好看，那是安慰你，你自己一定要清醒。至于健美和寿命的关系，短时间里应该不会有结论，等也等不到。但是，我也突然明白了，也是退休以后才发现的，只有一个用处，我先暧昧着不说。

以前，在岗位上，或年岁不大，或体力充沛，不用太多的理由，身边总会有许多女同胞晃来晃去，不一定都有什么事，但总该也是一道应有的风景。现在，不知不觉地，身边的女同胞都消失了，都敬而远之了。但偏偏是人老心慌，越老越喜欢和女同胞在一起，而且要年轻一点。以前没这种迫切，现在可好，像是岁月无多时不再来的样子，于是就拼命地组织活动，吃个酒，旅个游，去哪里骑车，去哪里拍照，关键是一定要约上女同胞。自己感觉还是精神抖擞的，其实都是在打胖作壮，在年轻一点的女同胞看来，都已经很老了，老得不成样子了。

我说的这些都已经在我朋友身上发生了，有时候饭局，有时候聚会，我远远地观望着他们，在心里猜想着他们，然后意味深长地笑笑。因为练健美，我自诩自己还不会这样。

我每天照样还要去健身房，每天一小时，练一下在家里没练的项目，比如我的腰不好，深蹲没法做，我就在健身房做做那种半躺半坐式的蹬腿，这样脊椎的受力会小一点。现在的健身房，是不大喜欢老人的，老人会有一些不卫生的坏习惯，会影响别人，会乱了环境；老人一般都会有各种基础病，平时不觉得，也许一用力就诱发了；这个很麻烦，健身房最怕这个。我是有自知之明的，年轻时我都没兴趣参加比赛，现在我还图什么，图自己快乐，图人家乍一看说你还好还好。还有就是图一个保持，都保持了三十多年了，里面的自觉自律自己知道，那就再保持一下吧，不要"晚节不保"。于是，我把身上的大肌肉分成七块，每天一块，一周轮一遍，就可以了。因此，我一般都是规律地、精准地、有效果地练一下，决不"恋战"，决不"暴饮暴食"。如果我非常有心情，兴致很高，我也会义务地指点一下别人，那是实在见不得他们的不对，不想他们伤着，没有别的意思，纯属赠人玫瑰。

有两个女人经常会和我在健身房里碰到，后来我摸清了她们的规律，也会有意地卡在她们的点上，去碰一下。当然，表面上是偶然，是凑巧，我会意味深长地故作惊讶。两个女人都是五十不到的样子，看起来保养得很好，风韵四溢，她们不光是身体好，她们选择了健身，说明她们的精神世界也很丰裕。其实，我心里是把她们看作"猎鹰女"的，眼睛骨碌碌地转，瞄这瞄那，如果她们是来猎人的，我觉得她们也在摸我的规律，那么，我们就有点不谋而合了，这好像也不错。

两女人都是有钱有闲的主，这从她们的衣着上可以看出来，从她们随身带着的装备上也可以看出来。她们并不以锻炼为目的，锻炼只是幌子，玩才是她们的主张。她们练得也不对，都是装模作样地意思意思，而且练少坐多，坐着聊天，坐着喝茶，还摆姿势拍照，有时候还会拿出书来读一读。我说这些的意思是，她们就是来猎人的，不是猎那些阔佬少富，也非得是年纪相当的，她们只是猎那些好玩的、看似有故事的、也有些情趣的，就像我这样的。是不是老头不要紧，以调节她们无聊平庸的生活，应该说，她们还是有眼光的。

这样，我在健身房里就过得非常愉快，也很忙，除了自己练，还经常被她们喊来喊去，这个问一下，那里捉一捉，其实都是无所谓指导或纠偏，就是好玩。顺便也说说话，说一些自己的离奇故事，也说说单位这边的艺界传闻，就像润滑剂一样在我们之间作用着。有一次，女甲招呼我，说老师，我的背好像拉伤了，你帮我揉一揉吧。一般锻炼的人都会有那么几下，知道些肌腱经络位置。我当然很欣然，我让她趴在卧推凳上，沿着她的背一节节地往下捋，有伤必有瘀，有经验的人一捋就知道，显然，她是没有的，她就是想撒个娇，就是想自己比女乙优先一点。当然我也很乐意这样捋啊，谁会拒绝这样的好事呢，一边捋着，一边也心生感慨，女人就是好，哪怕年轻一点点也好，身体都还是丰腴的。

第二天，女乙也忍不住说自己手臂疼，说抬不起来了，吃不住劲了，也让我给她捏一捏。捏就捏吧，为什么不捏呢。我知道她心里那点小心思，我也不点破。手疼要追根溯源，要从颈部慢慢开始捏，捏到肩和背，再捏到手臂。我还会装模作样地问，是不是这里？有没有轻松一点？她的手臂还是不错的，弹性依然，臂后侧还没有松弛，捏起来还是挺紧致的，像脆生生的一段莲藕。

有一天，女甲在我们的小群里说，我们到女乙家喝茶哦？我说，我反正没事，都可以。女乙接应说，那让女甲去接你，我在家先收拾一下。这就约起来去了，就三个人，思无邪，心纯净，就是不知道谁是谁的"电灯泡"，谁在做陪衬。倒是女乙的老公心里忐忑了。本来，老婆约客人来家里玩，老公一般都会选择回避，但老公想看看老婆和女友约的是什么人？是小鲜肉，还是小老板，还是什么电信骗子？他留在家里的理由也很冠冕堂皇，说，你们只管喝茶说话，我给你们准备点拿手菜吃吃。但见了面一看，是个老头啊，尽管身体还可以，但肯定是没什么花头的，他的热情也瞬间递减，连客面的服务也懈怠了，后来又说菜场里买不到什么好东西，只好在门口的饭摊里订一桌。呵呵，什么也逃不过我的眼睛。

后来又有一次，女乙私信我，要约我去一个新地方。我说，别糊弄老人啊，说清楚了再定。她说，去我家啊。我说，之前不是刚去过吗？她说，我还有另外一处别墅啊，你过来看看我的装潢吧。这事当然好，想必也一定挺有意思，但我还是警惕了一下，说，装潢有什么好看的，我又不懂装潢，我近期也没有要参照装潢的。她说，那就来看看我的花园吧，看看我的亭子，看看我池里的锦鲤，没有任务，纯玩。我不好再推，就暂且答应了下来。我知道女乙在想什么，她虽然藏起了心思，但背后的意味还是能窥见的。她没有和女甲说这件事，不然，我们那个小群，早就动静起来了。那么，我也不得不想想我自己，我是乐意的，还是犹豫的，还是有顾虑的，还是真的忌讳的？

女乙的别墅在云溪山庄，说好了不吃饭，就喝茶，显得清爽点。到了那天，我按照她给我的定位走，先走了城东南路，然后上了金瓯大道，这是一条横跨东西的高架，车子很好开，走到底就是瞿溪，再往左一点点便到了云溪。这是我们这里最早的一个山庄，据说，当年都没有放出来卖，领导和老板直接就把它分掉了，女乙不知是后来二手转的，还是当年一手里拿到的，要是当年的一手，那说明她生意做得早，而且好，要不就是和领导走得近，反正就是有钱。

女乙在别墅迎接了我，眼睛闪闪亮，有捉摸不透的笑意。我们先看她别墅的花园，那正好靠着一条溪流，溪里有错落有致的卵石，溪水也被引进了花园里，做了亭子下面的鱼池，站在亭子里往下看，鲜艳的锦鲤在悠然地滑动，让人心旷神怡。这花园设计得太漂亮了，把各种元素都占全了。接着，我们到别墅里面喝茶。

在茶室，我看到了眼睛笑眯成一条缝的女甲，她怎么也在？且已经把一应茶具都准备好了，这时候笑吟吟地站起来，说，老师，我们今天其实是在和你打赌，看我们谁能赢。我有点莫名其妙，说，打赌？什么内容？女甲说，第一，赌你会不会来，我们赌你会来，嘻嘻，你来，你就先输了。我尴尬了一下，好像被人窥见了什么不良的心思。女甲又说，第二，他们都说你力气大，说一两个人近你不得，我们不信，我们赌我们两个女人就可以把你搞定。说着狡黠地靠近我，突然和边上的女乙一起，一人拽住了我一只胳膊，并死命地往下坠。我根本还没有回过神，就已经被她们缠住了，不，是钳住了，不仅钳住了，还被她们生拉硬拽地拖倒了。我想挣扎，根本就动不了身；我想甩了她们，她们就像蟒蛇一样缠着我，越缠越紧，只一会儿工夫，我就气喘吁吁，瘫坐在地上动弹不了了。女甲哈哈大笑，说，我们赢了，不好意思啊老师，我们拿你开玩笑了。俩女人这样说了，说自己开玩笑了，我还有什么脾气好发的？我已威风扫地，我只能自嘲，说她们两个棺材一样，比死人还重，人都被她们弄散架了。没办法，我还得陪说陪笑，还得坐下来喝茶。

女乙和女甲说她们是练散手的，一种徒手搏击术，每周一三五，她们都会在别墅里训练，这里的地下室就是她们的训练馆。她们打沙袋、翻轮胎、抖长绳，练力气，也练耐力。练过散手的人都知道，不让对手近身地打，都是好打的，边打边走，实际上还是打套路，是花拳绣腿；而拼了命地打，死缠烂打地打，杀敌一千自损八百地打，那是很难分出胜负的，也是最难打的。力大没有用，是可以抵消的。你一用力，心跳就加快，时间一长，你肯定会缺氧，不用多打，你自己就消耗得差不多了。也就是说，她们是存心的，是计划起来想我出丑的，也是知道怎么来收拾像我这样的人的。

我听得大汗淋漓，茶也没心思喝了，后来，也不知是怎么把车开回家的。

# 平板玻璃

## 1

　　2016 年年底的时候，具体说是 11 月上旬，我应邀去上海参加一个会议。去上海的心情我有点复杂，我是既想去又不想去，我怕去上海，但又非常渴望去上海，我已经有将近四十年没有去上海了。当年我非常熟悉的那些地方，比如大柏树、五角场，现在肯定是面目全非了，我要是再置身在那里，肯定是两眼一抹黑，像傻瓜一样。还有一个我不想去的原因，是因为我生命中一件揪心的往事，就是从那里缘起的，我不知道会不会又碰触到它。所以，尽管我这些年跑了很多地方，但上海我一直就拒绝踏入。这不怪上海，完全是我个人的原因。

我要去开的会叫"玻璃，一种新材料的重新命名"。会议由 ZD 大学建筑与设计学院召集，邀请的都是全国玻璃方面的专家，有研发和生产的专家，也有设计和使用的专家。这样说来大家也就知道了，我也是一个和玻璃打交道的人。其实，我和上海的关系最初也就是和玻璃的关系，说得更具体一点，那个揪心就是和玻璃有关。这说法有点歧义，这里先按下不表。

我以前和上海的关系是比较特殊的，如果用一些符号去表示，就更特殊：南京路第一百货、浙江路第十百货、大光明电影院边上的友谊商店、亦游亦购的豫园商场、提篮桥监狱附近的浦东码头、购买温州船票的十六铺、登船下船的公平路码头，如果再选一个，那就是上海的大世界。这些地方，我走过，甚至还经常在那里活动，留下了抹不去的印象。现在如果向人介绍上海，我不知道他们会说些什么，东方明珠塔？野生动物园？迪斯尼乐园？世博会主题公园？倾向性一下子就看出了时代印记。但我的那个年代跟生计有关。

我是坐 G1357 次高铁去的上海，我从广州出发，估计六个小时能到。途中我带了许多吃的东西，我的包包里也有足够的钱。我说这些的意思是，我曾经有过非常拮据的尴尬，所以一直以来，只要我出差，都有穷家富路的习惯。1979年的上海已经是非常地繁华了，是全国人民心目中的花花世界，但从温州到上海，交通极为不便。只能坐海船，而且要一天一夜，要三四天才开一趟。船票是8块钱一张，三等的，也有统舱和散席，也要5块钱。有一次我曾经被困在上海走不了了，只能等我母亲将钱汇到我住的旅馆。那些天，我身边只有几块钱，我把这些钱都分配在伙食上，一天就吃一碗面。其余的时间，我都躺在旅馆的床上保存体力，我睡觉，我不能让任何饿的念头冒出来。当十多天以后，我听到旅馆的门卫喊"某某某，汇款"，我激动得瑟瑟发抖，连裤子也穿不起来了。

ZD大学在五角场附近。印象里的五角场是个很冷清的地方，大柏树，怎么听都像是个农村，邯郸路又宽又长，连一辆车都没有，有一个部队医院，我没有走近过，但感觉它就是壁垒森严的。现在肯定不是这样了。我从地铁里出来，进入出口的通道，一路上被人撞来撞去，被弥漫的香气熏得头昏脑涨，都是各种各样的食物，咖啡、快餐、茶叶蛋、火腿肠。我匆忙走着，看到不同的出口标志，通往A路的、B路的、C路的、D路的，像一个蜘蛛网，我马上被弄混了，我不知道ZD大学应该往哪里去。现在，我走在昔日熟悉的邯郸路上，满眼的人流，满眼的车流，满眼的商铺和广告，远远望去，路上有坡度的趋势，我知道，那不是真的坡度，而是无限延伸的错觉。听路人讲，去 ZD 大学还要这样这样那样那样，听口气，没有三十分钟走不下来，上海更大了。

宾馆是 ZD 大学自己办的，就在大学的对面。上海人很会动脑筋，知道大学里都是会，鉴定会、研讨会、评审会，一年到头，自己接待自己的会议，也可以吃一个大饱。我到宾馆的时候在门口碰到几个熟人，都是搞玻璃的，有山东青岛的，也有四川自贡的，他们都在门口等人，说有朋友过来带他们出去吃饭。这会儿正值晚高峰，想必接客的人也都堵在路上。其实我也约了人，是我以前认识的一个老上海。上海熟人不少，但真正在记忆里存下的仅此一人。我们偶有联系，以前是写信，后来是电话，现在是短信，都是在非常的日子里，比如大的节日，或人生的转折点，虽然相隔的时间很长，但我们总能够联系得上。我来上海之前给她发了一个短信，说我对上海一点也没有概念了。她说那你会住在哪里呢？我去找你，我们一起吃个饭。我说吃饭不重要，就在附近坐一坐，认一认。她说真是，我们也有几十年没有见面了，古人说"见字如面"，我们听听声音看，能不能辨出来。是啊，沧海桑田，她这样说我就很期待。

房间还不错，虽然是个标间，但设计得还算合理，或者说人性化，有一个宽敞的客厅，有一个很大的沙发，有一内一外两个卫生间，这样，即便房间里住进了两个人，也不会为一些陋习和紧急而苦恼。我转了转房间，阳台上还有个吸烟室，还放了咖啡和零食，时间还早，我就洗了个脸，泡了杯绿茶喝起来。

手机也是在这个时候响起来的，是约我的朋友，说已经在楼下大厅了。我说那我马上下来。她又说，你确信能一眼认出我来？我迟疑了一下，说，应该可以吧。她说，我穿小西装，里面翻白领，我干脆站小卖部门口吧。我一边应着一边心里面浮现出她的样子了。

我这朋友叫陈优犁，如果说年龄，应该和我也差不多。我在电梯口老远就看见了她，我们相互笑了笑，走近了没有拥抱，也没有握手，虽然都觉得熟，但还是有一种距离感。这种距离感不仅仅因为我们是一对男女，不仅仅因为我们有几十年没有碰到了，而是因为彼此心中有那么点不可言说的微妙。她说，还是可以认出来的啊。我说，是啊，好像变化都不大。她说，那我们就走吧。就顾自在前面走起来，我也配合着在后面跟。我在后面悄悄地看着她，她还和从前一样，有相对正式的化妆，她以前是喜欢浓妆的，眉毛画得弯弯的，鼻侧刷了浅影，脸颊扑有腮红，嘴巴本来就小，但却嘟得很，她大概也觉得这就是所谓的樱桃嘴吧，属于好看的，所以也精致地描了口红。加上她一头的卷发，加上她整洁的衣服，我老是会想起旧上海那些月份牌上的女人。我们就在宾馆对面一个叫"遥握"的咖啡馆里落座，这也是她事先订下的。这里显然是大学生们光顾的地方，简单的装潢，昏暗的光线，旁边有零星的几对男女，是那种散淡的、无所谓的、旁若无人的样子。我们都感觉到了自己的异样，暗想，我们一定是来过这个店里最老的一对男女。

1979 年，我父亲死于非命。这话说起来有点耸人听闻，其实就是他自己把自己摔死了，不过是死得比较离奇罢了。他是个所谓的供销员，在当年，这个职业还是比较吃香的，很多人不知道它的具体内容和性质，只知道他们的样子很风光，骑一辆自行车，车前挂一个黑公文包，一路打铃，于是人们就觉得他们很精明，很能干。也是，他们无事不干，无所不能，总会有各种各样的钱财流进来。我父亲也有一辆自行车，他喜欢在回家的时候炫耀一下，我们家正好在院子的门口，进院子的地方有几级台阶，他进来的时候总是不好好拿车，都任由车在台阶上咣当咣当，于是，散在院子里的那些人，择菜的、洗衣的或是干其他杂务的，都会抬起头来看他，他就很得意。我父亲在外面的时候很少骑车，稍微远一点他就坐三轮车，再远一点他就坐手扶拖拉机。那个时候，我们温州的公交还不完善，那些手扶拖拉机就载着我父亲出入于近郊乡下，那些乡下人就把他当作大佬，都叫他什么老，其实他那年才46岁。他那时候一定是很自我感觉良好的，有钱，有事情做，又身强力壮，所以他才会从飞驰的拖拉机上飞身跳下。那个司机后来说，我知道他要去的地方到了，我说到前面靠边停了再让他下。他不肯，根本不听话，脾气还暴得很，就直接跳下去了。他以为以他的身手一定也像铁道游击队一样，会像鸟儿那样落在地上。他根本不知道那个"惯性"的厉害，他的脚一着地，那个惯性就带飞了他，把他重重地摔在地上，摔了个嘴啃泥。据后来去收尸的我母亲说，他的头磕出了一个大洞，血蜿蜒地流在地上，比他身体的长度还要长，他的鞋也摔掉了，也许是被谁拿走了，不知去向，他的黑公文包还在，足足摔出了一丈远，也许是这个包需要和身份匹配，没人要。这样，我们才在这包里发现了他的秘密，他原来是在外面接合同的，凭他的口才和能力，再卖给一些作坊，他在这里面再抽取一点回扣。

我母亲对我父亲的死开始还是有些难过的，毕竟是太突然了，也太难看了。后来，有一个女人吵上门来，说有一辆自行车平时都放在她家，说我父亲答应送给她的；说我父亲就是小气，她陪了他四年，他就给过她一个戒指，她要求起码还要给一对"丁镶"。这件事立刻就把我母亲打倒了。父亲的抠，母亲是知道的，他本来就是个铁蛀虫、石板刨，浙江省，浙江就是他最省，吃蛇的人还会将鳗忘在锅里的，以为赚钱不易，但他在外面金屋藏娇是母亲没想到，她马上去信基督了。人们都说，人生有了重大的变故，只有在基督那里才会得到安宁。也许吧。不过，有心的人发现，我们家原来搁在屋外的东西都不见了，一个蓄水的小水缸、一只放垃圾的破畚箕、一尊长年没变化的仙人掌。还有更细心的人说，我们家原来生炉子都是在外面的，点了柴、放了煤、等烟散尽、等火头烧充分了再拎到屋里来，现在一切都挪在屋里头了。我母亲是胆小了，怕别人找事。

我母亲信基督很认真，三祈五祷，礼拜天一定去福音堂。最最神奇的是，她原来不怎么识字的，现在居然能看懂繁体的《圣经》。每天下午四点，她必定是站在自己的桌前，桌上是摊开的《圣经》，她撑着手，语速平稳，一点点地朗读，有时候读不下来，她会反复几次，就这样一页页地读下去，从《旧约》读向《新约》。西窗边是越来越弱的光线，我每次看到她这个样子，都会觉得母亲很虔诚，她身形的轮廓非常漂亮，尤其是头发上，像镶了银边。后来我才知道，那不是银边，是她有一缕头发突然地白了。对于她的朗读，主内的兄弟姐妹们说，是受了神的指引，她有生命了，就像玛利亚的未婚先孕是神的意思一样。对于她的白发，有人说，是她某一条神经给伤着了，在这缕白发上逆袭了，就像有人受了刺激睡不着了，聋了耳了，生了癌了，母亲是白了发了。

母亲有基督，那我怎么办？我肯定在家里待不住了。我害怕和任何人接触，最难过的是看到别人在公判布告前议论，如果这一批中有强奸的、鸡奸的、流氓的或乱搞男女关系的，我都会觉得他们一定在议论我的父亲。于是，我也只好离家，远走高飞。对于我的离家，我母亲并没有反对，她只是问我，你觉得在家里很难吗？我点点头。她说，其实我也觉得很难，我要是有个地洞可以钻，我早就钻进去了。我那年20岁，没有书读，也没有像样的工作，有一份工作是在街道的合作社里削筷子，所以也没有什么好留恋的，就跑去上海了。我们温州的人有个传统，喜欢做一点小生意，其实我父亲也属于这种形式，心想，跑着总比待在家里好，做着总比没有事情好，总会碰到几个钱的。

很多人都以为我跑上海有那么点子承父业的味道，其实不是，我父亲所做的和我在上海所做的有着天壤之别，他那个属于空手套白狼，我这个属于投机倒把。从难度上讲，他那个只需厚颜无耻，我这个则需要千辛万苦。在这之前，我父亲也没有给我半点启蒙，就连去上海要带介绍信都没有告诉我。倒是我母亲，也许是听过我父亲在牙缝里漏过，说上海人喜欢菜油，说你不嫌麻烦就带上两斤，也许还有用。事实证明我母亲说的千真万确。

　　我是坐工农兵18号的轮船去的，这艘船在我的成长记忆里就是豪华和奢侈的象征。那时候能坐一趟船到外面去，无异于后来的出国和现在的登南极北极。这艘船原来叫民主18号，后来改叫工农兵，再后来改叫瑞新和繁华，但我们一直都叫它民主轮船，这是一块牌子，也是一种情结。我坐的是5块钱一张的统铺，其实也叫散席，我不敢坐8块钱的三等舱，后来我知道了还有一等二等，那是我无法想象的，因为8块钱已经相当于我削筷子的三分之一工资了，我这样去一趟上海，等于把我一星期的生活费都用掉了。统铺在船底的大舱，身边是许多运载的货物，也有牲口，有难闻的气味萦绕在周围，让人难以入睡。我的身上带了母亲给我的30块钱和两斤菜油，这也许是我母亲所能给我的全部。说真的，那时候的母亲不会担心，我也不知道危险，我们都不会去想这样出去有什么不妥，都觉得这就是当时的唯一选择，并且是正确的选择。我就是这样待在这个闷舱里，守着身上的钱和那两斤菜油。我都不去想象外面是什么样的，其实，那个时候，我们的船正处在汪洋大海之中，我犹如一粒灰尘，如果我想到了沉没，那我一定会觉得奄奄一息了。我只能醒着，看身边他人的一举一动。我身边正好是一位苍南人，他挑了一担瓜子到上海去卖，同样，我也想象不出，这一担瓜子挑到上海能卖多少钱？在上海怎么卖？是摆路摊还是沿街吆喝？卖了以后他又会做啥？抑或他来上海本来就是有其他事的，这一担瓜子等于是他的盘缠，就像我要带上菜油。我们在一起瞎聊，我们都为临铺挨着而高兴。他老是叫我吃瓜子吃瓜子，我当时听他的口音很有趣，我第一次听到不是温州口音以外的"外语"，他是说"西瓜子"，而不是"吃瓜子"，我觉得非常好听，它像音乐一样让我没有睡意。我在这船舱里待了一天一夜。

可以想象，第一次走出公平路码头，我就像一只家禽被逐放到了荒野上，心里慌乱无比。我不知道自己要到哪里去？要干什么？我唯一的本能就是随着那个卖瓜子的苍南人，他快我也快，他慢我也慢，有一下，我还下意识地拉住他的箩筐，生怕自己走丢了。后来，那个苍南人对我说，你不要老跟着我，你既然到了上海，就要撒开来跑。先找个地方住下来，去福州路那里登记，他们会排给你一个旅馆，要不你就会站路上了。我将信将疑，这是我第一次听说有这么回事，住宿、登记、派单、分配。苍南人显然是有经验的。

福州路那个住宿介绍所像一个大集市，每天，上海旅馆的床铺都会汇总到这里来，再由这里派单出去，把那些来上海出差的、像无头苍蝇一样的人们派送到下面去。那个像厅一样的房里挤满了各式各样的人，但仔细看看还是有队伍的，再看，才知道那些窗口是有要求的，写着"军人证"
"记者证""省介绍信""市介绍信""机关介绍信""企业介
绍信"，看着这些"信"，我感觉到自己尿紧了，肚子也一下
子饿了，心也慌得不行。怎么办？我没有介绍信，我也不知
道介绍信为何物，我身上只有一本居委会的票证簿，我本来
是要带户口簿的，是母亲怕我丢了，说丢了就没命了，才给
我这本票证簿的，里面有油票、肉票、豆腐票、肥皂票的存
根，至少可以证明我是个有"身份"的人，不是"黑人"，
但票证簿显然在这里是行不通的。我大脑空白，茫然四顾。
后来，一个热心人告诉我，在上海，露宿街头是不会的，你
可以去睡澡堂，不过不是现在，现在人家还在营业，你要等
到晚上，等他们澡堂打烊，你再进去睡。这无异于在我兜兜
里塞了一块钱。于是，我从福州路走出来，走入了一条宽阔
而又冷清的大马路，后来我知道了它叫北京路。我无所事事
地往前走，心里是空落落的，我无心观摩路旁的一切，也不
知道要走往哪里去，我似乎有一个心愿，就是巴望着夜幕赶
快落下来。后来，我无意中发现路边有一个平安澡堂，我的
腿像突然失去了力气，像失散的士兵终于找到了部队，我停
下来就再也不想走了。那个时候大概是下午五点钟。

那天晚上，我就住宿在平安澡堂，这是个人味、尿味、
肥皂味混杂的地方，但我觉得它很温暖。我还在那里美美地

洗了一个澡，我从来没有洗过这么奢侈和肆意的澡，泡在油腻的汤里，立刻就昏昏欲睡了。我在家的时候，洗澡是很简陋的，夏天在院子里冲一冲，冬天在屋里像磨墨一样，一盆水从头洗到脚。现在，一池的汤水让我的身心都放松开来，我把上辈子的油污都泡出来了，把元气和血液都泡出来了，我差点泡虚脱了，最后还是一位澡堂老司把我捞了上来，把我放在洗澡人休息的躺椅上，我就在躺椅上睡到了天亮。

醒来的时候，我身边坐着一位笑眯眯的老司，他说，你昨晚差点晕倒了。我说，啊，是吗，我一点也不记得了，只记得泡得很惬意，泡得灵魂出窍。老司说，这朋友，你要记住，以后在外面一定要警觉，不可忘乎所以，更不可肆意妄为，泡澡也一样，尤其是累了虚了，不宜泡烫，不宜泡久，那样容易被疲惫撂倒。这话可以举一反三，在后来我浪迹天涯的经历中起了很大的作用。老司后来又说，我们做个交易怎么样？我警觉起来，什么交易？老司说，我昨天就闻到你身上的菜油味，真香啊，你带了菜油了？我说，那又怎么样？他说，你要是经常来上海，你带菜油给我，我帮你介绍旅馆，我一个侄女就在遵义旅社，你可以住她那里。这的确是个好消息，老司说的也不像在蒙我，我就分了一斤菜油给他，剩下的一斤，我说带给他侄女做见面礼，我想马上搬到遵义旅社去。

老司的侄女，就是我前面说到的陈优犁，她那时是遵义旅社的一个服务员。我带了老司的口信给她，再把剩下的菜油给她，她就很高兴，就马上让我住下了。上海人对于菜油的感情，就像温州人对于海鲜，不知是上海人特别喜欢吃菜油呢，还是温州的菜油特别香。当然后来，上海人不仅只喜欢温州的菜油，还爱上了温州的瓯柑、温州的虾干、温州的走私表。陈优犁是那种会精致打扮的女孩子，贴身的小西装，笔挺的四条柱裤子，方口皮鞋，走起来碎步，的笃的笃的，小胸脯也一抖一抖，笑声仿佛从腰肢间发出来，铿锵有力。我从来没见过这样的女孩子，挺拔、蓬勃，和温州羸弱的女孩子不一样，立刻就把我吸引了。我还喜欢听旅社的工友在过道里喊她，陈优犁，陈优犁，上海话把这三个字叫起来很好听，特别的悠扬，特别有音乐感，我如果在房间里，都会忍不住探出头张望一下。我因此也迷恋上了上海话，很快就学会了"赤那""杠头""小赤佬""侬哪能"，还成了口头禅。后来，我到上海的时候都是直接去找陈优犁，每一次都会带上上海人喜欢的东西，而她，无论我去得早还是晚，无论她在不在班上，她都会把我安排下来，使我从码头出来就不再那么慌乱，可以径直奔向栖身的地方，这个感觉非常好。

陈优犁最早是在遵义旅社，后来调到了九江路，后来又调到了浙江路，最后落实在江西中路，也就是黄浦旅馆，那是我待得最久的地方，像家一样。那个时候，我和陈优犁已经非常熟了，没事的时候，我都会靠在服务台前和她聊天，从外面回来，我也会记着给她带一点零食，上海的女孩子都喜欢零食，上海女孩子吃零食也是一道风景。而她也利用她的资源在给我提供便利，比如我入住的时候要是没有床铺，她就会在洗衣房里给我搭个铺，第二天再把我转出来。后来，待得久了，对房间的要求也高了，觉得那些统间杂乱，不便，不仅睡觉不便，放东西换衣服都不便，她过来说话也不便，她就把我换到了屋顶阳台的一个小阁楼。那个阁楼很小，勉强住一个人，门和窗都开在阳台上，实际上也并不隐蔽。旅馆里喜欢把洗好的床单被套晾在屋顶上，风吹得它们啦啦作响，也经常会有人在那里走来走去，但对于我来说，那无疑就是豪华的单间了。我在的时候，陈优犁也会过来看一看，我不在的时候，她也会避开领导躲到这里来午休，我的枕头上总会留下她好闻的雪花膏香味。她也会借我这里来换衣服，我怎么知道呢，有一次，她那条白色的"的确良"假领就落在了我的床铺上，不知是她故意的还是疏忽的，但我觉得那特别的不一样，老想破译出这假领上承载了怎样的"密码"。我很快乐，在枯燥的外地，在疲惫之余，能有这样一份温暖的内容，实属难得。当然，我也知道，我们不是在谈恋爱，两地的差异和两人的角色，都使得我们没办法往这上面想。

后来有一天，陈优犁来阁楼里找我，叫我以后不要住在黄浦了。我不解，问为什么？她说没有为什么，说你在上海时间也不短了，其他旅馆也熟，你可以寻求别人去。我觉得这个理由站不住脚，找别人找你不是一样吗？陈优犁就换了一个话题，说，你认识小李吧？我说知道啊，怎么啦？小李是黄浦旅馆的班长，他喜欢管人，有时候我入住迟了，还要经他批准才行。陈优犁说，他让你下次到福州路排队去。我无奈，我呜呜。

再次来上海，我就不住在黄浦了。但我一直在想着陈优犁的意思，什么意思嘛，没头没脑的！突然有一天就想明白了，是陈优犁和小李在谈恋爱！上海人是很讲究清爽的，不希望事情纠结和缠绕。小李一定在猜揣陈优犁，一定对陈优犁提要求了。这样想着，这件事也就解释通了。

但是后来，陈优犁又让我去住黄浦了，也就是说，陈优犁和小李不处朋友了，或者说，陈优犁不理会小李的意见了。

现在，三四十年过去了，我和陈优犁又坐在一个叫作"遥握"的咖啡馆里，我们有一下没一下地回忆着过去。陈优犁说着说着漏出一句话，我现在还没有结婚呢，呵呵。我诧异，问为什么？她说，原因很简单，感觉不好，感觉不好就觉得很没劲，后来又说了几个，都这样，就不再说了。我说，这么脆弱啊。陈优犁说，我这是脆弱吗？我这是坚持哪。我说，是啊，生活里不测的东西太多了，坚持也是一种考验。


## 2


昨晚睡得很好。我睡眠本来就好，长期在外面跑，基本上没有那些娇生惯养的毛病，吃住行，只要是心理上有所准备的，再苦再差的环境，我都能自如地对付。曾经有一次和同事出差，同事悄悄跟我说，我发现一个秘密，你的睡姿一夜都不会变，睡下时什么样子，醒来还是这个样子。我告诉他，这都是苦难留下的毛病。他说，怎么是毛病呢，这话怎么讲？我说我小时候和母亲一起睡，一条薄被，像帐篷一样，我们就像是缩在帐篷下躲雨，轻易不敢乱动，这就养成了睡觉一动不动的毛病。所以，当昨晚会务组又安排了一个人进来，我睡着了，一点也不知道。好在来人也特别地善解人意，好在房间的设计还特别人性化，见我睡了，那客人就抱了被子宿客厅了。

上午是见面会兼论坛，下午还有。会议就安排在ZD大学的主楼二十层，我们走出宾馆，横过马路，对面就是。会议室其实就是建筑与设计学院的，所以只能开一些小规模的会议，位子摆了两圈，席签重重叠叠，因此也就显得拥挤紧张，这样的效果反而很好，给人一种务实、纯粹的感觉。因为是学院邀请，来人倒都是一些大牌，但我不是，我只是一个做玻璃物件的，要不是在上海，我来都不会来。主持人是学院的教授，没有客套，语速非常快，搞学术的人都这样。他先是报了一个名单，要大家按照顺序发言，倒也干脆，不用推三阻四的。先是轻工部的一个副部长，再是行业协会的秘书长，再接下都是国内做玻璃的龙头企业，台玻、福耀、耀皮、南玻、信义、金晶、洛阳浮法、沙玻、威海蓝星、株洲旗滨，还有德国和英国公司的代表。我的企业不算大，所以，轮到我发言是下午了。大家的话题主要围绕着玻璃产品的研制和开发，涉及飞机玻璃、汽车玻璃、低辐射镀膜玻璃、太阳能电池面板、平板玻璃、颜色玻璃、超白玻璃、玻璃家具、幕墙、灯具、仿水晶、精密电子、光学仪器、特种镜板，如果不是相关行业，肯定要听得一头雾水。在这个过程里，大家都提到了一个关键词——"浮法玻璃"。顺便也普及一下，其实玻璃的一切关键都取决于这个浮法工艺。玻璃工艺的形成应该也有近两百年的历史了，但玻璃如何真正地运用，在过去的一百多年间是非常有限的，仅仅是一般的器皿和一般的装饰，而且利用的价值就像它的质地一样非常脆弱。确实也是，当玻璃像岩浆一样流出来的时候，它的随意性和不稳定性是可想而知的。上世纪早期，英国人首先想到要在玻璃的"改性"上做文章，这个工业革命的意义，无异于我们现在的火箭和卫星的利用，皮尔金顿公司就是通过保护气体在锡槽里的作用，解决了玻璃的成型问题和稳定问题。我们现在谈到的玻璃，确实，它的作用已经和其他新型材料、复合材料差不多了，比如没有波筋、厚度均匀、上下平整、更加光滑、更加牢固、更加透明，且能耗低、成品率高，那它不是比其他材料更漂亮，更有优势吗？这话说得远了。

下午还是这个会议室。门口摆着茶点和水果，我泡了一杯咖啡进来，而且是加浓的，目的也是为了自己不出现突兀的哈欠。经过一个上午的认真，下午的发言相对松弛下来，没有排名，我就主动和主持人申请，让我第一个讲，说自己还有个要紧的商谈，说得冠冕堂皇的，主持人就同意了。

我这人说话向来没谱，没有轻重，也不分场合，这和我的出身、教养有关。我说我说点题外话吧，我是感慨于两点才来这里开这个会的，一是在将近四十年之前，我差不多就在上海浪迹，我从来也没有想过自己哪一天会和知识沾点边儿，所以现在，在这个著名的ZD学府里开会，我是很惶恐的，同时也是很欣慰的。二是那个时候我在上海买过玻璃，那个时候的玻璃不像现在的玻璃那么贱，那个时候的玻璃是奢侈品，在我们那个地方，玻璃茶盆、玻璃杯子、玻璃鱼缸，那都是可以直接俘获姑娘芳心的，而平板玻璃，则可以决定一个婚姻的品质。我的生命里与平板玻璃有过一些交集，而这个交集又改变了我的命运，鉴于此，我才乐意过来开这个会。从感恩的角度讲，我是感谢玻璃的；从抱怨的角度说，它又陷我于要命的困境。我不知道我到底讲清楚了没有，或你们听懂了没有。不懂也没有关系，这不能怪你们。我一个死去的朋友说过这样一句话，如果你在两分钟之内还讲不清楚你的意思，那你就永远不要讲了，再讲也肯定都是废话。

我说完这段话就走了。主持人在解释我的离席原因，我相信其他那些老师也一定是诧异的，甚至是鄙夷的，他们面面相觑，心里一定会觉得怎么会让这样一个人过来开会，一点儿也不靠谱。都无所谓。倒是一个年轻的老师主动出来送我，边走边说，说你讲的还是挺有意思的，有许多别样的信号，你说的是什么年代的事情呢？我相信这里面一定有故事。我谢谢他的热情，我告诉他，那都是上世纪七十年代的事情。老师说，噢，怪不得我们听起来会有些距离，那你今年有这么大了吗？我说我六十多了。老师兴奋地说，你说的那时候我才刚出生呢。我看看他的样子，说有可能。

　　我下午其实没什么商谈，是又约了陈优犁，这时候她已经在宾馆里面等了。我们说好一起去看看一些老地方，没有她这个老上海，我可能都无从找起。现在，我坐在陈优犁的车里。她是个有享受倾向的人，很早以前就是这样，所以，她尽管现在独身，但还是开了一辆宝马Z4，很精致，配置也不错，我坐在里面有点恍惚和幻觉。这种感觉非常微妙，我想，也许是身处上海的缘故，也许还有在陈优犁身边的缘故。陈优犁的车载着我朝浦东的方向驶去，这是我们下午的目的地，按照她的说法，我们不走延安路隧道的捷径，我们先重温一下多年前我在上海的岁月。我们从北京路上过来，一路走一路说，说九江路、浙江路、福建中路、黄浦旅馆；有一些在南城，像遵义旅社、十六铺码头；我那时候也看新闻，南京路江西路的拐角处就有一面报墙，那个时候，中国正在打对越反击战，我关心着它的每个进程；还有福州路的旅馆介绍所，每个人到上海的第一个落脚点，再由这里被一点点地分派下去，现在想起来还是有点不可思议，这是多大的一个工程啊。我们沿着外滩往左走，上了外白渡桥，这座著名的铁桥以及边上的石头房实际上就是上海当年的地标。陈优犁问我，去浦东那时候有两条路，你一般会走哪一条？我说，我只知道一条，就是提篮桥监狱边上的那条。在都市里面能看到一座国际监狱，那是很罕见的，高房子、小窗户、铁丝网、什么人关在这里，这些都是我当时的兴奋点。陈优犁说，走陆家嘴也行，近一点。我说，这个我不知道，外地人在上海不敢乱窜。

上海那时候的生活已经是很方便了，公交很发达，那些老电影里看到的电车都还有，无轨的有，有轨的也有，走在路上，身旁有咣当咣当的声音，让人恍如隔世。我买了月票，可以从这个车里下，也可以从那个车里上，像自己的车一样方便。上海的吃饭以前是一大奇观，到处排队，你坐在那里吃，后面是等着的人，虎视眈眈地，像拿着枪一样顶着你，再好的胃口也索然无味了。旅馆里也没有食堂，但社区里有，我们这些长期驻扎在上海的人，一般都会在社区办一张饭卡，社区食堂的狮子头很好吃，是正宗的无锡一带的烧法，但蚕豆和豌豆叫不清楚，这两种豆的叫法，上海和温州的正相反。

我前面说过，我是在温州待不住了，在家里若芒刺在背，如坐针毡，我母亲都去信基督了，把门口的家什都搬进屋了，我这样"稻草都捡了走"的生活还有什么意思呢？就跑到上海去了。我一直以为过去说的跑码头就是这样，这不是我发明的，过去生活艰难的人都这样。

经过几天的熟悉和摸索，我基本知道自己可以干什么了，投机倒把，那时候没有这么一说，后来割资本主义尾巴了，才把这个词也带了出来。那时候的黄浦区，就像是我的根据地，南京西路下来的静安区偶尔我也会去一下，徐家汇也是，主要看有什么东西。南京路这边的东西很多，一百、十百、友谊商店，都是我经常要去的地方，去排队买搪瓷脸盆、买高脚痰盂、买绣花被面、买铁壳热水瓶、买大白兔奶糖和印花玻璃杯，上海是全中国物资最丰沛的地方，只要去排队，只要摸准了行情，都可以买得到。这些紧俏的东西被我源源不断地带回到温州，加上市场的紧俏度，加上我的心理价位，很快就出手了。等东西走得差不多了，我又准备到上海来了。

我后来才知道这不叫跑码头，跑码头还是有点江湖意味的，还是有点危险的，要有侠肝义胆，要有势力和地位，要受人尊重，被人看得起。我这算什么呢？后来在样板戏《沙家浜》里体会出一句话，胡传魁问阿庆嫂，阿庆呢？阿庆嫂鄙夷地说，他呀，说是在上海跑单帮哪。言下之意是没有什么名堂，都不在阿庆嫂眼里。跑单帮就是我这样的营生，靠辛苦赚一点不怎么干净的钱。

那时候在上海带香烟最多。温州香烟凭票，而温州人又喜欢上海烟，尤其是婚宴上，那是一定要"大前门"和"牡丹"的。牡丹分蓝牡丹和红牡丹，一个4毛6，一个4毛9，都属于罕见的奢侈品。碰到有人结婚急用，红牡丹都可以翻上一倍。每天早上，我饭也不吃就去一百排队，一人限购两包，如果队不长，我可以回头再排一次。我们现在有一句话说，在北京四天办一件事情，在温州一天办四件。说的是北京地方大，程序多，不好走。上海稍稍好一点，我又有公交卡，我可以一天办两件事情。

有一年，温州流行针织尼龙，而且就兴那种蟑螂色的，有人找到我说，有多少吃多少。这样的诱惑就像鼓风机一样推搡着我。后来我在豫园商场里找到一匹。剪布师傅说，8块钱一尺，两尺八一条裤子。我说，这一匹还可以剪几条？剪布师傅说，大概有十条。我说，那都给我吧。剪布师傅愣了愣，说，哪里有这样买东西的。

还有一次，凌晨三点，我到上海钟表厂排石英表，那是那个时期的新货，20块钱一只。那一趟回温州，我兜里只剩下4毛钱，但我心里高兴，破例在轮船上喝了一瓶天鹅牌啤酒，吃了一碗盖浇饭。后来在调剂市场，石英表换了一辆凤凰二十八英寸的锰钢自行车。

回忆间，陈优犁的车已经进入了浦东，这已经是一个完全陌生的地方了。我们盲目地开着，都是通衢大道，但我们不知道往哪里开，不知道我要找的地方在哪里。那个时候的浦东，是一个冷清的代名词，只有一些高耗能高污染的企业在这里，卷烟厂、玻璃厂、水处理厂，不是哗哗响，就是滚滚冒烟，还有一个传染病医院。据说，上海人口密度大，肝炎的发病率高，转氨酶指标控制在38，所以，那些人都关在这里。现在，这些厂，这些医院，连个影子也没有了，抬头望去，只有世贸大厦、东方明珠塔、金融中心大厦和一个类似于啤酒启瓶器一样的大厦。

噢，我不是来浦东看热闹的，不是来测量它的变迁的，我是来寻找一个我心底的符号，一个难以弥合的错节，它改变了我的生活以及生命的走向，上海玻璃厂，我曾经在这里进进出出，在这里买过平板玻璃。

平板玻璃是我在上海跑单帮的"重器"。温州人结婚，你可以有搪瓷脸盆，可以有高脚痰盂，可以有印花玻璃杯，可以有铁壳热水瓶，但平板玻璃就不一定有。平板玻璃是铺在洞房里面的书桌上的，有和没有，档次就差很多。没有，它就是一张普通的书桌，有了，它就平添了许多色彩，许多话题，它可以压一些照片，可以压全国粮票，可以压崭新的人民币，既增加了情趣，又体现了富有。所以，搞一块60×120的平板玻璃，成了新婚家庭迫切的追求。

温州那时候也有玻璃厂，还是国营的，看起来规模也不小，但只能做那种咳嗽糖浆用的黄瓶。他们也曾想克服困难做那种透明的盐水瓶，我记得当年的《温州日报》还登过他们会战一百天的消息，但最终还是以失败而告终。我说这话的意思是，玻璃虽然是以石英材质为主，但它的活性能量很大，高温熔化后，谁也不确定它的最终走向，以及冷却后发生的质的变化。

平板玻璃那时候只有上海才有，因为难得，因为难运，相比于其他东西，我更愿意带平板玻璃；因为婚礼必需，因为意义重大，我开价也相对更高一点。每一次，我会用几斤菜油换供销科长的一张计划票。那时候没有快递，没有出租车，没有小四轮，没有高速公路，我接受了平板玻璃的业务，也就接受了辛苦，但是我不怕，我血气方刚，我有的是力气，我把这个过程的复杂和难度都想到了，一步步去完成。我把玻璃用厚纸板包扎好，用带子把它捆结实，做成双肩包形式的模样。我就这样将平板玻璃背上了浦东渡轮，渡轮突突突地横过黄浦江，这是一段黄浦江最宽的江面，好多的船都要从这里出去，走到汪洋大海里去，所以从这里把平板玻璃背出来，也是有象征意义的。我背着平板玻璃缓缓地从渡轮上下来，因为我背的是重器，所以我把自己落在了最后，我怕人推搡，怕人碰撞，这个时候，我就是一个搬运工，我要负责货物的安全。

我背着平板玻璃踏上了76路公交，那是在市区边上开的，还开不到市区里面去，进市区还得换一个6路有轨，那也不能到达我住的旅馆，要到达我的目的地，还需要倒一个无轨。那时候，公交是普通人唯一的交通工具，挤得很，每一辆车都是满满登登的。为了把平板玻璃安全地运到，我一般都要挨到中午，就算时间上没那么凑巧，我也要在公园里挨到我要的那个时间。在车上，我一般都会挪到最后面，把平板玻璃搁置好，用身体护卫住。因此，我在车厢的最后就可以居高临下地看到许多"风景"。我看见礼貌的上海姑娘给老人让座，看到文质彬彬的上海后生为姑娘争座，看到紧张又脸色煞白的行窃者，看到站在姑娘身后装模作样而实则想猥亵的变态者。我就这样把平板玻璃弄到了我住的旅馆。

在旅馆，因为有了平板玻璃，我几乎是寸步难行了，一刻也不敢松懈，像狗守着肉骨头，顽强而专注。上海回温州的轮船要三四天才开一趟，这样，我就要提心吊胆地守护好几天。到了那天，我怎样把玻璃从厂里弄到旅馆的，就怎样把玻璃从旅馆弄到船上，船还是那艘工农兵18号，为了安全起见，也为了犒劳自己，我给自己买了张三等舱，毕竟船舱里人会少一点。船外的风景，我无心去欣赏，我知道，船头和船尾的浪花是很好看的，没有坐过大船的人，没有亲历过海洋的人，是很难想象乘风破浪的壮观的，那么地勇往直前，那么地激情澎湃，那么地顽强，那么地有生命力。但我只能忍着，安分地坐在船舱里，守着平板玻璃，听汽笛一声声巨响，就权当它在为我的成功而欢呼而庆祝。

回到温州，我直接把平板玻璃背到新郎家，这是一块结婚用的玻璃，是要压在洞房的书桌上的，相信主人在盼望婚期到来的同时也在盼望这块玻璃的到来，也许他们准备了欢呼雀跃的心情，也许他们还准备了钱，因为是喜事，他们也许还会多加几块钱，以讨个彩头，我当然也乐意多说几句好话，漂亮的话。我记得新郎家是一座两层楼房，楼下是厨房和饭堂，楼上是前后两间，一间给长辈居住，一间做新婚的洞房。为了安全起见，我坚持要一个人把玻璃背到楼上去，我有的是力气，我都从上海背到这里了，还怕这几步吗？我背着玻璃，一步步地往楼上走，楼梯的拐弯抹角我要当心，上下高矮我要注意，千万不要磕碰，要像演杂技一样稳住脚跟，把身体和玻璃都侧进去，这难不倒我。新郎新娘，一屋的人都在等这块玻璃，他们的眼睛闪闪发亮，他们寄予这块玻璃很多的期望，婚姻的档次、洞房的热闹、众人的羡慕，等等等等，他们见我进来都不由自主地让开地方，都退了一步，生怕碰到我。也有人想伸手帮我一把，要抚一抚，但马上就被人阻止了，说当心当心，由他自己的意思是最舒服的。我真的是如释重负地把玻璃放了下来。现在，书桌上已摆好了许多照片，是新郎新娘杭州游玩时拍的，有六和塔、钱塘桥、三潭印月、白堤苏堤，还都是那些照相点拍的，也就是说，他们家的条件还是比较殷实的，是配得上这块平板玻璃的。

玻璃的包扎被一点点打开了。这个物件太重要了，所以我包扎得也特别好。我一点点地解开绳子，一点点地剥开纸板，那段时间，他们家帮忙的人也都在现场，除了新郎新娘、阿爸阿妈、舅舅舅妈、几个姐妹，有些本来在楼下帮忙的，这时候也都跑到楼上来了，楼下还有一些人，帮忙洗菜的邻居，搭台做菜的厨师，做菜的过程要准备三天，这个气氛也把平板玻璃的呈现推向了高潮。

但是，但是，我解开玻璃后自己也傻掉了。这块好好的玻璃、感觉又厚又重的玻璃、包扎得结结实实的玻璃，什么时候在里面不声不响地裂掉了，看起来不觉得，其实里面已经像蜘蛛网一样了，就差喇的一声碎开来。是新郎第一个叫出声来，说怎么是块裂的！这无疑像一声炸雷，大家拼命地钻了头看，这个说，就是玻璃裂了没有用。那个说，这个时候，玻璃裂了，彩头就不好了。是啊，婚姻是最讲究彩头的，裂，即是破碎，即是分离，这些话放在婚姻里，无论如何是通不过的。新娘马上就瘫坐在地上，呜呜地哭起来。本来喜气洋洋的气氛，一下子变得凝重起来，像黑了天一样。要是人少，这件事兴许还能够隐瞒一下，这么多人，人群马上也像炸开了锅，等于这个不幸立刻就藏不住了。大家都知道了，就会推着这些情绪往反方向走，七嘴八舌地。我一看情况不妙，就脚底抹油，还没等他们家人反应过来，我已经溜到楼梯下了，屁滚尿流地跑回家里。

我气喘吁吁地对母亲说，闯祸了闯祸了。我母亲信基督以后人完全变傻了，还说，他们要是信基督就好了，就没有那么多讲究了，信基督，人在世间就是一个过客，这又有什么要紧的。我也不和她废话，拼命地整理衣物，我现在还不知道他们会拿这事做什么文章，但我得先躲出去。母亲莫名其妙地看着我，她一定觉得我在小题大做，还真不是，我知道的。我当天就没敢在家露过面，过了三天，我托人买到了上海票，又匆匆跑到上海去了。

我和陈优犁说着这些的时候，我们还在浦东的路上转悠，我们找不到一丁点儿上海玻璃厂的影子，连个裁玻璃的店铺都没有。有些地方搞得好的，会在原来的遗址上弄个什么碑，记录一下当年的历史。但浦东改造得太彻底了，规划上根本就没有这么想，这就没有办法了。这时候，天上下起了中大雨，且还没有想停的意思，一下子，路面就积水了，看上去像铺了玻璃一样。路上撑雨伞的人多了起来，一会儿穿花绿雨衣的骑车人也多了起来，在十字路口，在商店门口，在人多的地方，这种颜色的交错非常有美感，看上去层层叠叠的，加上雨中的仓促，加上地上的倒影，远远望去，像一块厚厚的油画板。这种景象也告诉我们，这里已不是过去的浦东，也不是上海的浦东，这里聚集着众多的外来务工者，已经成了他们的宜居之地，今非昔比，旧貌变新颜了。高峰说到就到，车子也难走起来，我们被堵在路上了。

## 3

陈优犁告诉我，这个故事，一听就觉得还没完。我说，是的，没有完，现在还没有完。

第二天没会，但有一个座谈，说大家议一议，搞一个论文集。主办方的理由非常牵强，说本来是要给各位发放出场费的，可"八项规定"以后，财务的手续几近苛刻，支出更难了。想借论文集这一招，给大家发点稿费，弥补一下。当然也未尝不可，但这样简单的会，能出什么成果，我是持怀疑态度的。反正我是谈不出什么观点的，也不愿意再耗，一大早就买了票回广州了。我现在有经验了，从ZD大学到虹桥车站，地铁就要一小时。昨晚和同屋的说好，我睡客厅，目的就是为了今天的早走，于是，悄悄地收拾好，蹑手蹑脚地出门，连关门的声音我自己都没有听到。

上面陈优犁的话，是我上动车之后她发给我的短信，看来，我们的交谈还得在动车里继续。动车在上海平原开得还算畅快，到了浙江境内，尤其是过了宁波绍兴，山洞隧道就渐渐地多了起来，于是，我们的发信也变得断断续续起来。

那天之后的事，我都是听别人说的。我其实至今都没有回到温州去，自从那天从新郎的洞房里逃出来，我就躲出去了，我怕回家会带来更大的麻烦，我不在，也许这件事就没有结果了，至少我觉得会很快结束的。但听说，这件事还远远没有结束。玻璃被拆开后，发现了裂痕，新郎家就拿这个说事了，说倒了彩头，冲了喜气，甚至带来了晦气，一拨人围着我家闹了三天，要我赔偿损失。我不在家，吵也罢，赔也罢，终究会过去的。我母亲倒是不怕这些的，自从她信奉了基督，她的心变得格外地坚硬，任凭对方如何谩骂，她都不争不回，按照《圣经》的说法，"你打了她的右脸，她连左脸也一起让你打了"，她顾自沉浸在自己的世界里，在那里寻找自己的安宁。只是那新娘让她难过。那其实是我的邻居，我们家的楼下和她家挨着，她家的楼上有一半也嵌镶在我们家。据说平板玻璃裂后，这个婚就没有结成，她回到了自己家里。1979年，这样的事是可以毁人一辈子的，她要再嫁，可以说比登天还难，任何舆论都不会去支持她。更糟糕的是，她那时已怀有身孕，这个后果更加不堪。越是这样，我就越没有办法回去了。

那时候，我在外面每月都寄钱给我母亲，我寄13块钱，是我母亲工资的一半，我用这样的方式保持着与家里的联系，与我母亲的关系。现在想来，过去的一些事真叫好，事简单，时间慢，就像那首歌里唱的，车马都走得慢，一生只够爱一个人。汇款要半个月才到，写信也要一星期，电话没办法打，因为大家都没有，每一件事操作起来都很花工夫，也就愈发觉得这些事情的巨大，回家也就成了非常奢侈和隆重的行为，正因为这样，才有惦记，才有纠结，才有了一种叫作"乡愁"的东西。如果没有这些，没有这么难，我们的一切关系也许都不会发生，一切都变得容易和微不足道，这些"愁"也就都没有了。

我和我朋友说好，我每个月1号汇钱，半个月后你到我家去看看，看看我母亲怎么样，问问她钱收到没有。我朋友告诉我，我母亲都不在家，早中晚都候不着。这使得我联想很多，她是不是也像我这样在躲避麻烦？我问朋友，有没有发现我们家门口有什么异常？朋友问，什么异常？我说，比如门口摆了花圈，屋角被人扒了？朋友说，那倒没有。温州有很多下三烂的报复伎俩，比如大粪泼门、玻璃涂漆、胶水冻锁眼、下水道堵塞等等。这些都没有，那我母亲去哪里了？不会也被我的平板玻璃给气疯了，背井离乡了？

后来知道，我母亲是去信基督了，她比起原先更上瘾了。她原来的功课只是三祈五祷和通读《圣经》，现在，她的业绩大有进步，已经能在一些弄堂的聚会点里布道了。母亲由挫败而信基督或寄托于基督，我是理解的，但进步那么快，我是没有想到的。那时候，社会动荡，心无安宁，没有目标的人很多，愿意麻醉自己的人也很多，这些人都是那些聚会点的常客。晚饭后，他们在路上闲逛，走着走着，被那些隐约传出的歌声吸引了，他们或自觉、或被动、或好奇、或疑惑，都想探个究竟，这就来到了这些聚会点。那时候，我母亲会和他们讲《新约·约翰福音》十二章的故事——"那时，上来过节礼拜的人中有几个希利尼人，他们来见加利利伯赛大的腓力，求他说，先生，我们愿意见耶稣。"母亲把主题落在了"愿意"上，就像她那样真心真意的愿意，这个愿意没有条件，是人心底自觉的生发，是今后虔诚的开始。而不是经过劝导后被动产生的，有条件甚至有功利的。

当人们心存疑惑左右摇摆时，母亲又会和他们讲讲另外的故事，《圣经》的好处就是通俗易懂，深入浅出，寓意丰富，老少皆宜。"耶稣和门徒渡海，遇风浪。那时，主已经睡了。门徒惊惧，催主醒。主斥了风浪，海便静了。加利利海自从主斥了那番风浪后，至今都没有起过风浪吗？不是的。当主斥风浪时，海面正待要平复下来。以后海面照样是常有风浪，所谓一波未平一波又起。信徒的心啊，也犹如这海面一般，当其不宁时，一经主的管教，就觉得有了安宁。

然而，到了时过境迁，在另一光景下，或正好在病痛中，他的心里却又要起风浪了。故，被主斥责而得来的安宁是短暂的，心里没有主，风浪照样要出没无常。而这些已有的安宁又从哪里来呢？自然是从耶稣的生命中来的，而生命中有了耶稣，也就有了能量，自然再大的风浪也不惧怕了。"我真不知道母亲有这样的水平，这样的口才，看来艰难困苦的确是磨炼了她。

那个新娘，我们都叫她阿芬的，她也真是命苦。年少的时候，母亲就莫名其妙地爬到河里去了，什么病也没有，也没有什么想不开的，大家都说她是被鬼跟住了，鬼叫她到河里来，她就乖乖地去了。她父亲受了刺激就开始酗酒，晚上喝，早上也喝，有一天喝了两斤白酒，身体烫得躺在水泥地上降温，我们还帮她用水浇她父亲，那些水浇在他身上都没有一点反应，就像死猪一样。还没完，那天晚上，趁我们不注意，她父亲自己把自己颈上抓了个洞，大家都以为他睡着了，早上才发现，他流血过多，已经死了。阿芬的媒还是我母亲做的，母亲可怜她，还和我私下里说，那块平板玻璃就算白白给她带吧，不要收她的钱，就当送给她，让她高兴。没想到，是这块平板玻璃把她的婚姻搅了，我真是该死。这种事，又没有其他办法弥补，我只得躲出去，不让他们看见。

阿芬后来生了一个小孩，这个小孩没有留住她的婚姻，新郎家宁愿看重彩头而不要这个小孩，这就不是决绝的问题了。这小孩也怪，是个"鱼人"。鱼人是我们温州的说法，别的地方不知道怎么叫。这种人有个很大的优势，就是长得都不像父母，就是像自己，甚至全世界鱼人都长得一样，无论中国的或是外国的。按理说，小孩不管出身怎样，有没有病，应该都会像父母的，但鱼人就不是这样。他们都长着圆圆的脑袋，眼睛都靠在两边，一副很憨厚的样子，生气的时候也是笑眯眯的。开始的时候大家都说阿芬的小孩漂亮，白白净净的，还丹凤眼。后来才搞明白，这是"唐氏综合征"，也不知道是染色体里面什么多了什么少了。这就更苦了阿芬，这又让我产生了联想，我就更回不去了，我要是回去了，大家一定会怪罪于我，就是大家不这么想，我自己也会这么想，我看见那个鱼人也会愧疚。还据说，那段时间，都是我母亲帮她一起带小孩，这也多少减轻了一些我的罪过。

　　我也是自那以后就不再跑单帮了，基本上就断了温州的路子，以及回家的路子。心里有愧，赚钱也没有什么意思。我后来就不光是待在上海了，我全国各地到处跑。当然，从上述事情上可以得出结论，我也是一个一根筋的人。我还做玻璃，从玻璃上跌倒，也从玻璃上爬起来。我开始就是开玻璃店，代理上海玻璃厂的平板玻璃，或替人裁玻璃配玻璃，我有玻璃的资源，也有玻璃的情结，更有做生意的头脑和经验。我们的玻璃店开遍了上海郊区，市区一时还进不去，吴淞、崇明、闵行、嘉定，都有。我从单纯地卖玻璃到定制玻璃，从客户有需求到我自己推出玻璃产品，这是1992年，玻璃的使用已经相当普遍了，而最早一轮的房地产热也带动了玻璃的大发展大繁荣。但是，也有一些玻璃企业，因为机制的局限，因为设备的落后，因为产品的滞后，开始面临困境，我就是在这时候接管并买下了广州玻璃器具厂的。这个厂原来是吹玻璃花瓶的，另外还做玻璃工艺品，如果和当年的温州玻璃厂相比，那他们的技术还是可以的，外行人一看就觉得他们的技术了不起。但这种花瓶之类的东西又有什么用呢，又不高端，又不赚钱，淘汰是自然而然的。

我说过我是一根筋，我就想在家居玻璃上有所建树，有所突破，那个平板玻璃的裂，是我的心头之痛，甚至是永恒的痛。我开始解决玻璃的钢化问题，这个时候，钢化不是什么难题，只是看你运用在什么地方。就像一百年前人类就发明了烧不坏的灯泡，但为了不致工厂倒闭，不致工人失业，这项发明还是被人为地搁置了起来。我的产品涉及家居的一切可能，这个里面的技术一般人想不到，甚至容易"误入歧途"。有一次在机场，在等起飞的时候，边上一位听说我是

314

搞玻璃的，就拿出一个日本的保温杯问我，杯体是双层的，但吹拉出来后怎么会没有看见封口？我说，你的思路还停留在过去的热水瓶时代，为什么过去的热水瓶都有一只脚？但是我告诉你，这个问题上世纪七八十年代就解决了。现在的难度不是封口，像我们厂，难度不在于防止变形而在于造型够大，比如二百长一百高五十宽的鱼缸，你怎么样把它拉出来，就是换了铁的，都是一个难度，更何况玻璃。再比如玻璃圆桌、玻璃椅子，它要成型得规整，成型得平衡，在活性程度很大的玻璃上，掌控是非常非常难的。这也是我们企业现在的名声，是独一无二做玻璃家居的。一切都源于过去那块裂掉的平板玻璃。

　　我对母亲是放心的，信基督的人，"星辰"是很大的，不怕病，不畏难，什么地方都进得去，什么地方都出得来。帮着把隔壁的鱼人带大之后，她后来都在外面做善事，她觉得做善事不仅在建设自己，更重要的是在造福后人，具体到造福于我。她去医院给人做祷告，去殡仪馆给人做祷告，后来索性去伺候病人了。一个患肠癌的老太太，说起来也是教会派遣的，说有个姐妹被"撒旦"跟住了，要去帮她。这也是教会的微妙之处，把同道说成是兄弟姐妹，这还不去的，这肯定都是义无反顾的。母亲就带了神圣的使命去了，吃住在姐妹家，陪说话、端屎端尿，负责她的起居。到最后姐妹在弥留之际，她还陪着她睡。毋庸置疑，母亲自己一定是充实的，美好的，自然也是忘记了我了，或者说我反正也像地上的草，卑贱得很，不看他，他自己也会茁壮成长的。

这些都是我和陈优犁在动车上短信互动的内容。在短信上，我只涉及了母亲和阿芬，涉及了我的玻璃事业。却没有涉及我的个人生活。其实，我是没有成家的，至今独身一人。陈优犁说，你不是挺能干的嘛，你干吗不结婚？我笑笑，我的比你的复杂，你看我父母的婚姻，你看阿芬的婚姻，我对这个东西不相信了，我是复杂和矛盾的结合体。

在和陈优犁的短信中，我们也谈到了回家。我前面也说过，物质条件的局限，使我们的乡愁变得很浓郁，变得心安理得，同时又使我们的不回家变得合情合理。我后来在央视那档"找人"的节目里看那些不回家的人，有些就是一个很小的原因，一个疏忽、一句重话、一点小小的怨恨、一次信息的丢失，就再也回不去了，也找不到了。我也是这样。

我后来回家也是一件很突然的事情。我以为我和家里的关系就这样了，和母亲的关系就这样了。母亲是主的人，她心系大众，她早已习惯了没有我的生活和日子，信基督的人好像都有这样的情怀。有一天，我们温州的电视台找到我，说想邀请我参加一档认亲节目，节目名叫"咫尺天涯"，顾名思义就是近起来很近远起来很远。我说我没有这个意愿啊。节目导演说，你没有家？我说我的家只停留在我20岁之前，我今年都已经60多了，我一直就客居外地。导演说，那你没有家人？我说家人本来是有的，我母亲，但我也已经三四十年没见过她了，要说起来她今年也有86岁了，以她生活的坎坷，我觉得她活不到现在。导演说，那你也没有姐姐妹妹？我说没有，有的话我还会这么轻松地待在外面？导演说，那你更应该参加我们的节目了，有一个女人，通过各种渠道各种手段，一直在找你。我说不可能，还各种渠道手段。导演说，你看，我们不是这样找到你了吗？这个渠道和手段就很特别。于是，导演就讲了这样一段类似于侦破一样的故事。说一个叫阿芬的女人，要找四十年前曾帮她捎过一块平板玻璃的后生。她是受邻居大妈的委托，大妈生前不知道儿子在哪里，手头也没有儿子的半点线索，大妈的DNA倒是好弄，但儿子不上数据库也白搭，现在唯一有希望作为凭证的就是大妈的一缕白头发，因为在许多年以前，白头发是大妈一瞬间留下的一个标志，还有就是一个平板玻璃的故事，因为就是这块玻璃，导致了后生的离家出走，直到现在。节目组还真有心，分析来分析去，根据人的创伤心理以及偏执个性的行为走向，在玻璃行业寻求帮助，找许多年以前背井离乡的、专注于一个行业的、有有关玻璃特殊经历的、性格有奇异缺陷的、又对白头发有意外敏感的人，还真的找到了我。当然，这个途径也是非常典型的，稍稍有一点点偏差，也许就找不到了。

这个节目我当然不会上，我不喜欢这类秀场，我会不自然的。再说了，不回家，无论什么理由，都是说不响的，很容易现场被人吐槽。况且，面对阿芬，我一辈子都是有愧疚的，可以想象，那个场合，阿芬一想起身世，一定会情绪失控，而我也一定会无地自容。但节目组的努力，我还是要感谢的，我给了他们一年的广告植入。阿芬我也碰到了，她应该和我差不多的年龄，但明显地老多了，这是命运落下的，也是辛苦落下的。我随她一起回了一趟温州，按照她的话讲，你自己去，东南西北也不知道了。我们老家那片地方，2000年就拆迁了，拉了马路，建了商场，政府有规定，原房四十平方米以上的，可在附近安置，但房子也是很差的，其他的小面积住户，都动迁到很远的地方去了。我心想，我就算早几年过来，也一定是路也找不着了。我和阿芬家本来就很小，还像个凹凸一样嵌着，合起来才五十多平方米，就只能搬到很远的地方去了。阿芬说，早年鱼人还小，都是我母亲帮忙一起带的，那时候真是太难了。后来，我的母亲，大概是在外面跑辛苦了，脑梗中风了，都是阿芬来照顾她，直至她死。为了感谢阿芬，同时也洗刷自己内心的歉疚，那些天，我陪着她跑指挥部、房开公司、公证处，我把我母亲名下的房子写给了阿芬，也了了一件大事。

阿芬后来也一直没嫁，她带着个鱼人怎么嫁，就没有这个念头了，这是其一；我觉得，更多的原因还是她不相信婚姻了，更不相信感情了，说变就变，什么也没用。鱼人倒是活得无忧无虑的，他肯定无忧无虑。据说，年少时对乐谱有感觉，还在少年宫乐团里当过指挥，鱼人开发得好，好像是有特异功能的。后来画画，现在热爱广场舞，广场里有他，他就是焦点，据说还跳得不错，尤其是转身微微翘首四十五度，比那些大妈做得好，大家看了都会笑。这也是一个有福的人，把他母亲的福也都享掉了。不再赘述。

## 4

我后来又去了一趟上海，不是去参加什么会议，而纯粹是为了去会陈优犁。我要对她说，生活就是生活，强调那么多意气干什么。很多的时候，都是因为意气，我们把生活给耽搁了，把自己的年龄给耽搁了。

我们还是坐在ZD大学附近那个"遥握"的咖啡馆里，她感觉到了我的心思，人真有趣，心思不对了，语言和动作也就僵硬起来，不像前面那样松弛了。她斜眼看着我，板着面孔说，我们其实也是可以的，不要说过去那点感觉，就是现在说起来，也是挺轻松的，也有情趣和愉悦。但我不能，我要是答应了你，好像我对婚姻就没有原则了，好像是为了婚姻而婚姻，我向来厌恶凑合。我要是现在答应你，那我以前的坚持就白费了，我的坚持就变成了作秀，还会被以前那谁谁笑话，说你看，我的感觉是很准确的，我以前就感觉他们有名堂，是不是掉到我嘴里了。我讨厌被流言击中，那样多俗套啊。我看还是算了。

我看着陈优犁，突然觉得没话说了，心想，这个可怜的人，我以前还以为她挺勇敢的，其实是被那个自我害掉了，变得可悲起来。我忍着时间，把眼前的咖啡喝完。我们往外走的时候都客气地说，常联系啊，现在电话方便，交通也方便，如果有空，抬抬脚就可以过来。其实，那之后，我们就再也没有联系了，觉得被一种莫名其妙的东西困顿着，有时候在微信里看到了，也懒得吱一声。